Ivar Leon Menger
Als das Böse kam

Ivar Leon Menger

Als das Böse kam

Thriller

dtv

Originalausgabe 2022
© 2022 dtv Verlagsgesellschaft mbH & Co. KG, München
Umschlaggestaltung: FAVORITBUERO, München
Umschlagmotive: shutterstock.com
Satz: Fotosatz Amann, Memmingen
Gesetzt aus der Stempel Garamond 11,5/15,3˙
Druck und Bindung: CPI books GmbH, Leck
Printed in Germany · ISBN 978-3-423-26339-9

Und als sie sah, wo sie war,
da fing sie so bitter an zu weinen,
denn von allen Seiten war Wasser,
sie konnte gar nicht an Land kommen.

Hans Christian Andersen

ERSTER TEIL

1

Mutter steht in der Küche und backt Blaubeerkuchen. Das Haus duftet nach warmem Karamell, obwohl alle Fenster und Türen weit offen stehen. Ein Sommerwind zieht durch die Räume, eine angenehme Abwechslung zur Nachmittagshitze, die sich in unserem Gefängnis breitmacht.

Ich habe mir eine Kochschürze umgebunden und helfe Mutter beim Abspülen, während Boy unseren Kaffeetisch im Esszimmer deckt.

»Was spielen wir heute?«, frage ich und stelle die saubere Teigschüssel zurück in den Küchenschrank.

»*Monopoly?*«, antwortet Mutter, sie wirft mir einen verschmitzten Blick zu. Wir wissen, dass Vater regelmäßig einen Tobsuchtsanfall kriegt, wenn seine Figur auf einem unserer Hotels landet. Dann schießt das Spielbrett durch die Luft und es regnet Geldscheine. Ein Vergnügen für uns Kinder.

Doch heute müssen wir etwas anderes spielen.

Damit mein Plan funktioniert.

»Wir könnten doch *Risiko* rausholen«, sage ich so beiläufig wie möglich.

Mutter zieht die Augenbrauen zusammen. Ich weiß, dass sie das Spiel nicht mag. Nicht ohne Grund versteckt sie die Pappschachtel in ihrem Schlafzimmer, in der untersten Schublade ihrer Kommode. Wahrscheinlich in der Hoffnung, dass mein Bruder und ich es einfach vergessen.

»Das ist ein sehr dummes Spiel.« Mutter legt das Geschirrtuch zur Seite und verschränkt die Arme. »Haben wir euch nicht beigebracht, dass man mit Gewalt keine Konflikte löst?« Sie blickt mich ernst an. »Frieden und Freiheit sind kostbar, Juno. Unsere Familie lebt hier schon mit genug Angst.«

»Aber es macht mir doch so eine Freude«, lüge ich und verberge meine Hände in den aufgenähten Vordertaschen meiner Schürze. Mein rechter Zeigefinger beginnt schon zu zittern, windet sich wie ein Regenwurm im Schnabel eines Singvogels. Das macht er seit meiner Kindheit. Immer, wenn ich nicht die Wahrheit sage. Ich kann es einfach nicht kontrollieren.

»Außerdem lernen wir dabei doch strategisches Denken. Man muss die richtigen Entscheidungen treffen, wenn man angegriffen wird.« Ich komme in Fahrt. »Falls die Fremdlinge auf unserer Insel auftauchen. Vater will, dass wir uns verteidigen können.«

»Was will ich?« Vater betritt die Küche, unter dem Arm ein Bündel Brennholz. Er zieht sich Handschuhe über, öffnet die Befeuerungskammer des Backofens und legt einen Scheit Holz nach. »Das riecht wirklich köstlich.«

»Deine Tochter will *Risiko* spielen«, sagt Mutter.

»Prima Idee!«, ruft Boy, der in die Küche gestürmt

kommt, die Besteckschublade aufreißt und den Tortenheber und vier Kuchengabeln herausholt.

»Von mir aus gern«, sagt Vater und nimmt meinen Bruder in den Schwitzkasten. »Aber dann bist du heute fällig, mein Sohn!«

Sie rangeln miteinander und kitzeln sich beinahe zu Tode.

Ich blicke zu Mutter hinüber und beobachte, wie sie ihre Schürze aufknüpft, den Stoff über die Stuhllehne legt und mit der Handfläche die einzelnen Falten glattstreicht. Ich spüre, dass sie über meinen Vorschlag nicht erfreut ist. Wahrscheinlich hat sie eine andere Reaktion von Vater erwartet. Sie schüttelt den Kopf. Vielleicht wundert sie sich auch nur, warum gerade ich *Risiko* vorgeschlagen habe. Ein Spiel, bei dem man mit etwas Würfelglück die ganze Welt erobern kann. Mutter weiß, dass ich es genauso hasse wie sie.

Die Eieruhr klingelt. Der Blaubeerkuchen ist fertig.

»Ich nehme die grünen!«, sagt Boy und verteilt die Farben der restlichen Spielsteine an uns. Mutter Gelb, Vater Schwarz und mir schiebt er natürlich die rosafarbenen Steine zu. Er klappt das Spielbrett auf und legt es in die Mitte des Esstischs.

Mutter schneidet den Kuchen in gleich große Stücke und reicht jedem von uns einen Teller. Sofort stopft sich Boy eine Gabel Blaubeerkuchen in den Mund. Vater mischt den Stapel mit den Gebietskarten, während ich unauffällig die bunte Weltkarte studiere.

Sechs Kontinente, zweiundvierzig Länder. Ich fliege

über Namen wie Peru, Sibirien, Grönland, Skandinavien, Brasilien, Kongo, Mitteleuropa, Indien, West-Australien, Ontario.

»Weltherrschaft oder Auftrag?«, fragt Vater und verteilt die Karten an uns. Boy nimmt die Würfel aus der Schachtel und lässt sie über das Spielbrett rollen, er ruft: »Weltherrschaft!«

Mutter nimmt die Gebietskarten auf. Auch ich sehe mir meine Karten an. Wir beginnen, unsere Armeen auf die Gebiete zu verteilen. Ich habe Glück, in fast jedem Land von Australien habe ich einen Stein liegen. Leicht zu verteidigen, wenn es mir wirklich ums Spielen ginge.

»Das ist unfair!«, sagt Boy und deutet auf meinen lilafarbenen Kontinent. »Die Karten sind nicht gut gemischt!«

Vater trinkt einen Schluck Bohnenkaffee.

»Wo ist Venezuela?«, fragt Boy, seinen grünen Stein in der Hand. Mutter deutet auf ein hellblaues Land. »Direkt neben Peru.« Das Spielbrett füllt sich mit bunten Steinen. »Und wo ist China?« Boy sucht die verschiedenen Kontinente ab. Vater zeigt ihm die hellgrüne Fläche im Osten der Weltkarte.

»Weststaaten?«

»Hier links«, sage ich.

Boy hatte schon immer Schwierigkeiten, seine Länder zu finden. So wie heute. Darauf hatte ich gehofft. Ich habe mittlerweile fast alle Armeen verteilt und halte nur noch zwei Gebietskarten in der Hand. Ich starre auf das Spielfeld.

Mutter bemerkt es und lächelt mich an. »Juno, was suchst du?«

Mein Moment ist gekommen.

»Wo liegt *Nordland*?«, frage ich und beuge mich weit über die Weltkarte. »Und *Südland*? Ich kann sie nirgends finden.«

Vater stellt die Kaffeetasse auf den Unterteller und rückt sich die Brille zurecht. Ich blicke zu Mutter hinüber, deren Gesicht plötzlich kreidebleich wird.

»Du hast recht, Juno!«, ruft Boy und sucht hastig das ganze Spielbrett ab. »Wieso sind die da nicht drauf?«

Mutter springt vom Esstisch auf, stapelt das benutzte Geschirr auf ihrem Unterarm und stampft zur Tür. Am Türrahmen bleibt sie stehen, dreht sich zu Vater um. Ihr Hals ist puterrot.

»Verstehst du jetzt, warum ich dieses Spiel verbrennen wollte?«

Dann verschwindet Mutter in der Küche.

2

Ich heiße Juno. Ich bin sechzehn Jahre alt und verstecke mich seit hundertvierundvierzig Monaten auf der Insel. Niemand weiß, dass wir seit zwölf Jahren in der Blockhütte auf der Mitte des Sees leben. Außer den Wächtern, die uns in die Wälder gebracht haben, als ich noch ein kleines Mädchen war.

Ich liebe frisch geschlüpfte Entenkinder, Knospentriebe im Frühling, Trollblumen in meinem geflochtenen Haar, honigsüße Brombeeren, das Röhren von Elchen in der Morgendämmerung, den Duft von Sommerregen auf Felsstein, den Funkentanz von brennendem Birkenholz, die ersten Schneeflocken auf meiner Zunge.

Und ich mag Boy, meinen kleinen Bruder, der heimlich meine Aufgaben übernimmt, wenn mir der Mut dazu fehlt. Obwohl ich zwei Köpfe größer bin.

Unser Leben auf der Insel ist einfach. Jeder Tag gleicht dem anderen. Am Morgen werden wir von Mutter unterrichtet, in allen Fächern, die man für das Überleben braucht. Lesen und Schreiben, Tier- und Naturkunde, Rechnen (ich konnte Vater davon überzeugen, dass sie es nicht nur Boy beibringt), Wundversorgung, Fährtenlesen und Hauswirtschaftslehre.

Für mich bedeutet das, dass ich stricken und häkeln gelernt habe und unsere Wäsche waschen, das Geschirr abspülen, Feuer machen und Gemüsesuppe kochen kann. Außerdem fällt es mir leicht, alle Lebewesen und Pflanzen zu bestimmen, die bei uns auf der Insel leben. Mein Bruder hingegen ist nur für die sonntägliche Lebensmittelbeschaffung eingeteilt. Weil ich es immer noch nicht über das Herz bringe, zu töten.

Bis zum Abendessen steht uns freie Zeit zur Verfügung. Dann dürfen wir malen, Wildblumen pflücken, die Bücher aus der Wohnstube lesen, Schallplatten hören oder am großen Felsen unten am Seeufer spielen. Außer am Montag. Da ist es uns strengstens verboten.

Boy greift zu einem Steinbrocken und hämmert mehrmals auf den Schädel der Rotfeder ein, bis das Fischlein zu zittern anfängt. Ein letzter Schlag, die Augen werden starr. Entschlossen nimmt Boy das Küchenmesser, setzt einen schnellen Stich ins Herz und lässt die Rotfeder ausbluten. Kurz und schmerzlos, so wie er es gelernt hat. Es ist der einzige Weg, auf der Insel zu überleben. Vater darf nur einmal im Monat, wenn der Vollmond hoch über den Wäldern steht, auf die andere Seite des Sees rudern, um im Dorf der Wächter die wichtigsten Einkäufe zu erledigen. Mehl, Zucker, Eier, Milch und Bohnenkaffee.

Ich blicke zu Boy. Mein Bruder grinst, entfernt den Haken aus dem Maul und lässt unseren Fang zu den Forellen im Plastikeimer gleiten. In mein geliebtes

Sandeimerchen, das mit der Maus im gepunkteten Sommerkleid drauf.

Es ist mein einziges Erinnerungsstück an unsere Flucht aus Südland.

Ich werfe erneut die Angel aus. Eine Rotfeder fehlt uns noch für die Frikadellen, die Mutter zum Abendbrot zubereiten wird.

»Warum hast du das gemacht?«, fragt Boy in die Stille hinein. »Wegen dir ist unser Spielesonntag ausgefallen.«

»*Risiko* ist ein dummes Spiel«, sage ich knapp, weil mir auf die Schnelle keine bessere Antwort einfällt. Tatsächlich plagt mich seit dem Nachmittag ein schlechtes Gewissen, da ich weiß, wie sehr mein Bruder sich auf den Sonntag gefreut hat. »Außerdem hat sich Mutter ja wieder beruhigt.«

»Aber jetzt müssen wir wieder eine ganze Woche warten!«

Auf der anderen Seite des Sees, im Schatten des Fichtenwaldes, entdecke ich eine Bewegung. Zwei Rehe, die durch das Unterholz traben. Auch Boy bemerkt die Tiere. Wir beobachten, wie sie ihre Köpfchen heben, fluchtbereit die Ohren spitzen. Für einen kurzen Moment verharren sie wie auf einem Ölgemälde. Dann sehen sie zu uns herüber, als könnten sie uns wittern.

Boy wirft einen Stein ins Wasser. Unversehens galoppieren die Rehe davon und verschwinden im Dickicht.

Er dreht sich zu mir. »Ich habe lange darüber nachgedacht, Juno. Wenn Vater und Mutter eingeschlafen sind, werde ich rüberrudern. Heute Nacht.«

»Bist du verrückt?«, flüstere ich. »Du bringst uns alle in Gefahr!«

»Du willst es doch auch.«

»Tue ich nicht!«

Boy kneift die Augen zusammen, überprüft meinen rechten Zeigefinger. »Und die Zeichnung unter deiner Matratze?«

Ich balle die Hand zur Faust. Er muss das Bild gefunden haben, das ich gestern Nachmittag am großen Felsen gemalt habe. Es zeigt Häuser, die bis hoch in den Himmel ragen, wo ein silberglänzender Vogel seine Kreise zieht, über einem Meer aus Schirmen, die wie gestreifte Pilze aus dem Sandboden sprießen, dazu spielende Kinder am Wasser.

Bäume habe ich keine gezeichnet.

»Ich habe dich beobachtet, Juno«, sagt Boy und rückt näher zu mir heran, er wedelt mit seinem rechten Zeigefinger vor meinem Gesicht herum. Dann drückt er mir den Finger auf die Lippen. »Du lügst!« Metallischer Fischgeruch steigt mir in die Nase. »Wenn du meinen Plan verrätst, werde ich Vater dein Bild zeigen.«

Ich würde ihm gern antworten, dass ich mich nicht von einem Zwölfjährigen erpressen lasse, schließlich dienen die Gebote nur unserer Sicherheit, doch dann zerschneidet das Heulen der Sirenen meine Gedanken.

Boy schreit auf. Ich lasse die Angel fallen, springe

auf, greife den Arm meines Bruders und renne mit Boy über den Sandweg, durch das kleine Waldstück bis zu unserem Gemüsegarten. Nur noch wenige Meter bis zum Haus, vorbei an den hohen Lautsprechermasten. Der grelle Ruf der Warnsirenen bohrt sich in meine Ohren. Ich stolpere über den Stiel einer Schaufel, Boy reißt mich nach oben. Mutter erwartet uns im Türrahmen, klatscht mit weit aufgerissenen Augen in die Hände.

»Schnell, Kinder, schnell!«

Wir stürmen in den Flur, während hinter uns die Eingangstür ins Schloss knallt. Mutter schiebt eine Eisenstange vor das Türblatt und folgt uns in die Küche. Vater hat den Esstisch zur Seite geschoben, den Teppich zusammengerollt.

Ein Loch klafft im Fußboden.

Boy klettert als Erster hinein, danach verschwinden Mutter und Vater unter der Erde. Ich gehe einen Schritt auf die Luke zu.

»Verdammt, Juno! Worauf wartest du?«, brüllt Vater.

Mein Herz klopft wie ein ausgehungerter Specht. Ich nähere mich dem Loch im Boden. Hitze durchflutet meinen Körper. Ich wische die Finger an meinem Kleid ab, setze den linken Fuß auf die Leiter. Dann den rechten.

»Los, beeil dich!«

Mit beiden Händen umklammere ich das Eisengeländer und steige nach unten. Ein kühler Hauch weht über meine Beine. Ich klettere weiter hinab, bis meine Fußspitzen endlich den Erdboden erreichen. Vater zwängt sich an mir vorbei und schließt die schwere Holzklappe über uns. Mit einem Schlag ist es dunkel. Die Kälte unseres Verlieses umhüllt mich wie ein unsichtbarer Mantel.

»Bitte, Licht!«, flüstere ich und höre, wie Vater das Kellerloch mit dem Stahlbolzen verbarrikadiert.

»Setz dich zu mir, Juno«, sagt Mutter. Ich folge ihrer Stimme ans andere Ende des Raumes. Sie ergreift meine Hand und zieht mich auf ihren Schoß. Ich kuschele mich an sie, nähre mich von ihrer Körperwärme. Möchte tief in sie hineinkriechen, wieder zurück in ihren Bauch.

»Gesichert!«, ruft Vater. Ich höre das erlösende Klicken eines Lichtschalters. Die Glühbirne flackert auf. Eine Träne auf Mutters Wange.

»Werden sie uns töten?«, sagt Boy, der sich in die Ecke des Schutzraums verkrochen hat, die Arme um die Beine geschlungen.

»Wir müssen leise sein«, flüstert Vater und blickt zur Luke hoch. »Vier Fremdlinge, schwarz gekleidet. Sie sind schon auf dem See.«

Vater nimmt das Gewehr von der Wand und geht in die Mitte des Kellerraums. Dort lässt er sich auf den ausrangierten Wohnzimmersessel fallen. Der grün karierte, in dem mir Mutter *Däumelinchen* vorgelesen hat. Damals, in den ersten Nächten, vor dem knisternden Kaminfeuer, als ich nicht einschlafen konnte.

Vater nickt mir zu. Ich verstehe, was er mir sagen

möchte. Ich schleiche zu Boy und nehme ihn in den Arm. Mein Bruder zittert am ganzen Körper.

Auch Mutter steht auf und geht zu der breiten Regalwand hinüber, die mit den wichtigsten Vorräten gefüllt ist. Über fünfzig Konservendosen, ein Korb mit frischen Äpfeln und Birnen, fünf Flaschen hochprozentiger Alkohol, drei Säcke Kartoffeln, eine Kiste mit langstieligen Kerzen, Streichhölzer, eingelegter Fisch in Marmeladengläsern, ein Gaskocher und fünfzehn Wasserkanister. Das ist unsere Überlebensration für zwei Wochen. Mutter zieht den Erste-Hilfe-Koffer aus dem Regal und setzt sich zu uns auf den Fußboden.

»Kinder, was haben wir gelernt?« Sie öffnet den Verschluss des grünen Plastikkoffers. »Was müssen wir tun, wenn uns kein Ausweg mehr bleibt?«

»Damit sie euch nicht foltern?«, sagt Vater und blickt erneut zur verriegelten Luke hoch. Er zieht eine Patronenkugel aus der Hosentasche und legt sie in das Gewehr ein.

»Euer Vater hat vor vielen Jahren eine sehr schwere Bürde auf sich genommen, als er vor dem Tribunal ausgesagt hat. Er hatte sich für die Wahrheit entschieden. Und damit Gerechtigkeit über unser Familienwohl gestellt.« Mutter klappt den Kofferdeckel auf und öffnet eine Packung Kompressen. Sie schneidet mit der Schere ein quadratisches Stückchen Stoff ab. »Allein durch Vaters Zeugenaussage wurden die gefährlichsten Finstermänner Südlands verhaftet und für Jahrzehnte ins Gefängnis gesteckt.« Mutter wischt sich mit dem Tuch die Tränen aus den Augen. »Deshalb suchen sie uns auf der ganzen Welt.«

»Sie wollen sich rächen.« Vater entsichert das Gewehr. »An mir und meiner Familie.«

»Aber die Wächter aus Nordland behüten uns doch immer noch, oder?«, fragt Boy und ergreift meine Hand. Seine Finger sind feucht und kalt. Ich drücke sie leicht und stelle mir vor, dass warmes, goldenes Licht durch meine Arme in seinen Körper fließt.

»Natürlich, mein Junge«, antwortet Mutter und streicht ihm über das Haar.

»Und warum kommen sie dann nicht?«

»Wir leben zu weit draußen«, antworte ich. »Das dauert Stunden, bis die Wächter aus dem Dorf bei uns sind.«

»Kann man unsere Sirene denn so weit hören?«

»Der Alarm gilt doch nur uns«, antworte ich. Manchmal verhält sich Boy immer noch wie ein Kleinkind. Ich drücke seine Hand fester. »Damit wir uns alle im Schutzraum versammeln, das weißt du doch!«

»Vater hat die Sirene gleich wieder abgestellt«, sagt Mutter und greift erneut in den Erste-Hilfe-Koffer. Erst jetzt fällt mir die Stille auf.

»Habt keine Angst, Kinder«, flüstert sie, während sie mehrere Salbentuben, Spritzen und Verbandszeug zur Seite schiebt. »Bis Rettung eintrifft, wird uns Vater verteidigen.« Sie zögert einen Moment. Ihre Hände zittern, als sie das längliche Tablettenröhrchen herauszieht. »Denn ihr seid alles, was wir lieben.«

»Falls ich ihren Angriff nicht überleben oder sie versuchen sollten, zu euch in den Schutzraum zu kommen«, Vater rückt seine Brille zurecht und blickt erneut zur Kellerdecke hinauf, »dann wisst ihr, was zu tun ist, um euch vor ihnen zu schützen?«

»Juno und ich nehmen die Trostpillen«, sagt Boy.

Mein Herz macht einen Sprung. Das ist der Moment, auf den ich mich am meisten freue.

»Richtig.« Mutter dreht den Schraubverschluss auf. Boy und ich strecken ihr die Handflächen entgegen. Nur eine Pille für jeden. Am liebsten würde ich mir das Kügelchen sofort in den Mund stecken, das nicht nur unsere Seele beruhigen soll, sondern auch süßer als die reifsten Kirschen schmeckt.

Und dann warten wir. Lauschen in die Stille. Warten, dass die Haustür eingeschlagen wird. Oder eine Fensterscheibe. Ich atme durch den Mund. Zähle bis zehn. Mutter tupft mir mit dem Mullstück die Perlen von der Stirn. Niemand spricht ein Wort. Vater blickt auf seine Uhr. Ich schließe die Augen und konzentriere mich auf jedes Geräusch. Höre das Herz in meiner Brust pochen. Ich kann sogar das Pulsieren in meinen Ohren spüren. Boy zieht die Beine enger an den Oberkörper und lehnt seinen Kopf an meine Schulter. Ich fühle seine heißen Atemstöße auf dem Oberarm. Ein seltsames Rascheln. Wenige Meter über uns. Waren das Schritte in der Küche? Haben die Fremdlinge unsere Insel schon erreicht? Ich starre nach oben, beobachte die Tragebalken, die Vater mit Metallschrauben an der Mauer montiert hat. Für den

Bau unseres Schutzraums hat er fast ein halbes Jahr gebraucht. Jetzt hängen dort zahlreiche Spinnennetze. Feiner Sand rieselt auf uns herab. Ich kneife die Augen zusammen und reibe mir mit den Fingern den Staub aus den Lidern. Als ich die Augen wieder öffne, sehe ich weiße Pünktchen durch den Kellerraum schweben. Wie tanzende Elfen, denke ich. Sie sind gekommen, um uns zu beschützen.

»Ich bin sehr stolz auf euch!«, ruft Vater und klopft sich auf die Oberschenkel. »Wie immer vorbildlich.« Er erhebt sich aus seinem Sessel. »Es war nur eine Übung. Macht euch keine Sorgen, Kinder, es kommen keine Fremdlinge zu uns auf die Insel.« Vater hängt das Gewehr zurück an die Wand. »Das habt ihr wirklich gut gemacht!«

Erleichtert atmet Boy aus, lässt meine Hand los. »Das wusste ich die ganze Zeit!«

Ich glaube ihm nicht. Obwohl auch ich gehofft hatte, dass es nur ein unangekündigter Testlauf war. So wie jedes Jahr. Doch Mutters echte Tränen hatten mich verunsichert.

»Dürfen wir trotzdem?«, frage ich und schiele auf die bernsteinfarbene Tablette in meiner Hand. Mutter nickt mir zu. Ich will gerade danach greifen, als Vater uns unterbricht.

»Aber vorher möchte ich die sieben Gebote hören.«

Augenblicklich beten Boy und ich die Regeln herunter, wir können sie im Schlaf.

»Wir müssen uns verstecken, wenn Onkel Ole kommt.«

»Wir dürfen niemals lügen.«

»Niemand darf Vaters Bibliothek betreten«, sagt Boy und blickt hämisch zu mir herüber. Dabei habe ich mir nur ein paar alte Fotoalben und Mutters Lieblingsroman aus dem Bücherregal genommen. Den mit der schönen Frau auf dem Titelbild, eng umschlungen in den Armen eines dunkelhaarigen Mannes. Ich hatte mich gerade an den Schreibtisch gesetzt und die ersten Kapitel von *Juliette oder die Liebe meines Lebens* gelesen, als Vater hinter mir auftauchte. Ich fühlte mich peinlich ertappt. Dabei muss die Buchseite eingerissen sein. Mutter war so erbost darüber, dass uns seitdem das Betreten von Vaters Arbeitszimmer strengstens untersagt ist. Auch wenn ich das bis heute ungerecht finde. Es war wirklich nur ein winziger Riss.

»Wir müssen sofort in den Schutzraum, wenn die Sirene ertönt. Egal, was wir gerade tun.«

»Wir dürfen keine fremden Beeren essen«, sage ich und erinnere mich an Boy, der drei Tage lang mit Fieber und Krämpfen im Bett lag. Da wir aus Sicherheitsgründen keinen Doktor aus dem Dorf rufen durften, beteten wir jede Nacht zu Gott, dass er überlebt. Kurz nach Boys Genesung wurde die fünfte Regel eingeführt.

»Wir müssen immer kurz und schmerzlos töten.«

»Und das siebte und wichtigste Gebot der Wächter: Keiner darf unsere Insel ohne die Erlaubnis von Mutter oder Vater verlassen«, sage ich und starre zu Boy hinüber. »Ansonsten werden wir beide dafür bestraft.«

»Damit wir besser aufeinander aufpassen«, zischt Boy zurück.

»Ausgezeichnet, Kinder!« Vater ist zufrieden. »Ihr dürft euch eure Belohnung nehmen.«

Hastig stopfen wir uns die Trostpillen in den Mund. Ich schließe die Augen und lasse die geleeartige Ummantelung mit dem süßen Geschmack nach reifen Walderdbeeren, Holunder und Kirschen noch lange auf der Zunge zergehen, bevor ich die dicke Tablette hinunterschlucke, die daruntersteckt.

Ich wünschte, wir hätten jeden Monat einen Testalarm.

Nach dem Abendessen liege ich aufgewühlt in meinem Bett, starre an die Zimmerdecke und muss an meinen Bruder denken. Das Sekundenticken des Weckers macht mich ganz kribbelig. Ich wälze mich zu meinem Nachttischchen, auf dem meine Uhr, mein schwarzer Glücksstein, Vaters geschnitzter Elch und eine Vase mit Wildblumen stehen. Mein Blick klebt an dem Sekundenzeiger. Es ist gleich halb zwölf. Hat Boy tatsächlich vor, heute Nacht unser Familiengebot zu brechen und auf die andere Seite zu rudern?

Ich schlage die Bettdecke zurück und schlüpfe in meine Hausschuhe. Die Tür quietscht, als ich sie öffne und den Flur im ersten Stock betrete. Boys Kinderzimmer liegt am Ende des Gangs, direkt neben dem Bad. Ich schleiche zu seiner Zimmertür. Der Holzboden unter meinen Füßen knarzt. Falls Vater aufwacht und mich entdeckt, werde ich einfach ins Badezimmer huschen.

Vorsichtig drücke ich Boys Türklinke hinunter und betrete den Raum. Das Dachzimmer riecht nach feuchten Kiefernnadeln und Moosglöckchen, ein Windhauch streift mein Gesicht. Ich starre auf das offen stehende Sprossenfenster. Der bellende Alarmruf eines Habichtskäuzchens hallt durch die Nacht. Ich springe ans Fenster und suche das Seeufer ab. Wie ein feingewebter Teppich aus Diamanten tanzt der Mondschein über die Wasseroberfläche. Mein Blick wandert zum großen Felsen. Und da entdecke ich es. Vaters Boot, es liegt noch immer an unserem Steg. Erleichtert drehe ich mich zu Boys Bett um.

Er schläft. In meiner Panik hatte ich nicht darauf geachtet. Ich schließe das Fenster und sinke neben seinem Bett auf die Knie. Dann falte ich die Hände, rattere eilig das Vaterunser herunter und bedanke mich bei Gott, dass mein Bruder mich nicht allein auf der Insel zurückgelassen hat. Ich richte mich wieder auf und ziehe die Bettdecke über seine Schultern. Für einen kurzen Augenblick beobachte ich ihn beim Schlafen. Auch wenn wir uns nicht besonders ähnlich sehen, wir tragen dieselbe Sehnsucht in uns.

Doch schon bald, kleiner Bruder, werden wir gemeinsam zu unserem Abenteuer aufbrechen und die verbotene Welt da draußen erkunden. Das verspreche ich dir.

Egal, wie viele Fremdlinge auf uns lauern.

3

Heute ist Montag. Onkel-Ole-Tag. Ich schaufle eine große Schüssel warmen Haferbrei in mich hinein. Das letzte Mal blieb er für zwei Stunden in unserem Haus und ich hatte vergessen, davor zu frühstücken. Boy und ich warteten ungeduldig in unserem Versteck, während mein Magen wie eine tollwütige Wildkatze knurrte. Onkel Ole hätte uns fast bemerkt.

Ich spielte noch mit Puppen, als der alte Mann das erste Mal bei uns auf der Insel auftauchte. Mit schwarzem Schlapphut und Regenmantel. Ich erinnere mich gut, wie ich am Fenster stand und neugierig das kleine Motorboot beobachtete, das aus dem Nebel auftauchte. Mutter riss mich vom Fenster weg und rannte mit mir ins Schlafzimmer. Dort verschanzten wir uns stundenlang im Kleiderschrank. Heute kann ich Mutters Aufregung und ihre Angst verstehen. Sie konnte ja nicht ahnen, dass Onkel Ole kein Fremdling ist.

Seitdem kommt Onkel Ole jeden Montag über den See zu uns und bringt Vater Post und Zeitungen. Doch zur Sicherheit müssen wir uns noch immer verstecken, da der Alte zwar ein harmloser Dorfbewohner ist, aber kein Wächter. Sie sind die Einzigen, denen wir vertrauen dürfen.

Ich beeile mich, spüle die letzten Haferreste aus der Schüssel und räume das gesäuberte Geschirr in den Schrank.

»Gehst du mit raus zum Felsen?«, flüstere ich Boy zu, der auf dem Sofa liegt und in einem Naturkundebuch blättert.

»Aber Onkel Ole kommt doch jeden Moment«, antwortet Boy, ohne aufzublicken. »Das erste Gebot? Montags dürfen wir nicht raus.«

»Nur ganz kurz«, sage ich und gehe ein paar Schritte auf meinen Bruder zu. »Wir passen auf. Bitte, Boy!«

Er sieht von seinem Buch auf, und ich ziehe die Augenbrauen hoch. Boy erkennt sofort, dass mir etwas auf dem Herzen liegt, und schlägt das Buch zu. Wir schlüpfen in unsere Schuhe und laufen hinaus in den Garten. Die Luft ist feucht und kühl. Die Sonne steht dicht über den Wäldern, auf den Salatblättern im Gemüsebeet liegt noch der Morgentau. Wir rennen über den Sandweg weiter durch das winzige Waldstück, bis vor uns der riesige Felsen auftaucht. Er steht verlassen am Seeufer, als hätte ihn ein Troll beim Ballspielen dort vergessen. Mit wenigen Griffen klettern wir auf die Spitze des Felsens und lassen uns auf die Aussichtsfläche fallen.

Ich blicke auf den braunschwarzen Waldsee hinunter, unsere Beine baumeln mehrere Meter über der Wasseroberfläche. Seltsamerweise wirkt der See heute überhaupt nicht gefährlich, sondern anziehend, fast magisch.

Eine Entenfamilie zieht schnatternd an uns vorbei. Wie gern würde ich jetzt auch darin schwimmen, hinüber auf die andere Uferseite, doch das haben wir nie gelernt.

»Danke, dass du nicht gegangen bist«, sage ich und lege meine Hand auf Boys Schulter. »Gestern Nacht.«

Boy lässt den Kopf sinken. »Daran war nur der blöde Alarm schuld. Der hat mir Angst gemacht. Außerdem ist es gegen die sieben Gebote, die Insel zu verlassen. Ich wollte nicht, dass du wegen mir bestraft wirst. Das war eine dumme Idee.«

»Nein«, sage ich und werfe einen Stein ins Wasser, der so schwer wiegt wie der in meinem Magen. »Du hattest recht, Boy. Mit der Zeichnung unter meinem Bett, mit deiner Vermutung.«

Er hebt den Kopf.

»Auch ich möchte die Insel verlassen. Wenigstens für einen Tag.«

»Seit wann?«

»Manchmal habe ich diese seltsamen Träume. Von hohen Häusern und Menschen unter bunten Schirmen, dazu spielende Kinder am Strand. Es fühlt sich an wie eine Erinnerung. An damals, an Südland. Boy, unsere Insel, das kann doch nicht alles sein.«

»Hast du deshalb unseren Spielesonntag kaputt gemacht?«

»Du hast dich doch auch darüber gewundert, warum *Nordland* und *Südland* nicht auf dem Spielbrett eingezeichnet sind.«

Boy blickt nachdenklich über das Wasser. Er wirkt

älter, reifer. Nicht wie zwölf. »Du glaubst, die Länder *Ontario* und *Australien* gibt es wirklich?«

»Ich möchte es zumindest herausfinden.«

»Und was, wenn dich die Fremdlinge dabei erwischen?«

»Wir müssen eben vorsichtig sein.«

»Wir? Juno, wir können hier nicht abhauen!«, zischt Boy und reißt ein Grasbüschel aus der Felsspalte. »Das haben uns die Wächter verboten. Außerdem werden Mutter und Vater vor Sorge sterben. Und dann werden sie uns suchen, auf der anderen Seite des Sees, in ganz Nordland. Stell dir vor, was die Fremdlinge uns antun, wenn sie uns erwischen. Willst du das riskieren?«

»Wir könnten einen Brief schreiben und Mutter versprechen, dass wir am Abend wieder zurückkommen.«

»Angenommen, deine prächtige Idee mit der Nachricht klappt«, Boy dreht sich zu mir um, »wie wollen wir uns denn da drüben verteidigen? Etwa mit Vaters Gewehr?«

Daran hatte ich auch schon gedacht. Ich habe den Plan aber wieder verworfen, da ich nicht damit umgehen kann. »Wir werden schon einen Weg finden.«

Plötzlich höre ich Onkel Ole, das Knattern seines Motorbootes. Er scheint nicht mehr weit von unserer Insel entfernt.

»Mist! Runter vom Felsen!« Mein Puls rast. Hoffentlich hat er uns nicht entdeckt. Hastig klettern wir hinab und rennen zurück zum Haus. »Warum ist er heute so früh?«, keuche ich, während mich Boy überholt und kurz darauf zwischen den Fichten verschwindet. Mein linkes Bein brennt, ich bleibe erschöpft stehen und blicke auf mein Knie. Es blutet. Ich muss es mir beim Hinabsteigen aufgerissen haben. »Boy, warte auf mich!«

Ich stütze die Arme auf die Oberschenkel und atme zweimal tief durch. Der Schmerz wird stärker. Ich drehe mich zum Felsen um und erschrecke. Onkel Oles Boot liegt befestigt am Steg, er muss schon auf der Insel sein und geradewegs zu unserer Blockhütte laufen. Aber weit kann er noch nicht sein. Onkel Ole braucht einen Gehstock. Sein Rücken bereitet ihm Probleme, hat uns Vater erklärt. Trotzdem kann ich jetzt nicht einfach zum Vordereingang hineinspazieren, sonst wird er mich sehen.

Ich entscheide mich für die Hintertür, die zu unserem Vorratsraum in der Küche führt. Kurzentschlossen springe ich über einen Stapel Kaminholz und renne los. Ich höre noch, wie unsere Eingangstür geöffnet wird, dann Vaters wütende Stimme. Boy wird leise zurechtgestaucht und auf sein Zimmer geschickt, weil er draußen war. Dabei ist alles meine Schuld.

Ich erreiche die Rückseite unseres Hauses und lasse mich gegen die Wand fallen. Ich hole tief Luft und rutsche in die Hocke, stütze mich auf dem Erdboden ab. Ein Stein bohrt sich in meine Handfläche, ich beiße die Zähne zusammen. Wenn ich mich beeile, kann ich es noch rechtzeitig ins Haus schaffen.

Gebückt schleiche ich unter den weißen Sprossenfenstern entlang. Meine Kniescheibe brennt wie Feuer. Nach wenigen Metern habe ich die Hintertür erreicht. Zaghaft richte ich mich auf und blicke durch das Küchenfenster. Ich erkenne Vater, der Onkel Ole auf einen Stuhl hilft, während Mutter am Spülbecken steht und ein Glas mit Wasser füllt. Ich bin zu spät. Mir bleibt nichts anderes übrig, als hier am Hintereingang zu warten.

»*God morgon.* Ihr seid heute die Ersten auf meiner Tour«, höre ich Onkel Ole dumpf durch die Scheibe, während er sich schwerfällig auf den Stuhl fallen lässt.

»*Sovit gott?*«

»Ja, *tack.*«

»Ich dachte, dieser Brief ist sicher wichtig.«

»Danke, Ole. Auf den haben wir schon lange gewartet.« Vater nimmt den blauen Umschlag entgegen und legt ihn zu seiner wöchentlichen Zeitung. »Wenn wir gewusst hätten, dass du früher kommst, hättest du einen frischen Kaffee bekommen.«

»Macht euch keine Umstände.«

»Und was macht dein Rücken? Immer noch so wetterfühlig?«, fragt Mutter, während sie ihm das Glas Wasser auf den Tisch stellt.

»Ach, das Klima. Damit bin ich aufgewachsen, so etwas härtet ab.« Er lacht kurz auf und trinkt einen Schluck. »Es ist doch wie im Leben.« Onkel Ole blickt aus dem Fenster. »Heute Sonnenschein, morgen Regen.« Er sieht mir direkt in die Augen. Es kommt mir wie eine Ewigkeit vor. Vor Schreck lasse ich mich fallen und lande in einem Busch aus Brennnesseln. Meine Oberarme beginnen fürchterlich zu jucken.

Ich höre, wie ein Glas auf dem Küchenboden zerspringt.

»Alles in Ordnung, Ole?«, ruft Mutter.

»Was ist passiert?« Auch Vaters Stimme wirkt besorgt.

»Beweg dich nicht, ich werde die Scherben sofort wegwischen. Nicht, dass du dich schneidest.«

Eine Schranktür wird geöffnet, das schabende Geräusch eines Handbesens, mit dem Mutter die Glassplitter auf ein Kehrblech schiebt.

»*Herregud!* Wer ist das Mädchen?«, höre ich Onkel Ole durch die Holzwand fragen. Mir bleibt das Herz stehen. »Da war doch eben ein Kind am Fenster!«

Ein kurzer Moment der Stille, dann lacht Vater nervös auf. »Ein Mädchen? Jetzt siehst du aber Gespenster. Wie soll denn ein Kind auf unsere Insel kommen?«

»Ein Mädchen mit langen Haaren.«

»Ole, da musst du dich geirrt haben. Bei uns auf der Insel?«, pflichtet Mutter Vater bei. »Du hast ja noch nicht mal deine Brille auf.«

»Die brauche ich nur zum Lesen. Ich habe Augen wie ein Luchs, müsst ihr wissen. Und das mit über siebzig Jahren.«

»Also, ich habe nichts am Fenster gesehen. Das war bestimmt nur eine optische Täuschung, eine Spiegelung in der Scheibe.«

»Oder ein vorbeifliegender Vogel.«

Für einen kurzen Moment schweigt Onkel Ole. Bitte, bitte, lieber Gott, lass ihn glauben, dass er sich getäuscht hat.

Ich höre ein erleichtertes Lachen. »Wahrscheinlich habt ihr recht. In meinem Alter beginne ich schon Geister zu sehen. Die warten nur darauf, mich endlich zu holen.«

Jetzt lacht auch Vater. Ich schicke ein Stoßgebet gen Himmel. Ein Stuhl wird nach hinten geschoben. Ein schmerzvolles Stöhnen, als sich Onkel Ole erhebt. »Bitte entschuldigt die Scherben. Ich werde euch das Glas natürlich ersetzen.«

»Du willst schon wieder gehen?«

»Ja. Ich muss leider gleich weiter zu Familie Sjöberg. Wir sehen uns nächsten Montag.«

Dann verlassen sie die Küche. Ich kratze mir über die Arme, die mittlerweile mit roten Flecken übersät sind. Dafür hat mein Knie aufgehört zu bluten. Ich krieche um die Hausecke, höre, wie die Vordertür geöffnet wird. Wie ein Kapuzineräffchen aus Boys Naturkundebuch haste ich auf allen vieren unter den Fenstern entlang, bis ich mich wenige Meter vor unserer Eingangstür hinter einem Busch flach auf den Boden werfe. Onkel Ole humpelt die Eingangstreppe herunter. Bei jedem Schritt knarzen die morschen Holzbretter.

»… ist möglich. Ich vermisse sie wirklich sehr«, sagt Onkel Ole. »Seit sie mit ihren Eltern weggezogen ist.« Er scheint verändert, traurig. »*Å andra sidan*, ihr habt vollkommen recht. Vielleicht sollte ich meine Enkeltochter einfach mal anrufen, damit sie mich übers Wochenende besuchen kommt.«

»Mach das. Und danke für die Post.« Vater streckt Onkel Ole freundlich die Hand hin. »Bis nächsten Montag, Ole.«

Der alte Mann schüttelt sie, hebt zum Abschied den Gehstock und humpelt mit eiligen Schritten hinunter zum Wäldchen und dann zum Steg. Eine Familie Wildgänse fliegt über unsere Köpfe hinweg.

Als Onkel Ole außer Hörweite ist, dreht sich Vater blitzartig zu Mutter um. »Verdammt, er muss Juno gesehen haben!«

»Zum Glück konntest du ihn davon überzeugen, dass es nur Einbildung war«, sagt Mutter. »Und sogar eine, die ihn an seine Enkelin erinnert hat.«

»Enkelin?« Vaters Stimme bebt. »Ach was, Ole hat doch nicht mal Kinder!«

Das wird großen Ärger geben, schießt es mir durch den Kopf. Zimmerarrest. Wenn nicht Schlimmeres.

»Nein, er hat uns angelogen.« Vater rückt sich die Brille zurecht. »Was, wenn er jetzt überall herumerzählt, dass ein Kind auf unserer Insel lebt?« Vater winkt Onkel Ole noch ein letztes Mal zu, dann schiebt er Mutter in den Flur. Die Eingangstür knallt hinter ihnen zu.

Mein Herz rast. Warum bin ich nicht einfach in meinem Versteck geblieben? Vater hat recht. Durch meine Neugier habe ich uns alle in Lebensgefahr gebracht. Es besteht immerhin die Möglichkeit, dass

Onkel Ole auf dem Rückweg den Fremdlingen in die Hände fällt. Und wenn er ihnen von mir erzählt, werden sie kommen und uns alle töten.

Ich muss sofort etwas unternehmen, darf keine Zeit verlieren. Angestrengt denke ich nach, kratze über die juckenden Stellen auf meinem Unterarm. Vielleicht kann ich meinen Fehler irgendwie geradebiegen, wenn ich Onkel Ole einfach darum bitte, mich nicht zu verraten. Ihm muss doch klar sein, was für uns auf dem Spiel steht. Ich habe den Gedanken kaum zu Ende gedacht, da rennen meine Beine auch schon hinunter zum See.

Onkel Ole ist gerade dabei, sein Motorboot loszubinden, als ich endlich am Ufer ankomme. »Onkel Ole!«

Der alte Mann lässt das Seil fallen und dreht sich überrascht zu mir um. Mit weit geöffneten Augen blickt er mich an, als hätte er ein Feenwesen zwischen den Blütenblättern entdeckt.

»Ich weiß, dass du mich am Küchenfenster gesehen hast. Aber du darfst niemandem von mir erzählen!« Ich gehe ein paar Schritte auf ihn zu. »Bitte, Onkel Ole!«

Er zieht seinen Schlapphut vom Kopf und wischt sich mit der Handfläche über die Stirn. Seine Hand ist faltig und grau, wulstige Adern durchfließen seine Haut. Er kneift die Augen zusammen und blickt hinauf zu unserer Blockhütte und wieder zurück zu mir. Aus der Nähe betrachtet, wirkt Onkel Ole älter, als ich dachte. Mit leicht geöffnetem Mund mustert er mich von oben bis unten. Wie eine träge, uralte Riesenschildkröte, denke ich und blicke auf die dünnen Speichelfäden, die an seinen Lippen kleben. Die wenigen Zähne, die ihm noch geblieben sind, wirken gelblich und stumpf.

»Wer bist du?«, fragt er endlich und lässt sich prustend auf die Bootskante sinken. Ein säuerlicher, fauliger Geruch steigt mir in die Nase. »Dein Gesicht. Du kommst mir von irgendwoher bekannt vor.«

»Juno«, antworte ich knapp. »Wie die Göttin.«

»Wie kommst du auf die Insel, mein Kind?«

»Ich wohne hier. Mit meinen Eltern.«

»Und wieso habe ich dich noch nie gesehen?«

Fieberhaft denke ich darüber nach, ob ich ihm wirklich unser Familiengeheimnis anvertrauen soll, das uns die ganzen Jahre vor den Fremdlingen geschützt hat. Aber mir bleibt keine andere Wahl. »Du darfst niemandem verraten, dass wir auf der Insel leben. Sonst töten sie uns alle!«

»Wer will euch töten?«

»Sie bezahlen Geld für denjenigen, der uns findet.«

»*Jösses!* Auf euch ist ein Kopfgeld ausgesetzt?«, fragt Onkel Ole überrascht und zieht die buschigen Augenbrauen nach oben. »Und wie viel bekommt man da?«

Ich verstehe nicht, was er mit *Kopfgeld* meint. Aber ich erinnere mich gut, wie uns Mutter letztes Jahr im Schutzraum erklärt hat, dass die Fremdlinge allen Dorfbewohnern Nordlands eine Truhe mit Goldmünzen versprochen haben, wenn sie unser

Versteck verraten. »Die Wächter haben uns vor vielen Jahren hierhergebracht. Weil Vater vor dem Tribunal gegen die Fremdlinge ausgesagt hat, damals in Südland.«

»*Sørlandet*? Du meinst Südland, den norwegischen Landesteil?«, fragt Onkel Ole und blickt wieder zu unserer Blockhütte. Er wirkt irritiert.

Auch ich bin verwirrt und verstehe nicht, wovon er redet. »Nein. Da, wo der Strand ist. Und das Meer.«

»Bei uns in Schweden?«

»Südafrika«, sprudelt es aus mir heraus, da es das südlichste Land auf dem Spielbrett ist, an das ich mich erinnern kann. »Oder vielleicht auch Argentinien.«

Jetzt runzelt Onkel Ole die Stirn. Er glaubt mir nicht. Ich muss alles auf eine Karte setzen.

»Vater sagt, wir leben hier unter einem Zeugenschirm oder so ähnlich. Mir fällt jetzt das richtige Wort nicht ein.« Als Beweis halte ich ihm meinen rechten Zeigefinger vor die Nase. Der Finger bewegt sich keinen Millimeter. »Ich lüge nicht. Seit ich ein kleines Mädchen war, verstecken wir uns hier auf dieser Insel in Nordland vor den Fremdlingen. Aber du bist doch keiner, oder?«

»Zeugenschutz?«, murmelt Onkel Ole. »Und es gibt eine hohe Belohnung für euch?«

»Ja, ganz viele Goldmünzen.«

Onkel Ole lächelt mich an. Endlich scheint er es zu kapieren. Erleichtert atme ich aus. Wieder blickt Onkel Ole zu unserem Haus hoch, während er in seiner Jackentasche wühlt und ein schmales, dünnes Gerät herauszieht. Die schwarze Vorderseite des Apparats glänzt wie die Seeoberfläche bei Nacht.

»Keine Angst, mein Kind. Ich werde euch nicht verraten«, sagt Onkel Ole und legt seinen Daumen auf das Gerät, das ein kurzes Piepsen von sich gibt. »Versprochen.« Dann hält er das seltsame Ding direkt vor mein Gesicht.

»Was ist das?«

»Bitte nicht lächeln«, sagt Onkel Ole. Doch das fällt mir schwer, schließlich ist mir gerade ein Stein in der Größe eines Felsbrockens vom Herzen gefallen. In letzter Sekunde habe ich unsere Familie gerettet.

Ich schließe die Augen, denke an Mutter und Vater, die bestimmt sehr stolz auf mich sein werden, atme tief durch und versuche meine Mundwinkel zu entspannen, die sich mit aller Gewalt nach oben ziehen. Dann öffne ich die Augen wieder. Ein grelles Licht blendet mich.

»Danke«, sagt Onkel Ole knapp und steckt das Kästchen zurück in die Jackentasche, zieht den Reißverschluss zu.

Jetzt lächelt er nicht mehr. Irgendwie scheint die Fröhlichkeit aus seinem Gesicht verschwunden.

Wortlos schiebt er das Boot ins Wasser, klettert hinein und lässt sich auf die Mitte der Holzbank fallen. Das Boot wackelt gefährlich hin und her.

»Du darfst deinen Eltern niemals erzählen, dass wir uns unterhalten haben«, zischt Onkel Ole und startet den Motor. »Niemals. Hast du das verstanden, Juno?« Aus eisigen Augen starrt er mich an. »Ansonsten werde ich euch alle verraten. Dich und deine ganze Familie.«

Mir wird schlecht.

4

Ich liege auf meinem Bett und warte auf das Frühstück, das mir Mutter vor die Zimmertür stellen wird. Mein Magen knurrt.

Es ist Dienstag, zwei Tage Zimmerarrest. Vaters Strafe, weil ich nicht rechtzeitig in meinem Versteck war. Mutter wollte sogar eine ganze Woche verhängen, so wütend war sie. Dabei hätte ich ihr gern erklärt, dass sie sich keine Sorgen machen muss. Ich habe alles geregelt, wie eine erwachsene Frau. Und solange ich meinen Mund halte – und das werde ich –, wird uns Onkel Ole nicht verraten. Das hat er mir versprochen.

Niemals lügen.

Die sieben Gebote werden schließlich in ganz Nordland gelten, denke ich, und schlurfe erleichtert zum Fenster. Ich blicke hinunter in den Garten, auf die frisch gemähte Rasenfläche direkt vor unserem Hauseingang. Gleich daneben, zwischen den zwei haushohen Birken, hat Vater unser Gemüsebeet angelegt. Mit Salat, Sellerie, Kartoffeln, Tomaten, Kräutern und Beerensträuchern.

Mutter kniet mit einem Bastkörbchen davor und pflückt Erdbeeren. Wahrscheinlich die süße Beigabe für meinen Haferbrei. Ich klopfe gegen die Fensterscheibe. Doch Mutter scheint mich nicht zu hören, ich klopfe energischer. Sie dreht sich zu mir um und blickt regungslos zu mir hoch. Ich winke ihr zu, schenke ihr ein Lächeln. Doch Mutter erwidert meinen Gruß nicht und widmet sich wieder dem Beet.

Enttäuscht wandert mein Blick auf die andere Seite des Sees. Die Sonne steht schon hoch über den Kieferwäldern, flutet mein gesamtes Kinderzimmer mit Licht. Ich trete näher an das Sprossenfenster heran und lehne mich mit der Stirn gegen das warme Glas. Zimmerarrest ist so langweilig. Aber Mutter hat recht, ich habe es nicht anders verdient. Ich streiche mit dem Zeigefinger über die Scheibe und zeichne die Silhouette des großen Felsens nach. Warum bin ich auch immer so neugierig? Seit einigen Wochen verspüre ich den unerklärlichen Drang, alles über die fremde Welt da draußen zu erfahren. Ich kann nicht erklären, was der Auslöser dafür war. Vielleicht meine wiederkehrenden Träume in der Nacht von den turmartigen Häusern, den merkwürdigen Silbervögeln am Himmel, den lachenden Mädchen aus Südland. Aber vielleicht bin ich auch einfach nur erwachsen geworden. Denn zu meiner eigenen Überraschung beginne ich damit, die Dinge des Lebens zu hinterfragen. Auch Mutters Erziehungsmaßnahmen, die uns angeblich nur schützen sollen. Dabei kann ich mittlerweile schon ganz gut allein entscheiden, was gut für mich ist und was nicht. Immerhin bin ich schon sechzehn. Und ich will endlich Antworten. Zu meinen Fragen über Nordland und Südland.

Und über Jungs. Damit meine ich nicht meinen kleinen Bruder, Gott bewahre, sondern eher jemanden wie den geheimnisvollen *Richard Blackwood*, den hübschen, jungen Mann aus Mutters *Juliette*-Roman. Auch hier kann ich nicht sagen, woher diese unerwartete Sehnsucht kam, die mein inneres Gleichgewicht ins Wanken gebracht hat. Aber auf einmal war sie da.

Aus dem Augenwinkel bemerke ich einen Vogelschwarm, der wie eine schwarze Nebelwolke am Himmel vorbeizieht und seine Runden über dem See dreht, vor dem großen Felsen.

Ich erstarre.

Unser Boot – es ist weg! Sofort überfällt mich Panik, ich muss an die gestrige Standpauke denken, die uns Vater gehalten hat, kurz nachdem ich zurück ins Haus kam. So garstig hatten wir ihn noch nie erlebt. Sogar Mutter hat uns angefaucht, warum wir nicht in unserem Versteck geblieben sind. Boy hat sich auf den Küchenboden geworfen und immerzu gerufen, dass es ja nicht seine Schuld war. Doch es hat ihm nichts genützt, er kennt unsere Regeln. Wenn ein Gebot gebrochen wird, werden beide Kinder bestraft. Ich finde das ungerecht und Boy hat mir leidgetan. Früher hätte ich ohne Murren einfach klein beigegeben. Aber nicht gestern.

Ich habe Vater angeschrien, dass es ungerecht ist, wenn mein Bruder für meine eigene Dummheit büßen muss. Daraufhin hat mir Mutter eine Ohrfeige verpasst. Das hat sie bisher noch nie getan. Man konnte ihr anmerken, dass sie selbst überrascht war. Doch ich habe mich dadurch nur stärker gefühlt, gerechter.

»Es ist alles eure Schuld!«, rief ich trotzig. »Wenn ihr uns einfach sagen würdet, wie lange wir noch auf dieser blöden Insel bleiben müssen, dann wären wir auch nicht so neugierig!«

»Was ist bloß in dich gefahren, Juno?«

»Auf eure Zimmer. Alle beide!«

Ich streiche mir über die Wange und blicke hinunter zum Steg. Es war keine Einbildung, unser Boot ist weg. Keine Frage, Boy muss heute Nacht von der Insel geflohen sein. Ohne mich. Ich presse die Lippen zusammen und beobachte Mutter, die eine Handvoll Erdbeeren in das Körbchen legt. Bis jetzt scheint sie es nicht bemerkt zu haben. Ich halte den Atem an. Mutter steht auf, schüttelt sich die Erde von der Schürze und geht mit wankenden Schritten auf das Haus zu.

Ich muss an die Höchststrafe denken, die mich erwartet, wenn unser siebtes Gebot gebrochen wird, die wichtigste Regel. Mir läuft ein Schauer über den Rücken.

Ich will nicht in den Schutzraum.

Doch das blüht mir, wenn Boys Flucht von der Insel auffliegt. Hektisch sehe ich mich in meinem Zimmer um. Ich muss etwas unternehmen. Vielleicht sollte ich mich verstecken? Im Kleiderschrank, unter meinem Bett? Wenn Vater glaubt, dass beide Kinder gemeinsam von der Insel geflohen sind, werden sie ganz bestimmt nicht genauer in meinem Zimmer nach mir suchen. Ich werde einfach so lange in meinem Versteck verharren, bis Boy zurückkommt.

Mit wenigen Schritten bin ich am Kleiderschrank und schiebe Gummistiefel, den Schlafsack, meine alte Puppe Mirabell, Grimms Märchenbuch und die bemalte Zigarrenkiste zur Seite, in der ich meine gesammelten Schätze vom See aufbewahre. Dann klettere ich auf das untere Regalbrett und schließe die Türen hinter mir. Es ist dunkel. Erschöpft lasse ich mich gegen die Schrankwand fallen, ziehe die Beine an meine Brust und versuche so geräuschlos wie möglich durch die Nase zu atmen. Es riecht nach frischer Kernseife und gebeiztem Holz. Ich muss mich beruhigen. Ich muss einen Plan entwickeln.

Wie wird Mutter reagieren, wenn sie bemerkt, dass ich nicht in meinem Zimmer bin? Wird sie zuerst Vater rufen oder gleich zu meinem Bruder ins Zimmer stürzen?

Irgendetwas streift mein Gesicht, wahrscheinlich der grüne Winterpullover mit den Rentieren, den mir Mutter zum vierzehnten Geburtstag gestrickt hat. Ich schiebe die kratzige Wolle zur Seite, der Kleiderbügel quietscht auf der Metallstange, die über mir hängt. Ich beuge mich vor und blicke durch den Spalt zwischen den Schranktüren. Staubkörner schweben im strahlenden Sonnenlicht. Ich kneife die Augen zusammen, doch ich kann nur die Bettkante und einen Teil meines Dachfensters erkennen. Also, Juno, wie lautet dein Plan? Jede Minute kann Mutter im Flur auftauchen, um mir den Frühstücksbrei zu bringen.

Ich stelle mir vor, wie sie die Tür aufschließt und mein leeres Zimmer betritt. Wie ihr das Tablett aus den Händen gleitet und das Geschirr auf dem Boden zerspringt, wie sie im Raum umherstiefelt und nach Vater ruft. Sie werden sich fragen, wie ich aus dem abgesperrten Zimmer verschwinden konnte. Und dann wird Vater auf das offene Sprossenfenster deuten, die einzig logische Fluchtmöglichkeit, die mir bleibt. Mein Herz setzt aus.

Das Fenster! Es ist verschlossen.

Mit beiden Füßen drücke ich die Schranktüren auf, klettere hinaus und stürze ans andere Ende des Zimmers. Mit wenigen Handgriffen habe ich den kleinen Metallverschluss entriegelt und öffne das Fenster. Kühler Wind streift meine glühenden Wangen. Ich hole tief Luft. Warum habe ich nicht eher daran gedacht? Verärgert beiße ich mir auf die Unterlippe.

Ein Bettlaken, schießt es mir durch den Kopf – ich muss irgendeine Art von Seil am Rahmen befestigen und aus dem Fenster baumeln lassen, damit meine vermeintliche Flucht überzeugend wirkt.

Eigentlich neige ich nicht zu spontanen Bauchentscheidungen, dabei entstehen die meisten Fehler. Da bin ich mir sicher. Vater sagt, bei meinem Rechentalent würde ich später bestimmt komplizierte Maschinen bauen. Oder Brücken und Blockhütten.

Ich mag keine Überraschungen. Nicht einmal an meinem Geburtstag. Mittlerweile haben Mutter und

Vater meine Sonderlichkeit akzeptiert und überreichen mir meine Geschenke unverpackt. Seit meinem dreizehnten Geburtstag. Ich kann es nicht erklären, aber es gibt mir ein Gefühl von Sicherheit.

Ich höre einen Schlüssel im Türschloss und drehe mich um. Die Tür wird entriegelt, die Klinke heruntergedrückt. Mutter taucht in meinem Zimmer auf, in der Hand das Frühstückstablett.

»Was machst du da?«

»Nur etwas frische Luft hereinlassen«, antworte ich knapp, verschließe das Fenster und springe auf meine Matratze. Ich bete, dass Mutter nicht zum See hinunterblickt und den leeren Bootssteg entdeckt.

Sie geht ein paar Schritte auf mich zu, stellt das Tablett auf meinen Nachttisch ab.

»Hör mal, Juno«, sagt Mutter und setzt sich zu mir auf die Bettkante. »Es tut mir so leid. Ich wollte dich nicht schlagen.« Sie streicht mir über die Stirn. »Ich hatte einfach Angst. Verstehst du das?«

Ich bin überrascht und halte einen Moment inne. Mutter hat sich noch nie bei mir entschuldigt.

»Und ich wollte nicht gemein werden«, sage ich und schlinge meine Arme um ihren Oberkörper. Ich drücke sie fest an mich.

Dann weinen wir beide. Es tut gut.

Nach einer Weile löst sich Mutter von mir und sieht mir in die Augen. »Bedrückt dich etwas? Juno, du weißt, du kannst mit mir über alles reden. Wir sind doch eine Familie.«

Ich denke über das Gespräch mit Onkel Ole am

Seeufer nach. Und über das fehlende Boot. Es gibt so viel, über das ich mit Mutter sprechen möchte. Doch bei jedem Thema werde ich streng bestraft.

»Schon gut«, sagt Mutter. »Ich habe dir Erdbeeren gepflückt. Die liebst du doch so.« Sie lächelt sanft und reicht mir die Schale. »Also wieder Frieden?«

»Boy ist abgehauen.«

»Wie bitte?«

»Mit dem Boot«, sage ich und deute auf das Dachfenster.

»Das kann gar nicht sein.« Mutter fixiert meinen rechten Zeigefinger. Er rührt sich nicht. »Dein Bruder ist in seinem Zimmer. Die Tür ist abgeschlossen.«

Mutter steht auf und geht zum Fenster. Gleich wird es mächtig Ärger geben. Doch stattdessen dreht sie sich zu mir um und lächelt. »Vater ist gestern auf die andere Seite gerudert, Juno. Gleich nachdem Onkel Ole fort war. Er besorgt unsere Monatseinkäufe im Dorf. Schon vergessen?«

»Vollmond«, sage ich leise und bereue, dass ich nicht eine Sekunde länger nachgedacht habe.

»Vater wird bestimmt bald zurück sein. Vielleicht bringt er uns dieses Mal sogar …«, Mutter hält inne, starrt regungslos aus dem Fenster. Hinunter auf das funkelnde Wasser. »Wie kommst du überhaupt darauf, dass Boy die Insel verlassen will?«

Ich drücke die Fingernägel in meine Handballen. So fest, dass es schmerzt. »Wegen gestern Abend«, presse ich heraus.

»Blödsinn«, sagt Mutter knapp und zieht die Vorhänge zu. Warmes orangefarbenes Licht legt sich wie ein Schleier über die Zimmerwände, meinen Kleiderschrank, den gestreiften Teppich, den Nachttisch, über unsere Gesichter. Mutter setzt sich wieder zu mir auf die Bettkante. »So ein Risiko würde dein Bruder doch niemals eingehen.«

Ich aber schon, denke ich. Mutter seufzt, als könnte sie meine Gedanken lesen. Ich lasse mein Kinn auf die Brust sinken und falte die Hände in meinem Schoß. Bitte, lieber Gott, lass sie nicht weiterfragen.

»Juno, sieh mich an.« Mutter ergreift meinen rechten Zeigefinger, umschließt ihn mit der Faust. »Ihr Kinder plant doch nicht etwa, auf die andere Uferseite zu rudern?«

Ich schweige. Sie drückt die Faust stärker zu, und ich spüre, wie das Blut in meinem Finger zu pulsieren beginnt.

»Nein, Mutter.«

»Ich erinnere mich an die Zeit, als ich so alt war wie du, Juno. Ich dachte, mit sechzehn wäre ich erwachsen.« Sie rutscht näher zu mir heran. »Und ich wüsste als Einzige, wie die Welt da draußen funktioniert. Deshalb wollte ich sie erkunden. Dabei war ich nur ein kleines, dummes Mädchen.«

Ich konzentriere mich auf meinen Zeigefinger, der wie in einer Schraubzwinge in Mutters Faust klemmt.

»Dir wachsen Flügel, mein Kind. Doch für unsere Familie ist das zu gefährlich, verstehst du? Vor diesem Moment habe ich mich immer gefürchtet. Wir besitzen nur ein einziges Boot. Wenn einer von euch beiden hinüberrudert, kommt Vater nicht mehr von der Insel. Er kann euch nicht suchen. Und nicht retten, wenn die Fremdlinge ...« Sie stockt, lässt meinen Zeigefinger los. »Ich würde vor Kummer sterben, wenn dir da draußen etwas passiert.« Mutter fasst sich mit der Hand an die Kehle. »Möchtest du das?«

Ich hasse es zu lügen.

Doch dann balle ich meine rechte Hand zur Faust.

5

Mutter wäscht das Blut aus Vaters Hemd. Dicht gedrängt stehen wir um das Waschbecken in der Küche herum und beobachten, wie sie mit Kernseife in kreisenden Bewegungen über den Stoff reibt. Doch die Flecken lassen sich nur schwer entfernen. Genauso wenig wie mein Wunsch, die Insel zu verlassen. Daran wird auch dieses Theaterstück nichts ändern, das Mutter seit dem Frühstück für uns aufführt.

»Die Fremdlinge haben ihn schwer verletzt«, erklärt sie und hält das Hemd unter den Wasserhahn. »Vater konnte sich nur mit letzter Kraft befreien und vor ihnen flüchten.«

»Sie sind ihm doch hoffentlich nicht bis zur Insel gefolgt, oder?«, fragt Boy, während er auf seinen Fingernägeln kaut, als wären es Karottenstäbchen. »Sie wissen nicht, wo wir leben?«

Ich würde meinem Bruder gern sagen, dass er sich nicht sorgen muss. Dass Mutter nur versucht, uns Angst zu machen. Denn das glaube ich. Sie ahnt, dass wir mit dem Gedanken spielen, die Insel zu verlassen. Mein Zeigefinger hat es ihr verraten. Doch da erneuter Zimmerarrest unsere Sehnsucht offenbar nicht vermindern kann, blieb ihr keine andere Wahl, als uns mit diesem schauderhaften Trick davon zu überzeugen, dass Vater auf seiner Rückkehr aus dem Dorf von den Fremdlingen angegriffen wurde. Und wie erwartet fällt Boy darauf herein. Aber ich bin keine zwölf mehr. Ich spiele also mit, trete von einem Fuß auf den anderen und gebe das verängstigte Mädchen. Obwohl ich mir sicher bin, dass es sich um Holzlack handelt, den sie aus Vaters Hemd wäscht. Es hat denselben Farbton wie der Anstrich des Geräteschuppens hinter unserem Haus. Frisches Blut ist heller, das weiß ich. Zumindest bei Fischen.

»Vater kennt den Wald gut. Er hat sich hinter einem großen Baumstumpf versteckt, bis die Fremdlinge fort waren«, sagt Mutter und reibt die Seife fester in den Stoff.

»Deshalb kam er erst so spät in der Nacht zurück?«

»Euer Vater durchlitt Todesängste.« Mutter lässt das Hemd ins Waschbecken fallen und verschließt den Abfluss mit einem Stöpsel. Sie öffnet den Wasserhahn. »Er konnte nicht einfach zur Insel zurückrudern. Das hätte die Fremdlinge sofort zu uns geführt.«

Ich blicke zu meinem Bruder und erkenne die Furcht in seinen Augen. Er greift nach Mutters Arm. »Und jetzt sind sie auf der anderen Seite und suchen nach uns?«

»Ja, mein Junge. Wir gehen davon aus, dass sie immer noch im Wald sind.«

Ein geschickter Schachzug, denke ich. Sie wollen uns davon abhalten, über den See zu rudern. Ich staune über mein Kombinationsvermögen. Noch bis vor wenigen Tagen hätte ich genauso verängstigt reagiert wie Boy. Wie ein kleines Kind. Doch das bin ich nicht mehr. Ich stelle Fragen und finde Lösungen. Seit dem Zusammentreffen mit Onkel Ole fühle ich mich reifer, mutiger. Ich habe das Problem wie eine erwachsene Frau geklärt und gehandelt. Wie gern würde ich Mutter von meiner Heldentat berichten, dann könnte sie mit dieser albernen Wascherei aufhören.

»Das ist keine Übung, Juno.«

»Natürlich nicht, Mutter«, antworte ich und verknote die Hände hinter meinem Rücken. »Sonst hätten wir auf unseren Zimmern bleiben müssen.«

»In der Tat«, sagt Mutter und dreht den Wasserhahn ab. »Es ist überlebenswichtig, dass ihr das versteht.« Sie deutet auf das halb gefüllte Waschbecken. Wie eine einsame Insel ragt Vaters Hemd aus dem rostbraunen Wasser heraus. »Das hier ist bedeutsamer als Zimmerarrest.«

»Ja, Mutter.«

»Und wie geht es Vater?«, fragt Boy und blickt zur Holztreppe hinüber, die ins erste Stockwerk führt.

»Er braucht jetzt Ruhe, Kinder. Bitte stört ihn nicht.«

»Wird seine Wunde wieder verheilen?«

»Ich musste sie nähen«, antwortet Mutter. »Aber Vater ist über den Berg. In ein paar Tagen wird er wieder auf den Beinen sein.«

»Ich werde ihm gleich ein Bild malen«, sagt Boy. »Von unserer Familie. Oben in meinem Zimmer.«

»Über das Geschenk wird er sich sicherlich sehr freuen.« Mutter streicht meinem Bruder über die Wange.

»Und ich werde Vater einen Blumenstrauß pflücken«, füge ich schnell hinzu. Das ist meine Chance, endlich raus in den Garten zu kommen. Trotz Zimmerarrest. Vielleicht sogar bis hinunter an den See. »Darf ich?«

Mutter nickt mir zu. Dann dreht sie sich wieder zum Waschbecken und widmet sich Hemd und Kernseife. Boy und ich sehen uns kurz an, dann rennen wir los. Jeder mit einem anderen Ziel. Doch bevor ich zur Haustür hinauslaufe, nehme ich einen Umweg über das Wohnzimmer. Ich steuere auf den Sessel zu, in dem Vater montags seine Wochenzeitung liest. Dahinter, auf dem schmalen Fensterbrett, liegt es, zwischen Drachenbaum, Palmlilie und Korallenkaktus. Immer griffbereit. Ich schnappe mir das Fernglas und verschwinde hinaus in den Garten. Ich halte ihre Lügen einfach nicht mehr aus, ich muss schnellstens einen Weg finden, um von dieser Insel zu verschwinden.

Das Bündel Wildblumen liegt vor mir auf dem Felsen. Zur Absicherung habe ich mein rechtes Bein über die stacheligen Stängel gelegt, damit der Blumenstrauß nicht vom Wind fortgeweht wird. Mir bliebe keine Zeit, neue zu pflücken. Mutter würde skeptisch werden, wenn ich so spät zurückkäme. Aber ich bin ja nicht wegen der Blumen ans Seeufer gerannt.

Ich nehme Vaters Fernglas, das mir um den Hals baumelt, und blicke hindurch. Auf die andere Seite des Sees. Sofort wird mir schwindelig. Die Sicht ist verschwommen, milchig grün. Alles dreht sich. Mein Oberkörper beginnt zu schwanken, ich reiße mir das Fernglas von den Augen. Rasch stütze ich mich am Stein ab und fixiere für einige Sekunden meine roten Sandalen, die fünf Meter über der dunklen Wasserfläche baumeln.

Nachdem sich meine Augen etwas beruhigt haben, greife ich erneut zum Fernglas. Es liegt schwer in meiner Hand. Bevor ich abermals hindurchblicke, verdrehe ich zuerst das Zahnrädchen, das zwischen den Gläsern angebracht ist. So blind muss sich Vater also fühlen, wenn er seine Brille verlegt hat, denke ich und schraube das kleine Einstellungsrad bis zum Anschlag.

Jetzt erkenne ich jedes einzelne Laubblatt der Birke, sogar den weißen Ringelkork der Rinde, meterweit entfernt, auf der anderen Seite des Sees. Ich schwenke mit dem Fernglas weiter nach links in den dichten Kiefernwald. Ein dünner Streifen Sonnenlicht zwängt sich durch die Bäume, fällt auf moosbewachsene Felsspalten und verwitterte Baumstümpfe. Ich sehe sogar einen Semmelstoppelpilz am Fuße einer Kiefer. Und dann, nur wenige Zentimeter nach rechts, habe ich ihn endlich gefunden: Onkel Oles schmalen Trampelpfad. Den Weg zum Dorf, meinen Weg zur Freiheit.

Alles ist so dicht vor meinen Augen, als könnte ich danach greifen.

Mein Plan steht fest. Ich werde noch diese Woche

auf die andere Seite rudern. Heimlich, wenn Mutter und Vater schlafen. Ich werde Boy wecken und mit ihm die fremde Welt da drüben erkunden. Dort, wo die Bäume grüner, die Häuser größer und die Menschen ehrlicher sind. Mutter hat mich lange genug wie ein unreifes Kind behandelt. Das wird mir von Tag zu Tag klarer. Aber ich will keine Märchen mehr hören. Über die bösen Fremdlinge, die Vater angegriffen haben. Ich muss meine Erfahrungen selbst machen. Schließlich bin ich kein dummes Mädchen mehr, sondern eine erwachsene Frau mit eigenen Wünschen und Sehnsüchten. Aber Mutter versteht das nicht. Für sie zählen nur Gehorsam und Strafe, in ihrer Nähe fühle ich mich einsam und unverstanden. Hätte ich mehr Mut, würde ich sie anschreien.

Ich schaue mit dem Fernglas zu unserem Steg hinüber und beobachte Vaters Ruderboot, das sanft auf den Wellen schaukelt. Seit Boy und ich denken können, wurde uns strengstens untersagt, in das Boot hineinzuklettern. Auch nicht zum Spaß. Wir könnten dabei kentern und ertrinken. Deshalb weiß ich nicht, wie es funktioniert.

Ich suche das Boot nach einer versteckten Lenkmöglichkeit ab, studiere durch das Fernglas jede Schraube, jedes Brett. Und da entdecke ich den schwarz glänzenden Fleck auf dem Boden, im Schatten der vorderen Sitzfläche. Vielleicht eine Wasserlache, denke ich und kneife die Augen zusammen. Ist das Boot etwa undicht? Ich drehe das Rädchen des Fernglases ein Stück weiter nach links. Jetzt wird alles unscharf. Ich korrigiere die Einstellung. Trotzdem kann ich nicht erkennen, um welche Flüssigkeit es sich handelt. Zumindest nicht von hier oben, auf dem großen Felsen. Ich muss runter.

Der Blumenstrauß gleitet mir aus den Händen, als ich am Steg ankomme. Ich gehe ein paar Schritte näher an das Boot heran. Zweifellos. Das ist kein Wasser, die Oberfläche schimmert rötlich. Der dunkle Fleck muss Blut sein. Vater würde doch keineswegs Farbe in sein geliebtes Ruderboot schütten. Nur um uns Kinder davon abzuhalten, auf die andere Seite zu rudern. Sein Hemd, das ist eine andere Sache, das kann man wieder reinigen.

Verunsichert lasse ich mich auf die Bordkante fallen. Das Boot kippt nach vorne, ruckartig stütze ich mich mit Armen und Beinen ab. Mit einer schnellen Gegenbewegung kann ich es unter Kontrolle bringen. Meine Schuhe stehen knöcheltief im Wasser. Das Boot schaukelt wie eine Nussschale hin und her, ich versuche die Balance zu finden und stemme mich mit aller Kraft dagegen. Dann höre ich das metallische Klirren hinter meinem Rücken.

Ich drehe mich um und entdecke die Eisenkette, die mehrmals um das hintere Sitzbrett geschlungen ist. Irritiert folgt mein Blick jedem einzelnen Kettenglied. Über die Bordkante, durch das flache Wasserbett bis zu unserem Steg, wo die Kette mit einem dicken Schloss befestigt ist.

Ich muss laut auflachen, obwohl ich heulen könnte. Nicht aus Verzweiflung, sondern weil mir in diesem

Moment klar wird, dass alles zu ihrem heimtückischen Spiel gehört. Und ich wäre fast darauf reingefallen. Das angebliche Blut am Hemd, das angebliche Blut im Ruderboot. Ich schüttle den Kopf. Mir ist das Lachen vergangen. Mit diesem Trick können sie meinen kleinen Bruder abschrecken, aber nicht mich. So leichtgläubig bin ich nicht. Und Mutter weiß das. Nein, für mich hat sich Vater ein unbezwingbares Hindernis ausgedacht: eine Eisenkette.

Niedergeschlagen wate ich aus dem Wasser und lasse mich ins Gras fallen. Die Erkenntnis trifft mich wie ein Blitz. Nicht das Ruderboot haben sie in Ketten gelegt, sondern mich. Ich werde die Insel niemals verlassen.

Am wolkenlosen Himmel zieht ein Falke seine Kreise, ich verfolge seine eleganten Flugkünste. Was würde ich dafür geben, so frei zu sein. Man müsste fliegen können. Oder schwimmen, denke ich und richte mich wieder auf, ich blicke über den See auf die andere Uferseite. Nur wenige Hundert Meter entfernt, drüben, im Schatten der hohen Bäume, liegt meine Zukunft. Doch sie wird mir verwehrt, von den eigenen Eltern. Noch nie war es mir so klar wie in diesem Moment.

Mich überfällt Wut. Was sind schon ein paar Tage Zimmerarrest gegen viele weitere Jahre auf der Insel? Genau, es macht keinen Unterschied. Ich war mein ganzes Leben lang eine Gefangene. Und ich werde es immer bleiben, wenn ich nicht etwas dagegen unternehme.

Ich beuge mich vor, öffne die Schnallen meiner Sandalen und werfe die Schuhe neben mich ins Gras. Dann springe ich auf und ziehe mir das Sommerkleid über den Kopf. Es wird Zeit zu handeln. Heute werde ich mein Schicksal selbst in die Hand nehmen und schwimmen lernen. So schwer kann das nicht sein.

Angenehme Sonnenwärme breitet sich auf meiner Haut aus. Mit zaghaften Schritten nähere ich mich dem Wasser. Der See funkelt mich einladend an, als würde er mir Mut zuflüstern, doch schon wenige Meter weiter draußen wird die Oberfläche erschreckend dunkel. Ich strecke meinen rechten Fuß in das braune Wasser, dann den linken. Ich spüre den weichen Morast zwischen meinen Zehen. Ich wage mich tiefer in den See hinein, noch ein paar Schritte weiter, bis ich knietief im Wasser stehe. Eine Libelle rauscht kunstvoll an mir vorbei. Vorsichtig gehe ich in die Hocke, spüre, wie die Kälte über meine nackten Beine wandert, wie eine zweite Haut, über meinen Unterleib, über den Bauchnabel, bis hinauf zu meiner Brust. Ich lasse mich nach vorne gleiten, bis ich mit dem ganzen Oberkörper unter Wasser bin, und strample wie ein Frosch mit Armen und Beinen. Ich schlucke Wasser. Prustend richte ich mich wieder auf. Es tut gut, sicheren Boden unter den Füßen zu spüren. Doch es ist leichter als gedacht. Ich atme tief ein und wieder aus, gehe erneut in die Hocke, spreize meine Arme und schwimme los.

Ich schaffe drei Züge, dann gehe ich unter.

6

Auch den nächsten Vormittag verbringe ich im Wasser. Bis zur Hälfte des Sees schaffe ich es schon. Ich bin sehr stolz auf mich. Niemand hat es mir beigebracht, das war meine eigene Leistung. Ich habe meine Furcht unterdrückt und bin einfach ins kalte Wasser gesprungen. Schwimmen ist gar nicht so schwer, warum durften wir es nie lernen? Damit wir unser Leben lang auf der Insel bleiben, denke ich, spreize wütend die Arme und drücke mich mit aller Kraft durch die Wassermassen, trete wild mit den Füßen. Nach wenigen Zügen drehe ich wieder um, bis ich unser sicheres Inselufer erreiche.

Ich greife mir das Handtuch und trockne mich ab. Fieberhaft drehe ich mich in Richtung unserer Blockhütte um, die versteckt hinter dem Kiefernwäldchen liegt. Ich ziehe mir das blaugestreifte Kleid über und schlüpfe in meine Sandalen. Hoffentlich hat mich niemand bei meinen heimlichen Schwimmübungen beobachtet. Doch an diesem unfreundlichen Ort ist das eigentlich ausgeschlossen. Deshalb habe ich die Stelle ausgesucht. Hierher verirrt sich nur selten jemand aus meiner Familie. Durch die meterhohen dichten Bäume liegt das Seeufer meist den ganzen Tag im Dunkeln. Überall liegen große bemooste Steine und umgefallene Bäume im Schilf. Eine junge Bachstelze läuft zwitschernd umher.

Mir ist kalt. Geduldig betrachte ich meine faltigen Fingerkuppen. Ich muss warten, bis sie wieder glatt und meine Haarspitzen trocken sind. Nichts darf darauf hinweisen, dass ich im See war. Das Trocknen kann noch eine Weile dauern, da sich die Sonne an dieser Stelle fast nie blicken lässt.

Plötzlich höre ich ein Geräusch über mir. Ich blicke nach oben und verfolge das fremdartige Surren, das einige Meter über mir am Himmel schwebt. Was ist das für ein seltsames schwarzes Tier? Diese Vogelart habe ich auf der Insel noch nie gesehen. Vielleicht ein riesengroßes Insekt, überlege ich angestrengt, schließlich hat es vier schmale Flügel, die es weit von sich streckt. Das würde auch das schrille Brummen erklären, wie ein wütender Schwarm Bienen.

Hoffentlich kann es nicht stechen.

Panisch ziehe ich mir das Handtuch über den Kopf und flehe zu Gott, dass dieses Ding über mir gleich wieder verschwindet.

Ich warte, versuche mich nicht zu bewegen. Aber es gelingt mir nicht. Mein ganzer Körper zittert so stark, als würde mich Mutter erbost durchschütteln. Ich halte den Atem an. Das Geräusch kommt näher. Ich erstarre, das fremde Wesen muss mich entdeckt haben! Sein Fauchen wird aggressiver, als würde es jede Sekunde auf mich herabstürzen. Mein Herz setzt aus. Es scheint verzweifelt nach mir zu suchen. Ich spüre, dass es nur wenige Zentimeter über meinem Kopf schwebt, ohrenbetäubend laut.

Blitzschnell springe ich auf, schlage wild mit dem Handtuch um mich und versuche das schwarze Insekt von mir fernzuhalten, renne davon. Nur nicht zurückblicken, lauf, Juno, schneller! Vorbei an den Birken, durch das dunkle Kiefernwäldchen, vorbei am Grab meiner Schwester, dann nur noch wenige Schritte bis zum Brunnen, ich wage es nicht, mich umzudrehen, passiere den alten Geräteschuppen, noch ein Sprung über die Johannisbeeren, bis ich endlich den Hintereingang unserer Blockhütte erreiche.

»Verdammt, Juno!«, sagt Mutter, die Arme in die Seiten gestemmt, als ich in die Küche stürme. »Wo warst du?«

»Unten am See.«

»Wieso sind deine Haare nass?«

»Ich bin ins Wasser gefallen«, stottere ich. Mein rechter Zeigefinger beginnt zu pulsieren. »Vor Schreck, das war nicht mit Absicht, Mutter!«

»Was ist passiert?« Ihre Stimme klingt besorgt. »Juno, du hättest ertrinken können!«

»Da war ein riesiges Insekt. Das wollte mich stechen«, presse ich heraus. »Unten am Grab.«

Sie mustert mich skeptisch. Dann ergreift sie mein Armgelenk und zerrt die rechte Hand prüfend vor ihr Gesicht. »Ein Insekt? Was für ein Insekt?«

»Ein großer schwarzer Käfer, glaube ich. Mit vier Flügeln«, sage ich wahrheitsgetreu. »Er hat sogar gefaucht.«

»Gefaucht?«, fragt Mutter irritiert, während sie immer noch meinen Zeigefinger im Auge behält, der so starr wie ein Malstift ist. »Könnte ein Türkischer Maikäfer gewesen sein. Diese Insekten machen Geräusche, wenn sie sich bedroht fühlen.« Nachdenklich zieht Mutter die Augenbrauen zusammen. »Die sind aber selten.«

Ich habe noch nie von einem Käfer gehört, der fauchen kann, aber Mutter muss es wissen. Sie war Biologin, damals in Südland. Deshalb stehen in unserem Haus so viele Naturkundebücher.

Mutter lässt meine Hand fallen. »Vor dem musst du keine Angst haben, Juno. Und nun geh und trockne deine Haare.«

Ich laufe die Treppenstufen hinauf und verschwinde eilig im Badezimmer, greife nach einem frischen Handtuch und rubble mir die Haarspitzen ab. Irgendwie bin ich diesem seltsamen Maikäfer dankbar. Er hat mich davor bewahrt, bestraft zu werden. Kaum auszudenken, wenn Mutter herausgefunden hätte, dass ich im See schwimmen übe.

Ich stütze mich mit den Händen am Waschbecken ab und schaue in den Spiegel. Das Mädchen, das mich erschöpft anblickt, sieht mir überhaupt nicht mehr ähnlich. Es hat sich verändert. Ich lege den Kopf schief und betrachte die junge Frau auf der anderen Seite. Vieles ist noch wie früher – ihre langen, glatten Haare, die schmale Stupsnase, das Muttermal auf der Wange, das noch immer wie ein kleines Herz aussieht, ihre dunkelgrünen Augen. Anders als die Lippen, die mittlerweile voller sind als meine, der lange Hals und der größere Busen.

Das fremde Wesen sieht hübscher aus, als ich mich fühle.

Ich werfe das feuchte Handtuch in den Bastkorb und verlasse das Badezimmer. Im Flur bleibe ich vor Vaters Schlafzimmertür stehen. Vielleicht sollte ich nach ihm sehen, seit seiner Rückkehr ist er nicht mehr herausgekommen. Mutter hat ihm das Essen aufs Zimmer gebracht. Und gestern Nachmittag, als ich ihm den Wildblumenstrauß auf den Nachttisch gestellt habe, hat er im Schlaf gemurmelt und sich unruhig im Bett gewälzt.

Ich lege das Ohr an die Tür und lausche. Der Holzboden knarzt. Vater ist wach. Vorsichtig klopfe ich an.

»Ja?«

»Darf ich eintreten, Vater?«

»Einen Moment ...«

Ich höre, wie eine Kommodenschublade zugeschoben wird, dann humpelnde Schritte. Der Schlüssel dreht sich zweimal im Schloss, Vater öffnet die Tür. Er trägt gefütterte Hausschuhe, eine gestreifte Pyjamahose, kein Oberteil. Um seinen Bauch sind mehrere Lagen Mullverband gebunden.

»Das ist aber nett, dass du mich besuchen kommst«, sagt Vater schwach und deutet mit der Hand in den Raum. »Komm rein, Juno.«

Ich betrete das Dachzimmer, es ist warm und stickig und riecht nach fettigem Laken.

»Soll ich das Fenster für dich öffnen?«

»Nein, die verdammten Stechmücken fressen mich auf.«

Ich schließe die Tür hinter mir. Vater humpelt zu einem Stuhl, schiebt ihn an die Bettkante. »Setz dich.« Dann lässt er sich auf die Matratze fallen, zieht schwerfällig die Bettdecke über die Brust. Ich folge ihm und nehme neben dem Bett Platz. Meine Wildblumen auf dem Nachttisch blühen immer noch.

»Was ist mit deiner Brille?«, frage ich und betrachte das klobige Gestell. Die Gläser sind so dick wie Flaschenböden.

»Die habe ich im Wald verloren«, antwortet Vater. »Das ist meine Ersatzbrille.«

»Die macht dich älter«, sage ich und lache. »Wie ein Großvater.«

»Hauptsache, ich erkenne noch, wie hübsch du geworden bist, mein Kind.« Vater streicht mir über den Kopf.

Unwillkürlich muss ich an die Geschichte von Rotkäppchen denken. Ich schmunzle. So muss sie ausgesehen haben, die bärtige Großmutter. Es fehlt nur die weiße Haube.

»Hör mal, Juno«, sagt Vater und greift nach meiner Hand. »Es war ein großer Fehler, dass dich Onkel Ole entdeckt hat. Die Situation ist wirklich ernst. Niemand darf euch sehen.«

»Es tut mir leid, Vater.«

»Natürlich, das weiß ich doch«, er blickt mich sanft an, »und ich verstehe auch, dass du jetzt langsam erwachsen wirst und Fragen stellst. Über Nordland und Südland.« Er ringt sich ein Lächeln ab. »Mir war natürlich bewusst, dass wir dir irgendwann alles erklären müssen. Ich hatte nur gehofft, dass dieser Moment nicht so schnell eintreten würde.« Vater sieht mich eindringlich an. »Du bist so groß geworden, Juno. Im Gegensatz zu deinem Bruder, der immer noch an das Märchen mit den Fremdlingen glaubt.«

Mir läuft ein Schauer über den Rücken. Habe ich das eben richtig gehört? Nervös beuge ich mich zu Vater vor. »Die Fremdlinge auf der anderen Seite, die gibt es gar nicht?«

»Doch«, antwortet er. »Nur sind sie uns nicht fremd.«

Ich verstehe nicht.

»Juno, es ist an der Zeit, dir die Wahrheit über die Fremdlinge zu sagen. Ich spüre, dass du beginnst, alles auf den Prüfstand zu stellen. Verständlicherweise. Das ist typisch in deinem Alter, ich war in meiner Jugend genauso.« Vater schmunzelt, dann wird er ernst. »Es war vor über zwölf Jahren. Damals in Italien.«

»Ist das Südland?«

»Ja.«, Vater rückt sich die Brille zurecht. »Riccione. Ich … ich habe dort bei einer Bank gearbeitet. In der Führungsetage. Ich war für das Immobiliengeschäft zuständig. Das bedeutet, ich habe Häuser und Grundstücke verkauft.«

Mein Herz pocht schneller. Das ist das erste Mal, dass Vater in klaren Worten über die Vergangenheit spricht. Ich fühle mich wie eine Erwachsene. Er vertraut mir.

»In ganz Italien.« Vater macht eine Pause. »Ich habe sie im Auftrag der Bank verkauft. Doch meine Kunden waren sehr gefährliche Leute, Juno. Italienische Großfamilien, die ihr Geld bei mir waschen wollten.«

»Was bedeutet das?«

»Natürlich nicht im wörtlichen Sinn. Sie hatten schlimme Dinge getan, mit dem diese Männer viel Geld verdient haben. Um ihre Spuren zu verwischen, kamen sie zu mir und haben dafür Wohnungen und Häuser gekauft.«

»Du hast den Fremdlingen geholfen?«, frage ich, obwohl ich mir das eigentlich nicht vorstellen kann.

»Am Anfang, ja.« Vater lässt den Kopf auf das Kissen sinken. »Ich bin nicht stolz auf meine Taten, Juno. Doch eines Tages, während der Sonntagsmesse in Rimini, da sprach Gott zu mir. Er redete mir ins Gewissen. Danach konnte ich nicht mehr in den Spiegel sehen. Also bin ich am nächsten Tag zur italienischen Polizei gegangen. Das sind die Wächter, verstehst du? Ich habe als Kronzeuge ausgesagt. Ich habe die Verbrecher und ihre Familien verraten. Vor dem Tribunal, vor den Richtern von Rimini.«

»Und was ist danach passiert?«

»Sie haben mir Rache geschworen. Als Vergeltung wollen sie jedes meiner Kinder töten. Dich und Boy. Deshalb wurden wir nach Skandinavien gebracht. Nach Schweden, tief in die Wälder, auf diese Insel.

Wir leben in einem Zeugenschutzprogramm, Juno. Deswegen haben wir euch immer gesagt, dass Kinder auf der Insel verboten sind. Damit ihr euch versteckt, wenn Onkel Ole kommt. Damit er euch nicht erkennt und unsere Familie nicht an die Italiener verrät.«

»Nordland ist Schweden«, sage ich leise und denke an die Länder auf dem *Risiko*-Spielbrett.

»Doch irgendwie haben uns die Fremdlinge, diese italienischen Verbrecher, gefunden. Ich verstehe auch nicht, wie das passieren konnte.« Vater legt die Hand auf seinen bandagierten Bauch. »Mutter wollte euch keine Angst machen und meine Verletzung verheimlichen. Sie möchte nicht, dass ihr Kinder die Wahrheit erfahrt. Mir ist jedoch wichtig, dass du verstehst, in welcher Gefahr wir gerade schweben.«

»Wie viele Fremdlinge sind es?«, frage ich und muss an das Blut im Boot denken, an Vaters Hemd.

»Fünf. Einen davon habe ich verletzt.«

»Und die Wächter?«

»Die Polizei wird nicht kommen, Juno.«

»Warum?«

Vater streicht mir über den Kopf. »Je weniger du weißt, desto sicherer ist es für uns alle. Für unsere Familie. Um die Wächter zu benachrichtigen, müsste ich auf die andere Seite des Sees rudern. Aber ich bin noch zu schwach. Wir müssen uns hier verstecken und beten, dass uns die Italiener nicht finden, bevor ich wieder gesund bin. Aber irgendwann ist auch diese Gefahr vorüber. Ich habe vorgesorgt. Es wird andere Möglichkeiten geben. Außerdem besitze ich ein Gewehr und genügend Munition. Mach dir keine Sorgen, mein Kind.«

Doch so lange können wir nicht warten, denke ich.

Ich klopfe an Boys Zimmertür. Er öffnet sofort und lässt mich hinein. Auf dem Schreibtisch liegen eine Handvoll Buntstifte, wild verstreut auf einem großen Blatt Papier. Ich muss meinen Bruder beim Malen unterbrochen haben. Ich gehe näher an die Zeichnung heran. Das Bild zeigt unsere Familie vor unserer graublauen Blockhütte. Zwei Erwachsene, zwei Kinder, ein Holzkreuz.

»Wir müssen die Wächter rufen«, sage ich und stelle mich an das geöffnete Dachfenster, blicke über den See. »Es war tatsächlich Blut an Vaters Hemd.«

»Natürlich war es das.«

»Du hast das wirklich geglaubt?«

»Ich habe Vater gesehen«, antwortet Boy und stellt sich neben mich. Er deutet auf den Steg hinunter, auf das angekettete Boot. »In der Nacht, als er wiederkam. Sein Oberkörper war voller Blut, Vater war schwer verletzt, Juno. Was hast du denn gedacht?«

Ich antworte nicht. Denke an die roten Farbeimer aus dem Geräteschuppen und komme mir lächerlich vor. Boy sieht mich erwartungsvoll an. Ich schäme mich, meinen Eltern nicht vertraut zu haben. Sie tun alles dafür, uns zu beschützen.

Eilig wechsle ich das Thema: »Sag mal, dürfte ich mir kurz dein Naturkundebuch ausleihen?«

»Wofür?«

»Ich suche ein bestimmtes Insekt.«

Boy geht zu seinem Bücherregal und zieht ein faustdickes Nachschlagewerk heraus. Er blättert durch die Seiten. »Wie sah es denn aus?«

»Wie ein Türkischer Maikäfer«, antworte ich knapp.

Boy durchsucht das Inhaltsverzeichnis, klappt das Buch im hinteren Teil auf und murmelt: »*Polyphylla fullo ist eine Käferart aus der Familie der Blatthornkäfer. Auch bekannt als Walker oder Türkischer Maikäfer. Der Käfer tritt am häufigsten in Mittel- und Südeuropa auf, er ist dort jedoch nur selten zu sehen. Seine nördliche Verbreitungsgrenze ist der Süden Schwedens, die östliche der Balkan und Kaukasus, in Nordafrika…*«

»Zeig mal«, sage ich und Boy reicht mir das Buch.

»Was ist denn los?«

Der Körper des Käfers ist schwarzbraun gefärbt und trägt ein auffällig weißes Fleckenmuster. Mutter hat sich geirrt. Dieses Tier hat mich nicht angegriffen, unten am See. Es war viel größer.

»Ach, nichts.« Ich schlage das Buch wieder zu.

7

Ein Geräusch hat mich geweckt. Ich kann nicht mehr einschlafen, wälze mich zum Wecker. Freitag, kurz nach vier Uhr morgens. Ich habe vergessen, das Fenster zu verdunkeln. Mir ist heiß, ich schlage die Bettdecke zur Seite. Die Luft steht. Ich taumle zum Fenster und schiebe den kleinen Metallhaken aus der Öse, drücke die Sprossenfenster auf. Ein angenehm frischer Wind durchflutet mein Dachzimmer, mit jedem Atemzug fühle ich mich wacher. Dazu ertönt ein aufgeregtes Vogelkonzert, wie soll ich da je wieder einschlafen?

Ich schlüpfe in meine Hausschuhe und gehe durch den Flur. Das Badezimmer liegt am anderen Ende des Korridors. Das ganze Haus ist still. Nachdem ich die Spülung gedrückt habe, wasche ich Hände und Gesicht. Ich hänge das Handtuch zurück und schleiche hinunter in die Küche, um mir ein Glas Milch zu holen.

Das Deckenlicht muss ich nicht einschalten. Ich öffne den Kühlschrank und stelle die Flasche auf den Küchentisch. Kurz überlege ich, ob ich den Ofen anfeuern soll. Aber ich möchte keinen Lärm machen und entscheide mich für kalte Milch. Sie wird mir trotzdem helfen, wieder einzuschlafen. Ich will gerade das Glas aus dem Regalfach nehmen, da höre ich es erneut. Das Geräusch, das mich geweckt hat. Ich drehe mich ruckartig zum Fenster um. Ein Knacken, als würde jemand trockene Äste brechen. Ich trete an die Hintertür, die hinaus zum Garten führt, und starre durch die Fensterscheibe.

Eine Elster hüpft neugierig über unser Gemüsebeet. Glänzende Birkenblätter im Wind. Mein Blick wandert nach links. Eine zweite Elster, auf dem Mauerrand des Brunnens. Flatternd springt sie zu Boden und stolziert zum Grab meiner Schwester. Im Schatten der Fichten erkenne ich nur noch ihre weißen Federn, die sich in kleinen Hüpfern durch das dichte Gras bewegen. Ich kneife die Augen zusammen, weiter hinten, in der Nähe des Seeufers, war das eben der Schatten eines Bären?

Ich habe in meinem Leben noch keinen einzigen Bären gesehen, nur in Boys schlauen Naturkundebüchern, deshalb kann ich es nicht beurteilen. Vater hat uns erklärt, dass die Tiere auf der anderen Uferseite im Wald leben. Ist es möglich, dass einer auf unsere Insel geschwommen ist?

Ich presse meine Nase gegen das Fensterglas. Die Scheibe beschlägt untertellergroß, meine Sicht wird milchig. Mit dem Ärmel meines Nachthemds wische ich die Stelle trocken. Ich weiß nicht, ob Bären überhaupt schwimmen können. Aber der Schatten war mindestens so groß wie ein Mensch.

Ich öffne die Hintertür und trete in den Garten.

Der entfernte Ruf einer Eule schallt vom See herauf. Die Luft ist mild, es geht ein leichter Wind. Ich schlinge die Arme um meinen Körper und laufe geduckt über den schmalen Sandweg, vorbei an Mutters Gemüsebeet und unserem Geräteschuppen. Bei jedem Tritt bohren sich spitze Steinchen durch meine dünnen Filzsohlen. Ich beiße die Zähne zusammen. Nur noch wenige Schritte über das kleine Rasenstück, dann bin ich an unserem Brunnen angekommen und springe in Deckung. Ich atme tief durch und lausche aufmerksam in die Dämmerung.

Nur das gewohnte Blätterrauschen der Birken, das melodische Zirpkonzert im Wiesenmeer. Bei unseren sommerlichen Versteckspielen war ich immer die Beste. Wenn ich eine Sache besonders gut kann, dann unbemerktes, leises Anschleichen. Mit diesem Talent habe ich Vater schon einige Male zu Tode erschreckt. Deshalb verspüre ich auch jetzt keine Angst. Ich kenne jeden Winkel unserer Insel auswendig, die Natur ist mein Zuhause. Vorsichtig blicke ich über die Brunnenmauer. Der fremdartige Schatten ist nicht mehr zu sehen. Aber ich weiß, in welche Richtung der Bär verschwunden sein muss. Er ist hinunter zum See gewandert, genau dorthin, wo mich gestern Nachmittag der schwarze Riesenkäfer angegriffen hat.

Ein letzter, prüfender Blick zurück zu unserer Blockhütte, dann schleiche ich von Busch zu Baum, durch das hüfthohe, nasse Schilf, vorbei am Grab meiner Schwester, bis ich endlich hinter einer alten

Fichte ein neues, sicheres Versteck finde. Angewidert sehe ich an mir herunter. Mein Nachthemd klebt wie eine zweite Haut an meinen Oberschenkeln. Hastig ziehe ich den feuchten Stoff von meinen Beinen.

Dann ein schmatzendes Geräusch. Vor mir im Schilf. Ich verharre wie ein Reh in Habachtstellung. Neugierig lege ich den Kopf schief und versuche, den merkwürdigen Laut zu deuten. Es klingt, als würde etwas Großes durch den schlammigen Moorboden ziehen, auf der Suche nach Beute. Der Bär, denke ich. Er muss tatsächlich auf unsere Insel geschwommen sein. Das wird mir Boy niemals glauben, wenn ich ihm davon erzähle.

Ich stütze mich mit den Händen an der Rinde einer Fichte ab und sehe hinter dem Stamm hervor. Über den See zieht eine feine Nebeldecke. Mein Blick wandert über die kniehohen Gräser, über vereinzelte Felssteine, mit Moos bewachsene Äste und morsches Wurzelholz, als ich ihn im Schilf entdecke. Mein Herz setzt aus.

Kein Bär.

Es ist ein Junge – auf unserer Insel! Elegant wie ein Panther streift er durch das Schilf, schiebt mit schwimmenden Armbewegungen die Gräser zur Seite. Ich betrachte ihn genauer. Er ist mindestens fünf Jahre älter als ich, vielleicht sogar schon Mitte zwanzig, trägt einen schwarzen Pullover mit angenähter Kapuze, eine dunkelgraue Hose, schwarze Schnürschuhe, auf dem Rücken einen schwarzen Rucksack. Mit einem kleinen Licht in der Hand sucht er den Erdboden ab.

Der Junge wirkt konzentriert. Seine Gesichtsfarbe ist dunkler als meine, die schwarzen Haare fallen ihm fransig in die Stirn. Seine Augenfarbe kann ich auf die Entfernung nicht erkennen, auf jeden Fall dunkel, vielleicht braun, eine schmale Nase ziert sein zartes Gesicht. Plötzlich bleibt er bewegungslos stehen, senkt den Kopf und starrt zu seinen Füßen hinab. Nervös dreht sich der fremde Junge nach allen Richtungen um, bückt sich tief in das Schilf und hebt etwas Spinnenartiges vom Boden auf.

Es ist das schwarze Insekt! Das Tier rührt sich nicht. Ich muss es mit meinem Handtuch erschlagen haben, steif streckt es die abgewinkelten Beine vom Körper.

Der Junge drückt die Flügel des Käfers zusammen, öffnet den Reißverschluss seines Rucksacks und stopft das starre, tote Tier hinein. Vielleicht ist er ein Insektenforscher? Das wäre zumindest eine sinnvolle Erklärung, schließlich scheint dieser Käfer eine seltene Art zu sein, die noch nicht einmal in Mutters Naturkundebuch zu finden ist. Ich beuge mich weiter nach vorn, um nach einem Schmetterlingsnetz Ausschau zu halten, und verliere das Gleichgewicht.

Ich stolpere über eine Baumwurzel und kann mich gerade noch rechtzeitig mit den Händen auffangen. Schlamm spritzt in alle Richtungen. Auf mein Nachthemd, in mein Gesicht. Für einen kurzen Moment verharre ich so geräuschlos wie möglich in dieser Position. Atme flach durch den Mund und blicke mich um. Bis zu den Unterarmen stecke ich im

Morast fest, Gräser kitzeln mich an Nase und Wange. Ich spüre das Herz in meiner Brust pochen, dann eine Bewegung im Schilf. Es sind Schritte, die näherkommen, geradewegs auf mich zu.

Ein Paar schwarze Schuhe tauchen vor meinem Gesicht auf. Ängstlich blicke ich nach oben. Eine helfende Hand streckt sich mir entgegen. Ich zögere einen Moment, dann ergreife ich sie. Behutsam hilft mir der Junge auf die Beine, mit beiden Händen umklammere ich seinen Unterarm, spüre die Muskeln unter seinem schwarzen Pullover. Sie sind stark wie Schiffstaue.

Ich stehe wieder auf den Beinen, lasse seinen Arm los. Schüchtern beobachtet er aus dem Augenwinkel, wie ich mein feuchtes Nachthemd richte.

Augenblicklich überfällt mich Angst. Ist er vielleicht ein …? Panik macht sich in mir breit. Ein Fremdling? Das Blut brennt sich durch meine Adern. Ein rachsüchtiges Wesen von der anderen Uferseite? Ich schlucke trocken. Will er mich töten? Haben sie uns gefunden? Unser Versteck, unsere Insel?

Der fremde Junge lächelt mich an, merkwürdig vertraut. Ich rühre mich nicht. Ich kann nicht. Kann mich nicht bewegen. Wenn ich bloß wüsste, wie ein Fremdling aussieht, ein *Italiener*.

Ganz unmöglich, denke ich. Juno, reiß dich zusammen, er kann kein Fremdling sein. Denk nach, sieh hin! Er wirkt überhaupt nicht gefährlich. Im Gegenteil. Sieh dir seine Augen an! Das Funkeln, wie Mondlicht auf der dunkelbraunen Wasseroberfläche. Freundlich und offen. Seine weichen Gesichtszüge, das zarte Lächeln auf den Lippen. Wer ist das? Meine Gedanken kreisen wie ein hungriger Fischadler auf Beutefang. Vielleicht ein Wächter, gekommen, um uns zu beschützen?

Er mustert mich aus seinen großen dunkelbraunen Augen. Es ist mir peinlich, dass er mich so sieht, halbnackt und verdreckt, und ich schlinge schnell die Arme um meine Brust.

»*Scusa*, darf ich?«, fragt er zögernd, seine Worte haben einen eigenartigen Akzent, und schon ist sein Zeigefinger an meiner Wange, wischt mir einen kleinen Erdklumpen von der Haut. Ein Blitz durchzuckt mich.

»Wer bist du?« Meine Stimme zittert. »Ein Wächter?«

Statt eine Antwort zu geben, stellt er den schwarzen Rucksack auf dem sumpfigen Boden ab, schlüpft aus seinem Pullover und reicht ihn mir. Ich schüttle den Kopf. »Was machst du hier?«

Der fremde Junge sieht mich stumm an. Dann dreht er sich zum Seeufer um. Ich spüre, dass ihm diese Situation genauso unangenehm ist wie mir. Ich atme erleichtert durch. Er kann kein *Italiener* sein, denke ich, sonst wäre ich schon lange tot.

»Bist du ein Käfersammler?«, frage ich, um die eigenartige Stille zu durchbrechen, und deute auf seinen Rucksack.

»*Cosa hai detto?*«, flüstert er und folgt meinem Finger. Dann sieht er mir wieder in die Augen, schüttelt den Kopf. »*Ragazza*, du hättest mich niemals sehen dürfen.«

»Warum bist du auf unserer Insel?«

»Nur etwas zurückholen«, sagt er leise. »*Il Capo* hat mich geschickt.«

»Aha. Und was sollst du zurückholen?«

Er antwortet nicht.

Ich versuche es erneut: »Wie heißt du?«

Der Junge zögert, beißt sich auf die Unterlippe. Mir fällt auf, dass er wirklich schöne Lippen hat. Mutig gehe ich einen kleinen Schritt auf ihn zu. So nah habe ich noch nie einem fremden Menschen gegenübergestanden. Außer natürlich Onkel Ole, aber das ist ein alter Mann mit faltiger Haut und fettigen Haaren.

»Luca«, antwortet der Junge knapp. Ein schöner Name, denke ich, so kurz und doch so sanft. Der einprägsame Name passt gut zu seiner geheimnisvollen Erscheinung, zu seiner hübschen Nase, den struppigen schwarzen Haaren. Und zu diesen Augen. Meine Mundwinkel ziehen sich unfreiwillig nach oben. Obwohl ich eigentlich Angst verspüren sollte. Wachsam sein.

»Juno«, sage ich und lege zur Verdeutlichung meine Hand auf die Brust. Ich kann mein Herz spüren, es hüpft durch meinen Körper. »Mein Name ist Juno.«

»Die römische Göttin«, kommt mir der Junge zuvor, während er seinen Rucksack schultert. »Die schöne Tochter von Saturnus.« Wieder lächelt er.

Luca hat strahlend weiße Zähne. »Das ist aber nicht dein wirklicher Name, oder?«

Ich verstehe nicht.

»*Va bene.*« Luca legt den Kopf schief, auf seinem Hals erkenne ich eine kleine Narbe. »Du sprichst sehr gut Deutsch. Besser, als ich es je gelernt habe.« Dann zieht er die Augenbrauen zusammen. »Wie ist dein Nachname?«

Ich trete einen Schritt zurück. Warum stellt mir der fremde Junge so viele Fragen? Dabei hätte doch eher ich allen Grund, ein paar Antworten zu erfahren. Schließlich ist *er* unerlaubt auf unserer Insel aufgetaucht, mitten in der Nacht.

Luca scheint meine Verunsicherung zu spüren. »Tut mir leid, Juno. Ich wollte dich nicht erschrecken.« Zaghaft streckt er die Hand nach mir aus. »Aber *il Capo* ...« Er zögert, dreht sich wieder zum Seeufer um. Eine Ente fliegt schnatternd über die Wasseroberfläche.

»Was ist das für ein seltsames Tier, das du in deinen Rucksack gesteckt hast?« Meine Frage wirkt strenger als gedacht. »Der Käfer?«

Luca antwortet nicht, senkt den Kopf. Er scheint lange nach einer Erklärung zu suchen, fährt sich mit der Hand durch die zerzausten Haare. Seine Strähnen glänzen so tiefschwarz wie der Glücksstein auf meinem Nachttisch. Vielleicht ist es ein Zeichen Gottes, dass ich genau in diesem Moment an meinen Stein denken muss. Ich beobachte Luca. Nein, nein, nein. Er kann kein Fremdling sein. Lucas Erscheinung wirkt alles andere als bedrohlich. Sondern eher irgendwie ... niedlich.

Doch die Antwort auf meine Frage scheint ihm schwer auf den Schultern zu lasten. Dieses Gefühl kenne ich. Wenn Mutter mich nach Dingen fragt, die man nur mit einer Lüge beantworten kann. Ich erkenne mich auf seltsam vertraute Weise in ihm wieder und bereue, dass ich ihn in Verlegenheit gebracht habe. Er scheint große Angst vor seinem *Capo* zu haben. Vielleicht ist es sein strenger Vater, denke ich, da hebt Luca den Kopf. Er sieht mir lange in die Augen. »Du bist groß geworden, Juno. Und sehr hübsch.«

Ein seltsames Kribbeln durchfährt meinen Körper. *Hübsch*. Mir fehlen die Worte. Ich weiß nicht, wie ich mich verhalten soll. Luca tritt von einem Fuß auf den anderen, in Erwartung einer Reaktion. Ich spüre die Hitze in meine Wangen steigen. Wir stehen nur da und schweigen uns an. Noch nie haben die Grillen lauter gezirpt. Ein wildes Rauschkonzert in meinen Ohren.

»Ich muss jetzt wieder zurück, bevor sie etwas merken«, sagt er und blickt auf seine Armbanduhr. »Es war schön, dich kennenzulernen.« Er geht zwei Schritte auf mich zu. Ein süßer Duft von Mandeln und Zitrusfrüchten schwebt in meine Nase.

Ein sanfter Schauer läuft mir über den Rücken, kribbelt bis hinunter in meine Fußspitzen.

Luca sieht mich nervös an. »Aber das hier, dass du mich auf eurer Insel entdeckt hast, muss geheim bleiben, Juno. Streng geheim, *hai capito*? Das ist nie passiert!« Er klingt flehend. »Versprich es!«

Ich nicke. Auch wenn ich nicht recht verstehe, warum ich niemandem davon erzählen darf. Boy würde vor Neid platzen, wenn er hören würde, dass ich jemanden von der anderen Uferseite kennengelernt habe. Aber vielleicht ist es tatsächlich besser zu schweigen. Wie würde Mutter reagieren? Oder Vater? Kaum auszumalen, wenn Vater mit seinem Gewehr durch das Schilf streift, um Luca zu erschießen. Nur weil er glaubt, der fremde Junge wäre einer dieser sogenannten *Italiener*.

Dabei ist Luca ein Wächter. Ja, er kann nur ein Wächter sein. Kein Zweifel. Ich kann es spüren. Weiß es einfach. Auch wenn es mit Worten schwer zu beschreiben ist. Dieses merkwürdige Gefühlsgewitter in meinem Körper. Es traf mich wie der Blitz.

Unerwartet.

Und eigenartig. In seiner Nähe fühle ich mich geborgen, verstanden und beschützt. Ganz anders als bei Mutter. Obwohl wir uns erst seit wenigen Minuten kennen. Ist das verrückt?

Nein, Luca ist kein Fremdling. Niemals.

Was ist das bloß, dieses beschwingte Flügelflattern in meinem Bauch? Das Gefühl ist neu für mich. Und es fühlt sich gut an. Ob er dasselbe empfindet?

Luca hat gesagt, ich sei groß geworden. Also muss er mich beobachtet haben. Schon seit längerer Zeit. Wahrscheinlich mit einem Fernglas von der anderen Uferseite.

Luca ist ein Wächter.

Er wacht über mich.

»*Bene*«, sagt er und dreht sich um. Rennt zum Wasser hinunter. Ich verfolge jeden seiner Schritte, bis er nach wenigen Metern am Seeufer stehen bleibt und ein dünnes Seil losbindet. Nun erkenne ich auch sein schwarzes Schlauchboot. Es liegt versteckt im hohen Schilf. Er wirft seinen Rucksack und den Pullover hinein, springt auf die Sitzbank und greift nach den Paddeln.

»Kommst du wieder?«, rufe ich ihm hinterher. Die Worte schlüpfen einfach aus meinem Mund. Unüberlegt, aber tief aus meinem Herzen.

Luca dreht sich überrascht zu mir um, blickt mich lange an und senkt dann den Kopf. Die Kapuze rutscht ihm aus dem Gesicht. Eine Ewigkeit vergeht. Ein stechender Schmerz in meinem Bauch, mir wird übel. Im selben Moment verspüre ich eine unbeschreibliche Angst, ihn niemals wiederzusehen. Was, wenn er Nein sagt?

»Übermorgen Nacht, zwei Uhr?«, ruft Luca. »Hier am Ufer?«

Ich könnte ganz Nordland umarmen.

8

Mutter nimmt meinen Suppenteller und schüttet die Gemüsebrühe zurück in den Topf. Ich habe sie nicht angerührt. Genauso wenig wie mein Frühstück, das Mittagessen und das gestrige Abendbrot, das mir Mutter in kleine Stücke geschnitten hat. In Herzchenform, so wie früher, als ich noch ein kleines Mädchen war, das mit Fieber im Bett lag. Doch ihre Mühe war umsonst, seit Freitag habe ich keinen Hunger. Schon bei dem winzigsten Krümel müsste ich mich bestimmt übergeben.

»Ich gehe runter zum See!« Boy springt vom Esstisch auf und trägt seinen Teller zur Spüle. »Kommst du mit, Juno?«

Mutter stellt sich neben mich. »Ich weiß nicht, ob das eine gute Idee ist.« Sie fasst mir an die Stirn, ihre Finger sind eiskalt. »Deine Schwester sollte sich lieber noch etwas ausruhen. Nicht ohne Grund hat sie gestern den ganzen Tag im Bett gelegen.«

»Ich bin nicht krank, Mutter«, sage ich. Doch da bin ich mir selbst nicht so sicher. So seltsam habe ich mich noch nie gefühlt. Als würden Trolle in meinem Bauch Purzelbaum schlagen. Wenn bloß schon Nacht wäre und ich Luca endlich wiedersehen könnte, denke ich und erhebe mich von meinem Stuhl.

Mutter nimmt mich in den Arm, streicht mir eine Strähne aus dem Gesicht. »Die ganze Situation ist bedrückend, ich weiß. Aber macht euch keine Sorgen, Kinder, die Fremdlinge werden uns hier niemals finden. Unsere Insel liegt gut versteckt.« Dann löst sie sich von mir und läuft zum Spülbecken, dreht den Wasserhahn auf. »Und bald ist Vater auch wieder gesund.«

»Juno, wenn sie uns bis jetzt nicht gefunden haben, dann wissen sie wirklich nicht, wo wir leben.« Boy nickt mir zuversichtlich zu. Es ist ungewohnt, dass er mich trösten will. Wahrscheinlich sagt er es mehr zu sich selbst.

»Ja, das ist unsere Hoffnung«, pflichtet Mutter ihm bei, während sie die Suppenteller mit einem Stück Kernseife einweicht. »Sorgt euch nicht. Wir wachen immer über euch.«

Ich stelle mein unbenutztes Wasserglas in den Küchenschrank zurück und folge meinem Bruder in den Garten.

Wenig später sitzen wir auf dem großen Felsen und werfen Steine in den See. Zum Glück schweigen wir, mir ist nicht nach einer Unterhaltung zumute. Überhaupt kann ich nicht beschreiben, wie ich mich fühle. Ich weiß nicht, wohin mit mir. Als wäre mein Kopf mit Watte gefüllt. Ich fühle mich schlapp und müde und gleichzeitig seltsam aufgedreht. Ich muss jede

Minute an Luca denken. Mein Plan, die Insel zu verlassen, verschwindet immer mehr in einem Nebel aus innerem Zwiespalt. Ich könnte Bäume ausreißen oder mich unter meiner Bettdecke verkriechen. Diese Unruhe macht mich wahnsinnig. Und niemand kann mir helfen.

Ich fühle mich einsam.

»Denkst du eigentlich noch oft an sie?«

»Wie bitte?« Irritiert drehe ich mich zu Boy um.

»An unsere Schwester«, sagt er, greift nach einem faustgroßen Stein und schleudert ihn ins Wasser.

»Nur noch selten«, antworte ich und verfolge die Kreise auf der Wasseroberfläche. »Das ist so lange her.«

»War sie nett?«

Ich antworte nicht. Warum will er ausgerechnet jetzt mit mir darüber sprechen? Haben wir zurzeit nicht genug Probleme? Ich senke den Kopf, wünsche mir, ich wäre unsichtbar. Doch es hilft nichts, Boy tippt mir auf die Schulter.

»Was?«

»Erzähl mir von ihr«, nervt er weiter.

»Sie hatte kurzes, schwarzes Haar«, sage ich knapp. »Und sie war so dürr wie eine Bohnenstange.«

»Also genau das Gegenteil von dir.« Boy lacht. »Was noch?«

»Ihre Haut war so weiß wie Milch.«

Mein Bruder kneift die Augen zusammen. »Bevor Vater sie aus dem Wasser gezogen hat oder danach?«

»Schon davor«, antworte ich und hoffe, dass dieses

Gespräch bald ein Ende findet. »Boy, ich war erst fünf Jahre alt, als es passierte.« Sofort sehe ich alles wieder vor mir. Die grauen Gewitterwolken am Himmel, Mutter auf Knien, schreiend auf dem nassen Erdboden, die Hände vors Gesicht geschlagen, und die blau karierte Wolldecke, die Vater über den leblosen Körper legt, ein einzelner Schuh am Seeufer. »Ich kann mich nur noch dunkel an alles erinnern.«

»Wollte sie wirklich auf die andere Seite schwimmen?«

Ich muss an den schwarz glänzenden Glücksstein denken, den sie mir geschenkt hat. Einen Abend vor ihrem Unfall. *Der Stein wird dich immer beschützen*, hat meine große Schwester gesagt. *Er ist etwas ganz Besonderes, Juno.* Mir läuft ein Schauer über den Rücken.

Denn er ist von der anderen Seite.

9

Ich sitze in meinem Nachthemd auf dem Baumstumpf und warte. Es wird langsam hell. Der See liegt still vor mir, nur das raspelnde Zirpen der Grillen ist im hohen Schilf zu hören und das unheimliche Klacken und Schaben eines Auerhahns.

Ich hatte mir den Wecker auf Mitternacht gestellt und mich schlaflos im Bett gewälzt, immer die Uhr im Blick. Die Minuten wollten nicht vergehen. Zur Ablenkung hatte ich in meinem Märchenbuch von Hans Christian Andersen geblättert, aber ich war zu unkonzentriert, um die Zeilen von *Däumelinchen* aufzunehmen. Obwohl ich die Geschichte des einsamen Mädchens, das sich in einen kleinen geflügelten Märchenprinzen verliebt, längst auswendig kenne. Dann endlich, genau fünfzehn Minuten vor zwei, bin ich vom Bett gesprungen und in meine roten Sandalen geschlüpft, habe mir meine Strickjacke übergeworfen und bin zur Küchentür hinausgeschlichen.

Jetzt halte ich den schwarzen Stein in der Hand. Er ist kalt und glatt. Mein Blick wandert zur anderen Seite des Sees. Doch ich kann nichts erkennen.

Keine Bewegung, kein Boot, kein Luca.

Mit geballter Faust drücke ich den Glücksstein

und wünsche mir, dass Luca bald auftaucht. Ich will ihn ausfragen, über Nordland und Südland. Vielleicht kann mir Luca sogar berichten, ob er im Dorf, auf der anderen Uferseite, die Fremdlinge gesehen hat. Die sogenannten *Italiener*, vor denen mich Vater eindringlich gewarnt hat, und ob es dort drüben viele solcher Glückssteine gibt.

Ich öffne meine Hand und betrachte den glänzenden Stein, der wie eine schwarze Muschelperle in meiner Handfläche liegt.

Meine große Schwester hat es damals tatsächlich geschafft, unentdeckt über den See zu schwimmen. Da war sie gerade einmal neun Jahre alt. Doch wieso ist sie wieder zurück auf unsere Insel gekommen? Ich wäre ganz sicher drüben geblieben, um die fremde Welt zu entdecken.

Ich schließe die Augen und stelle mir vor, wie sie im Mondlicht durch das Unterholz wandert und das fremde Seeufer nach funkelnden Glückssteinen absucht. Wie ihr weißes, bodenlanges Nachthemd über dunkelgrünes Moos schwebt, über rostbraunes Laub, den Ast einer Birke streift. Neben ihr trottet ein Reh, das scheu den Kopf hebt, die Nase im Wind, wittert. Meine Schwester streicht ihm über das Fell, dann ziehen sie gemeinsam, Seite an Seite, immer tiefer in den dichten Fichtenwald hinein. Über ihnen taucht ein Lichtwesen auf, eine geflügelte Nebelelfe, die ihnen den Weg zur geheimnisvollen Stadt leuchtet. Dann ein dumpfes Klatschen auf der Wasseroberfläche, ein fließendes Geräusch, das Reh verharrt, spitzt die Ohren, blickt aus dunklen Augen regungslos zu mir auf die Insel herüber.

Der Ruf eines Käuzchens reißt mich aus meinen Gedanken.

Ich blicke auf.

Nur wenige Meter vor mir schlängelt sich eine Kreuzotter über die tiefschwarze Wasseroberfläche. Auf der Suche nach einem ahnungslosen Opfer. Bewegungslos verfolge ich die kleinen Wellen, die sie hinter sich herzieht, bis die Schlange kurz darauf im dichten Schilf verschwindet. Ich wünsche den kleinen Erdmäusen in ihrem Unterschlupf, dass sie den Morgen gut überstehen, und starre erneut auf die andere Uferseite. Und ich warte. Warte sehnsüchtig in meinem Versteck.

Ich weiß nicht, wie viel Zeit mittlerweile vergangen ist, aber es wird heller und die Vögel singen lauter. Doch nirgends ist ein Boot zu erkennen, immer noch kein Luca. Hat er sich im Tag geirrt? Oder ich mich? Heute ist doch Samstag, zwei Stunden nach Mitternacht. Also eigentlich schon … Sonntagmorgen. O nein, war er vielleicht gestern Nacht hier und hat vergeblich auf mich gewartet?

Seit Freitag verspüre ich überhaupt kein Zeitgefühl mehr. Minuten vergehen wie Stunden, Stunden wie Tage. Nervös drehe ich den Glücksstein in meiner Hand. Unmöglich, Luca hat übermorgen Nacht gesagt, da bin ich mir ganz sicher. Und er meinte heute. Aber wieso kommt er nicht?

Vielleicht ist ihm unterwegs etwas zugestoßen?

Und nun liegt er verletzt im Wald? Mutterseelenallein und hilflos. Kaum ist der unaussprechliche Gedanke in meinem Kopf angekommen, verkrampfen sich meine Arme und Beine. Mein Oberkörper wird so steif wie der Lautsprechermast unserer Sirene. Die Fremdlinge!

Ja, die Fremdlinge, vielleicht haben sie ihn getötet.

Ich drücke den Stein in meiner Hand, bis meine Finger schmerzen. Beruhige dich, Juno, er ist ganz bestimmt am Leben. Deine Fantasie spielt dir nur einen Streich. Zu viele Gedanken, zu viele Vielleichts. Du kannst nicht klar denken. Es kann dafür viele einfache Gründe geben.

Luca ist ein Wächter, er wird sicher bald auftauchen.

Wird er nicht, flüstert plötzlich die Stimme in meinem Kopf. So leise wie das Zünden eines Streichholzes. Unauffällig und unbedeutend. Doch schon wenig später fängt das trockene Stroh Feuer, breitet sich ungehindert über meine Seele aus, und ich erkenne die wahre Ursache für Lucas Fortbleiben. Es ist so einfach. Auch wenn ich es mir nicht eingestehen wollte und weiterhin nach Ausreden suchte.

Es liegt an mir. Natürlich. Ich bin der Grund. Er hatte nicht den Mut, mir zu sagen, dass er mich nicht mag. *Hübsch?* Von wegen. Er wollte nur freundlich sein. Wollte mich nicht verletzen, als ich um ein weiteres Treffen gebettelt habe.

Ich bin so dumm. Wie konnte ich nur glauben, dass

er mich ebenfalls gern hat? Ich beginne zu zweifeln. An mir, an diesem geheimen Treffen.

Mir wird kalt. Mein Nachthemd klebt klamm an der Haut. Ich schlinge die Arme um meinen Körper und suche verzweifelt ein allerletztes Mal das gegenüberliegende Seeufer ab. Nein, er wird nicht mehr kommen, Juno. Heute nicht und morgen auch nicht. Niemals.

Wütend werfe ich meinen Glücksstein ins Schilf und stapfe zurück zum Haus.

10

Ich drehe mich blinzelnd zu meinem Wecker. Es ist Sonntag. Kurz nach halb drei. Die Nachmittagssonne strahlt auf das reichlich gedeckte Frühstückstablett, das unangerührt neben mir auf dem Nachttisch steht. Mutter muss es dort hingestellt haben, als ich noch geschlafen habe. Diese Nacht habe ich kaum ein Auge zugetan. Ich kann mich nicht erinnern, wann ich endlich eingeschlafen bin. Aber dafür an den Traum, den ich wenig später hatte.

Ich träumte, ich wäre durch ein endloses honigduftendes Blumenfeld gesprungen, vorbei an wilden Rosen, Moosglöckchen, Feuerlilien und Kornblumen, als ein dunkelbraunes Wasserloch vor mir auftauchte. Ich hielt an und starrte auf den stinkenden Tümpel inmitten des Blütenmeers. Dort schwammen zwei frisch geschlüpfte Entlein, ihr Federkleid schwarz verklebt. Sie schlugen mit ihren Flügeln, piepsten und drohten jeden Moment zu ertrinken. Ich beugte mich vor, um sie zu retten, stolperte über eine Baumwurzel und fiel kopfüber in das sumpfige Wasser. Unversehens hatte mich der faulige Morast umschlungen und zog mich wie an einem Seil nach unten, immer tiefer in die Schwärze. Ich strampelte wie wild mit

Armen und Beinen, bis das Wasser um mich herum klar und rein wurde. Ich konnte wieder sehen, wieder atmen. Überall waren bunte Fische, tanzende Meerjungfrauen und grün leuchtende Wasserpflanzen. Ein junger Prinz mit goldener Krone schwamm mit kräftigen Bewegungen auf mich zu. Es war Luca. Lächelnd reichte er mir seine Hand. Ich wollte sie ergreifen, doch in dem Moment verwandelte er sich in schwarze Tinte und ich wachte auf.

Betrübt schlage ich die Bettdecke zur Seite und drehe mich zu meinem Dachfenster. Die Vorhänge sind aufgezogen. Am wolkenlosen blauen Himmel segelt ein Kranich vorbei. Warum ist Luca nicht gekommen? Warum mag er mich nicht mehr? Findet er mich zu hässlich? Am liebsten würde ich auf der Stelle sterben. Vor Kummer einfach aufhören zu atmen.

Ich vergrabe meinen Kopf unter dem verschwitzten Kissen, verstecke mich vor meiner eigenen Scham, als es unvermittelt an meiner Zimmertür klopft.

»Juno?« Es ist Boy. »Alles in Ordnung?«

Geh weg, rufe ich in Gedanken, lass mich allein, für immer! Doch er klopft erneut. Als ich nicht antworte, wird die Tür einen Spalt geöffnet. Zaghafte Schritte. Sie kommen näher, halten vor meinem Bett inne, dann wird mein Kopfkissen weggerissen.

»Es ist Spielesonntag. Willst du nicht mitmachen?«

Der himmlische Duft von Blaubeerkuchen zieht durch die offene Tür.

»Ich bin krank!«, zische ich.

»Bist du nicht«, sagt Boy und greift mir an die Stirn. »Du bist gar nicht warm.«

Ich schüttle seine Hand fort.

»Mutter hat gebacken. Und ohne dich macht unser Sonntag keinen Spaß. Vater kommt sogar nach unten und macht mit. Und du darfst dir wünschen, was wir spielen.«

»Ich habe keine Lust«, sage ich und drehe mich trotzig von ihm weg.

Doch Boy scheint sich nicht für meine Gefühle zu interessieren. Er schlendert pfeifend um das Bett herum und lässt sich zu mir auf die Matratze fallen.

»Alles außer *Risiko*«, sagt er grinsend, greift ungefragt nach dem Glas Holunderlimonade, das auf meinem Frühstückstablett steht, und leert es in einem Zug.

Genervt atme ich ein. Der Duft von fruchtigen Beeren und warmem Karamell strömt in meine Nase. Es riecht köstlich.

»Außerdem bist du mir das schuldig, Juno«, sagt er und stellt das Glas auf den Nachttisch zurück. Genau an die Stelle, wo gestern noch mein schwarzer Glücksstein gelegen hat. »Wegen letzter Woche, als du unseren Spielesonntag mit deiner Fragerei über *Nordland* und *Südland* kaputt gemacht hast.«

Mein geliebter Glücksstein. Warum habe ich ihn bloß ins Schilf geworfen? Der Stein kann doch nichts dafür, dass Luca nicht am vereinbarten Treffpunkt aufgetaucht ist.

»Komm schon. Das Spielen wird dich ablenken«,

sagt Boy. »So wie damals, als du beim Abendbrot so eine Angst hattest, weißt du noch? Weil da Blut an deinem Oberschenkel hinunter...« Er deutet auf die Beine unter meiner Bettdecke.

»Verdammt, sei still!«, rufe ich, reiße die Decke zur Seite und springe beschämt auf. Der erste Tag meiner roten Zeit. »Das geht dich nichts an!«

Boy wirkt sichtlich irritiert. »Ist dir das etwa noch mal passiert?« Er legt den Kopf schief. Erschrocken mustert er mich von oben bis unten. »Hast du dich wieder am Bein verletzt?«

»Nein«, zische ich und renne zum Kleiderschrank, da ich dieses Gespräch sofort beenden muss. Aus dem Augenwinkel sehe ich, wie mich seine Blicke verfolgen. »Also gut! Wir spielen!«, werfe ich ihm über die Schulter zu und reiße mein gestreiftes Sommerkleid vom Bügel. »Warte unten!«

»Prima!«, ruft Boy und hüpft klatschend aus meinem Zimmer.

Mutter deutet auf die gelb gepunktete Vase auf dem Esstisch. Boy schüttelt energisch den Kopf. Sie dreht sich ruckartig zur Regalwand um und verharrt für einen kurzen Moment. »Meinst du vielleicht das gelbe Lexikon, in der obersten Reihe, ganz links?« Mein Bruder verneint erneut. Mutter presst die Lippen zusammen, dreht sich wieder zu uns an den Tisch und streicht nachdenklich mit den Fingern über die gehäkelte Tischdecke. »Mhm. Oder das Milchkännchen?«

»Auch nicht!« Boy trommelt mit den Handflächen auf die Tischplatte. »Das waren zehn Versuche, Mutter. Du hast verloren!«

»Und was war es?«

»Der gelbe Knopf an deiner Bluse!«, ruft Boy und lacht. »Daran hast du nicht gedacht!«

Mutter sieht überrascht an sich herunter, dann stimmt sie in sein Gelächter ein. Ich weiß nicht, was daran so lustig sein soll. Ich lecke den Löffel Sahne ab und lege ihn zurück auf den Teller. Die luftige Zuckercreme verbessert meine Laune, zumindest ein wenig.

»Zum Abschluss bist du noch mal dran, Juno«, sagt Vater, er schiebt sich eine weitere Gabel Blaubeerkuchen in den Mund.

»Wenn es unbedingt sein muss«, sage ich und sehe mich im Wohnraum um. Mein Blick schweift über die bestickten Kissen auf dem grünen Sofa, über das gerahmte Seerosengemälde an der Wand, von den Pflanzentöpfen auf dem Fensterbrett zur goldenen Wanduhr, über den geflochtenen Korbstuhl, zu den weißen Porzellaneulen auf dem Kamin und wieder zurück zu Boy.

»Ich sehe was, was du nicht siehst, und das ist …« Am liebsten würde ich *ein Fremdling* sagen, denn diese gespielt gute Laune geht mir gewaltig auf die Nerven. Hat Vater nicht behauptet, wir wären in Gefahr? Davon merke ich jedoch nichts. Fröhliche Gesichter bei Kaffee, Kakao und Kuchen. Als wäre nie etwas passiert. Doch ich möchte Boys heiligen

Spielesonntag nicht schon wieder ruinieren und sage stattdessen: »Und das ist schwarz.«

Sofort beginnt Boy mit dem Raten. Er zählt all die Dinge auf, die er von seinem Sitzplatz aus sehen kann: Vaters schwarzes Fernglas, die Holzkohle im Kamin, den Schallplattenspieler und noch ein paar andere Dinge mehr. Ich höre gar nicht richtig zu, sondern schüttle nur unentwegt den Kopf.

»Falsch«, sage ich knapp, nachdem er den zehnten schwarzen Gegenstand aufzählt. »Verloren.«

Doch das war mir schon von Anfang an klar. Die Lösung wird Boy niemals erraten. Wie sollte er auch? Er kennt Luca ja nicht. Und erst recht nicht Lucas Herz.

»Lass mich noch ein letztes Mal raten, ja?«, bettelt Boy. »Ich werde es ganz bestimmt rausfinden.«

»Um etwas zu finden, musst du schon wissen, was du suchst«, entgegne ich und zerteile mit dem Fingernagel einen Kuchenkrümel auf meinem Teller.

»Gib mir noch eine zweite Chance!«, sagt er. »Bitte, Juno.«

Mutter sieht mich streng an. Und auch Vater dreht sich zu mir und gibt mir wortlos zu verstehen, dass ich als größere Schwester nachgeben sollte. Heile Welt spielen.

»In Ordnung«, sage ich und verschränke die Arme vor der Brust. »Du hast noch einen allerletzten Versuch.«

Boy bedankt sich überschwänglich und blickt sich mit gerunzelter Stirn im Zimmer um, als müsste er eine schwere Rechenaufgabe lösen. Er lässt sich Zeit für die Antwort. Dann deutet er zaghaft auf das Fenster hinter mir. Ich drehe mich um und blicke hinunter zum See.

»Richtig«, sage ich, obwohl ich keine Ahnung habe, was er da unten gesehen hat. Ist mir auch egal. In diesem Moment kann ich nur noch an seine Bitte denken: *Gib mir eine zweite Chance!*

Ich beginne zu grübeln. Warum gewähre ich meinem Bruder eine weitere Chance, und Luca nicht? Auch wenn Luca mich nicht danach gefragt hat. Wie auch? Es wäre doch möglich, dass es tatsächlich einen ganz einfachen Grund dafür gibt, warum er nicht kommen konnte. Und eigentlich mag er mich doch. Er findet mich *hübsch*. Ich weiß nicht mehr, was ich glauben soll.

Boy springt freudig auf. »Habe ich nicht recht gehabt, Juno? Ich habe es herausgefunden. Du hast keine Geheimnisse vor mir!«

»Was war es denn?«, fragt Mutter überrascht, auch Vater blickt mich erwartungsvoll an. Ich öffne meinen Mund und zögere. Mist, was soll ich ihnen antworten? Schnell, ich muss irgendwie einen Gegenstand finden …

»Da! Auf der Scheibe!«, ruft Boy und rennt um den Esstisch auf das große Wohnzimmerfenster zu. Er tippt auf die beiden rabenschwarzen Vogelaufkleber auf dem Glas.

»Gut gemacht, Boy«, sagt Vater und erhebt sich aus seinem Stuhl. »Also dann, Schluss mit *Ich sehe was, was du nicht siehst.* Ich muss mich wieder hinlegen. Ich denke, das war genug Aufregung für mich. Meine Wunde beginnt wieder zu schmerzen.«

Nachdem Mutter und ich das Geschirr in die Küche geräumt haben, verschwinde ich ebenfalls in mein Zimmer. Ich lasse mich mit ausgestreckten Armen auf mein Bett fallen und schmiede einen Plan. Für heute Nacht.

Ich werde uns noch eine zweite Chance geben.

11

Die Sonne ist erst vor wenigen Stunden knapp hinter dem Horizont verschwunden, als der Wecker dumpf klingelt. Es ist Viertel vor zwei am Morgen. Ich liege immer noch wach im Bett und habe vorsorglich mein gefaltetes Unterkleid über die Schellen des Weckers gelegt, um niemanden im Haus zu wecken. Ich ziehe mir hastig den kratzigen Strickpullover über den Kopf, renne die knarzenden Treppenstufen nach unten und schlüpfe zur Küchentür hinaus in den Garten. Es ist mild, nur ein leichter Wind weht durch die Birkenblätter.

Nun bin ich hier, am vereinbarten Treffpunkt, nur einen Tag später, streife im Dämmerlicht durch das kopfhohe Schilf und suche meinen Glücksstein. Wenn ich Glück habe, finde ich wenigstens ihn. Um mich herum singen die Grillen ihr morgendliches Lied, während ich mit gebeugten Knien durch den Morast schlurfe. Feuchte Luft legt sich um meine Wangen. Ich weiß genau, in welche Richtung ich den Stein geschleudert habe. Doch der Glücksstein ist so schwarz wie der Boden, über den ich schleiche. Hoffentlich wecke ich keine Kreuzotter auf, während ich die Wildgräser durchforste. Behutsam drücke ich jeden einzelnen Halm zur Seite. Nichts. Nur Schlamm und aufgeschreckte Grashüpfer, die wie Regentropfen nach allen Seiten wegspringen.

Ich will mich gerade umdrehen, um auf der anderen Seite zu suchen, als ich die glänzend schwarze Oberfläche entdecke. Sie lugt nur wenige Zentimeter vor mir aus dem zerfurchten Morast hervor. Ich greife danach, bohre meine Fingerspitzen in den kalten Schlamm und ziehe den Stein heraus. Er ist es wirklich! Im Freudentaumel marschiere ich zum Seeufer hinunter und säubere ihn im Wasser. Ich habe ihn wiedergefunden, unter all den anderen Steinen. Ein wahrer Glücksstein. Ich reibe ihn an meinem Pullover trocken und drücke ihn gegen mein Herz.

Nur wenige Meter vor mir taucht ein Schlauchboot im dichten Morgennebel auf. Ich halte den Atem an. Luca. Er ist gekommen! Mit schwungvollen Bewegungen rudert er auf das Ufer zu. Ich springe in die Luft. Danke, lieber Glücksstein. Danke für die zweite Chance.

Ein letztes Mal ziehen die Ruderblätter durch das dunkle Wasser, dann springt Luca von Bord, befestigt das Boot an einer Baumwurzel. Mit gesenktem Kopf watet er auf mich zu, die Kapuze tief über die Augen gezogen. Ich suche sein Gesicht nach einem Lächeln ab, aber da ist nichts. Kein erwartungsvolles Schmunzeln, kein freches Grinsen. Freut er sich denn nicht, mich zu sehen? Ich trete zwei Schritte zurück. Luca hebt den Kopf.

Wir sehen uns an.

In mir beginnt es zu brodeln, so viele Fragen. Ungeduldig knete ich meine Finger. Warum sagt er denn nichts? Schämt er sich, weil er gestern nicht aufgetaucht ist?

Er streift sich die Kapuze aus dem Gesicht. Seine Augen wirken seltsam leer und erschöpft.

»Wo warst du?«, platzt es aus mir heraus.

Wortlos deutet er auf einen umgefallenen Baumstamm im Schilf. Ich rühre mich nicht von der Stelle. Luca lässt sich auf den Stamm fallen, öffnet den Reißverschluss seiner Kapuzenjacke.

»Es tut mir sehr leid, Juno«, sagt er schließlich, während er seine Arme aus den Ärmeln zieht. Er breitet den schwarzen Stoff auf der feuchten Rinde aus, streicht mit der Hand darüber. »Bitte, setz dich zu mir.«

Ich gebe mir einen Ruck und lasse mich auf seiner Jacke nieder, in Erwartung einer Erklärung. Doch Luca starrt nur auf die andere Uferseite, er schweigt. So sitzen wir minutenlang da und sprechen kein Wort. Ich werde auf keinen Fall den Anfang machen. Schließlich war ich gestern wie vereinbart hier. Ich muss mich nicht erklären.

Luca dreht sich zu mir um. »Ich kann nicht lange bleiben, Juno.«

»Warum warst du nicht da?«

»Ich konnte nicht«, sagt er leise. »Mein *Capo* hatte noch wichtige Dinge mit uns zu besprechen. Hitzige Diskussionen, die bis spät in die Nacht dauerten.«

»Ich habe bestimmt eine Stunde lang auf dich gewartet.«

»Es ist komplizierter, als du denkst, Juno.«

»Ich habe mir Sorgen um dich gemacht.«

»Meinst du, das war bei mir anders?« Luca fährt sich mit beiden Händen durch das Gesicht. »Ich habe die ganze Nacht an dich gedacht und kein Auge zugetan.«

Mein Herz führt einen kleinen Freudentanz auf. Ich bin ihm doch nicht egal. Ich drücke den Glücksstein in meiner Hand.

»Juno, es ist wirklich sehr gefährlich für mich, zu dir auf die Insel zu kommen.« Er sieht mich lange an. »Und für dich auch.«

»Das ist mir egal.«

»Hör zu. Sie ahnen nicht, dass ich bei dir bin.« Luca blickt auf die Uhr an seinem Handgelenk. »Und sie dürfen es auch niemals erfahren. *Posso contare su di te?*«

»Die Fremdlinge?«

Luca scheint mit den Gedanken ganz woanders zu sein. An einem sehr dunklen Ort. »Ich bin nur gekommen, um mich zu vergewissern, dass sie dir noch nichts angetan haben.«

»Mir geht es gut«, sage ich schnell, um ihn zu beruhigen. Doch das ist gelogen. Ich bin vor Kummer fast krank geworden. Aber war es überhaupt Kummer? Das Gefühl ist neu für mich, kaum beschreibbar. Wie gleichzeitig heiß und kalt, laut und leise, wild und sanft. »Ich habe dich schrecklich vermisst.«

Er sieht mich mit großen Augen an.

»Ich dich auch«, sagt Luca leise. Die Worte fließen wie Honig über seine Lippen, bahnen sich ihren goldenen Weg in meine Ohren, erfüllen mein ausgehungertes Herz. »Sie dürfen niemals bemerken, dass ich unerlaubt weg bin, Juno. Noch mal auf der Insel, hier bei dir.« Luca wippt nervös mit dem Bein. »Es tut mir leid, ich muss wieder gehen. Sonst gefährde ich ihren Plan. Und dann werde ich streng bestraft. Und du …«, er zögert, »du könntest dabei sterben.«

Sterben?

»Doch das werde ich nie zulassen, niemals«, sagt er und legt seine Hand auf meine Schulter. Sie ist warm und weich. »Ich werde dich beschützen. Ich komme morgen Nacht wieder, Juno. Und dann werde ich dir alles erklären. Versprochen.«

12

Es ist kalt und regnet. Passend zu diesem trüben Montagnachmittag. Eigentlich ist Onkel-Ole-Tag. Doch der alte Postbote kam heute nicht. Mutter geht fest davon aus, dass er krank geworden ist. Bei diesem Wetter auch kein Wunder. Ungeduldig wartete Vater den ganzen Morgen an unserer Haustür. Jederzeit bereit, uns Kinder in unser Versteck zu schicken. Ich konnte sehen, wie er beim Warten zornig wurde. Am Ende gab er auf und legte sich wieder ins Krankenbett. Zum ersten Mal konnte ich Vaters Wut verstehen.

Ungeduld ist ein Mückenstich, den man nicht kratzen darf.

Onkel Ole tauchte einfach nicht auf. Doch mir war es ganz recht, denn so konnten Boy und ich uns entspannt im Gemüsegärtchen aufhalten, um Beeren für unseren Haferbrei zu pflücken. Bis das Sommergewitter stärker wurde.

Gedankenverloren starre ich aus dem Wohnzimmerfenster. Immer noch habe ich die Bilder der gestrigen Nacht vor Augen, schemenhaft wie der Nebelschleier über unserem See.

Luca umarmt mich.

Luca steigt in sein Boot.
Luca verschwindet in der Dämmerung.
Doch schon heute Nacht werde ich ihn wiedersehen. Er wird länger bleiben, hat er gesagt, er wird mir alles erklären. Der Gedanke an unsere nächtliche Zusammenkunft stimmt mich so heiter, dass ich keinen weiteren Gedanken an Lucas Warnung verschwenden will.

Du könntest sterben.

»Juno?«, höre ich Mutters Stimme dicht neben mir. »Wir warten auf deine Antwort.«

Ich drehe mich um und blicke zu dem aufgeschlagenen Naturkundebuch auf dem Esstisch vor mir. »Entschuldigung, Mutter. Also, der Haubentaucher …«

»Nicht schummeln!«, unterbricht mich Boy. »Ohne das Buch.«

»Ja, ja«, sage ich und versuche mich an unsere Unterrichtsstunde zu erinnern. »Der Haubentaucher ist ein tagaktiver Wasservogel. Eine Vogelart aus der Familie der Lappentaucher. Sein lateinischer Name ist …«

Mutter klappt mein Buch zu. »Ich denke, wir überprüfen lieber deine Mathematik-Kenntnisse. Naturkunde ist für heute beendet.« Sie lächelt, schiebt mir mein Heft und einen Stift zu. »Also, Juno. Achtunddreißig mal vier.«

»Hundertzweiundfünfzig«, antworte ich nur wenige Sekunden später, ohne den Stift berührt zu haben.

»Nicht raten«, zischt Boy.

»Habe ich nicht«, antworte ich. Kopfrechnen ist eine meiner Stärken. Auch wenn ich das selten durchscheinen lasse, um meinem Bruder kein schlechtes Gefühl zu geben. Mathematisches Denken fällt ihm nämlich schwer. So wie mir die Liebe. Doch das weiß ich erst, seit ich Luca getroffen habe.

Boy greift nach meinem Papier und beginnt, mein Ergebnis nachzurechnen. Mutter beobachtet ihn dabei. Verblüfft hebt er den Kopf. »Das stimmt.«

Mutter nickt zufrieden. »Dreihundertdreißig geteilt durch sechs.«

Ich schließe die Augen, träume mich hinunter ans Seeufer. Vor mir im Schilf, zwischen den Birken, tauchen zwei Ziffern auf, rosa leuchtend. Sie sind menschengroß und stehen so dicht nebeneinander, als würden sie Händchen halten. »Fünfundfünfzig.«

»Wie macht sie das?«, höre ich Boys Stimme wie von weit entfernt. »Ist das richtig, Mutter?«

»Rechne es nach.«

Wenn bloß alles so einfach wäre wie Mathematik. Aber ergibt eins plus eins wirklich zwei? Die Antwort kann mir nur Luca geben. Warum muss ich nur jede Minute an ihn denken? An seine Augen, seine Haare, Hände und Lippen. Wir haben eine besondere Verbindung, das spüre ich tief in meinem Herzen. Wie Uhr und Zeiger, Schuh und Schnürsenkel, Blaubeeren und Kuchenteig. Wir gehören einfach zusammen, Luca und ich. Wie der Dorn im Türscharnier. Ohne den anderen würden wir auseinanderfallen. Doch empfindet Luca das genauso?

»Ja«, sagt Boy und ich öffne die Augen. »Die Lösung ist richtig.«

Die Dämmerung empfängt mich. Das Gewitter ist vorübergezogen. Auch das Wetter hat Stimmungsschwankungen. Ich blicke sehnsüchtig zum See, auf Lucas Schlauchboot. Er ist nur noch wenige Meter von unserer Insel entfernt, zieht beide Ruderblätter durch das Wasser. Ich küsse meinen Glücksstein und verstaue ihn in meiner Strickjacke. Dann springe ich auf und laufe Luca entgegen, während er das Boot am Baumstamm befestigt. Er trägt denselben Pullover wie gestern, eine dunkelblaue Hose und schwarze Stiefel.

»Wartest du schon lange?«, fragt er und zieht sich die Kapuze aus der Stirn.

»Nein«, antworte ich lächelnd – das Blut in meinem rechten Zeigerfinger beginnt zu pulsieren.

»*Scusa*«, sagt er und lässt sich erschöpft auf einen Felsen fallen, er fährt sich mit dem Ärmel über das Gesicht.

»Hauptsache, du bist gekommen«, sage ich und verschränke die Arme hinter dem Rücken.

Luca nickt mir zu, ich setze mich zu ihm. Unsere Oberarme berühren sich leicht, für eine Sekunde setzt mein Herz aus.

»Ich habe mich rausgeschlichen.« Luca dreht sich zu mir. »Keiner ahnt etwas. Aber es wird mit jeder Nacht gefährlicher, verstehst du? *Il Capo* hat andere Pläne. Doch ich habe mich seinen Anweisungen widersetzt. Für dich, Juno. Obwohl ich erst seit ein paar Monaten dabei bin.« Sein gebräuntes Gesicht ist nur wenige Zentimeter von meinem entfernt. »Deshalb müssen wir uns beeilen.«

Ich sehe ihn fragend an. »Womit?«

»Wir sind alle drüben im *Nääs Fabriker*«, sagt Luca und deutet mit dem Finger über den See. »Kennst du das Hotel?«

Ich schüttle den Kopf. *Hotel?*

»Die Zimmer sind sehr modern. Alles mit Backstein, weißem Holz und viel Stahl. Das war mal eine alte Fabrik. Das Hotel hat sogar einen beheizten Außenpool.« Er sieht mich irritiert an. »Warst du überhaupt schon mal drüben in der Stadt?«

Wieder schüttle ich den Kopf.

»Du warst noch nie in Tollered?«

Ich schäme mich dafür, dass ich mein ganzes Leben auf der Insel verbracht habe. Dass ich nicht verstehe, wovon Luca da redet. Obwohl er meine Sprache spricht.

Ich lasse das Kinn auf die Brust sinken.

»Juno, ich … ich mag dich.« Seine Stimme ist jetzt ganz nah an meinem linken Ohr. Ich spüre seinen Atem an meinem Hals, rieche seinen süßen Mandelduft. Er flüstert: »*Mi piaci un sacco*, ich musste den ganzen Tag an dich denken.«

Ein wohliges Kribbeln durchströmt meinen Körper.

Am liebsten würde ich ihm um den Hals fallen.

»Deshalb mache ich mir große Sorgen um dich.

Und das ist auch der Grund, warum …«, er zögert kurz, »warum ich heute Nacht meinen Job riskiere, um dich zu retten.« Luca holt tief Luft. »Ich kann nicht länger in diesem Hotel herumsitzen und abwarten. Ich muss dir endlich die Wahrheit sagen. Jetzt, wo sie meine Drohnenbilder ausgewertet haben.«

»Wieso retten?«, frage ich. »Was für Bilder?«

»*Sono spiacente*«, sagt Luca und greift in die Vordertasche seines Kapuzenpullovers, er zieht eine kleine Fotografie heraus. »Eigentlich dürfte ich dir das niemals zeigen.« Luca reicht mir das Bild.

Irritiert betrachte ich die junge blonde Frau am Seeufer.

Sie lächelt nicht.

»Das Foto wurde meinem *Capo* vor vier Tagen geschickt.«

Wie ist das möglich? Das bin ich, neben Onkel Oles Boot.

»Deshalb sind wir hier, Juno«, flüstert er. Ich sehe aus dem Augenwinkel, wie Luca sich zu mir umdreht, ein großer schwarzer Schatten, gewaltig wie ein Bär. »Kannst du mir sagen, wie viele Personen hier auf der Insel leben?«

»Nur Vater und Mutter«, antworte ich gedankenversunken, das Bild noch immer in meinen zitternden Händen. »Und mein kleiner Bruder.« Das kann nicht sein, überlege ich fieberhaft. Wie ist dieses Abbild von mir entstanden? Onkel Ole muss es mit seinem schwarzen Kästchen gemacht haben. Was war das für ein Apparat?

»*Un fratello?*«, fragt Luca überrascht. »Du hast einen Bruder?«

»Boy«, antworte ich leise. »Er ist zwölf.«

»*Merda.*« Seine Stimme scheint weit entfernt.

In meinem Kopf dreht sich alles.

»Das ist Althochdeutsch«, erkläre ich knapp, während meine Gedanken weiter um das Zusammentreffen mit Onkel Ole kreisen und um das seltsame schwarze Gerät, das er aus seiner schmutzigen Jackentasche hervorgezogen hat. »Boys Name.«

Schon Jahre vor unserer Ankunft auf der Insel wussten Vater und Mutter, wie sie uns nennen würden. Da sich Mutter sehnlichst weitere Kinder gewünscht hatte, sollte mein Rufname ein hoffnungsvolles Omen für ihr Vorhaben sein.

Juno, die römische Göttin der Geburt.

Schon immer mochte ich die Vorstellung, mit meinem Namen für unser Familienglück verantwortlich zu sein. Im Gegensatz zu meinem kleinen Bruder, dessen Vorname im Friesischen lediglich *der Jüngere* bedeutet. Als hätte Mutter geahnt, dass Boy der Letztgeborene sein wird.

»Besitzt dein Vater eine Waffe?«, reißt mich Luca aus meinem Gedankenkarussell. Er blickt mich streng an.

Ich will gerade antworten, dass wir ein Gewehr haben, in unserem Schutzraum unter der Küche, als mein Blick erneut auf die Fotografie in meinen Händen fällt.

Falls Onkel Ole tatsächlich unerlaubt ein Bild von

mir gemacht hat, warum hat er das Foto an Lucas *Capo* geschickt? Ich hatte ihm doch versprochen, dass ich meinen Eltern nichts verraten würde.

Plötzlich wird mir eisig kalt.

Um die Belohnung zu erhalten, das Gold, das es für uns gibt. Das *Kopfgeld*! Ich schlinge die Arme um meine Brust, mein ganzer Körper zittert.

»Es tut mir alles so leid, Juno.« Luca legt seine Hand auf meine Schulter. Ich erstarre. Panisch schüttle ich sie ab und springe auf.

»Wieso bist du hier?«, schreie ich.

Er antwortet nicht.

Ich gehe einen Schritt auf ihn zu, halte ihm das Bild vor die Nase. »Du bist einer von ihnen, richtig? Du bist ein Fremdling! Aus Südland, aus Italien! Ihr wollt euch an Vater rächen!«

Luca lässt den Kopf sinken.

»Deshalb hast du mich beobachtet!« Unerwarteter Zorn steigt in mir auf. »Bist du deswegen auf die Insel gekommen? Weil ihr uns alle töten wollt?«

Er schüttelt den Kopf.

»Warum dann?« Meine Stimme bebt. »Ihr habt Vater schwer verletzt! Ich bin so dumm! Ich dachte, du wärst ein Wächter. Ich habe dir vertraut!«

Luca hebt den Kopf. Dann stützt er die Hände auf seinen Oberschenkeln ab, beugt sich nach vorn und richtet sich vor mir auf. Er ist gut einen Kopf größer als ich.

»Seit Riccione sind viele Jahre vergangen.«

»Was wollt ihr von uns?«

Keine Antwort. Stattdessen sieht er mich lange an. Ich kann in seinen Augen erkennen, wie er verzweifelt nach Worten sucht. Seine Mundwinkel beginnen zu zucken. Er blickt zum Himmel hinauf und holt tief Luft.

»Ich hatte geplant, dich heute Nacht auf eigene Faust von der Insel zu holen«, antwortet Luca jetzt leise. »Aber das geht nun nicht mehr.« Er zögert. »Weil du anscheinend noch einen Bruder hast.«

Wovon spricht er da? Was hat Boy mit alldem zu tun?

Luca geht einen Schritt auf mich zu, streckt die Hand nach mir aus, doch ich weiche zurück. »Es ist alles anders, als du denkst, Juno.« Er hält inne. »Versteh doch, wir mussten uns ganz sicher sein, dass das Mädchen auf Blomquists Foto auch wirklich du bist.«

»Was soll das bedeuten?«, frage ich. Meine Stimme überschlägt sich.

Luca greift hinter seinen Rücken, ich springe zwei Schritte zurück. Er zieht ein gefaltetes Papier aus der Hosentasche. Seine Finger zittern, als er es auseinanderklappt.

»Was ist das?« Irritiert betrachte ich das bedruckte Papier, das er mir entgegenstreckt.

Es ist eine Zeitungsseite.

Ich beuge mich vor. Die farbige Fotografie, die fast die halbe Fläche der dünnen Papierseite einnimmt, zeigt ein blondes, etwa drei- oder vierjähriges Mädchen am Strand.

Es sitzt auf einem blau-weiß gestreiften Badetuch

im Sand, in der Hand ein gelbes Plastikförmchen. Es lächelt in die Kamera. Ich trete näher an das Bild heran, erkenne winzige Milchzähnchen in seinem Mund. Im Hintergrund liegen Männer und Frauen im Sand. Leicht bekleidet, alle tragen dunkle Sonnenbrillen.

Der Ort kommt mir seltsam vertraut vor.

»Dein Name ist nicht Juno.« Die Stimme klingt leise. »Du wurdest vor zwölf Jahren aus Italien entführt. Du warst noch ein Kind, als sie dich am helllichten Tag wegschleppten. Am Urlaubsstrand von Riccione.«

Mein Blick wandert auf das gelbe Sandeimerchen mit der lustigen Maus im gepunkteten Sommerkleid, dann knicken meine Beine ein. Verschwommen erkenne ich noch, wie Luca nach vorn hechtet und mich auffängt.

Dann wird alles schwarz.

13

Ich öffne die Augen. Ich liege in Lucas Armen, er streicht mir eine Strähne aus der Stirn. Er sieht besorgt aus. Ich versuche mich aufzurichten. Doch augenblicklich wird mir schwindelig, erschöpft lasse ich den Kopf wieder sinken.

»Ich bin aus Rimini, das liegt in der Nähe von Riccione«, sagt Luca behutsam. »Ich arbeite für Interpol, als Drohnenpilot für die italienische Polizei.«

»Drohne?« Meine Stimme ist nur noch ein Hauchen.

Luca atmet durch. »Das war kein Insekt, das du mit deinem Handtuch vom Himmel geschlagen hast, sondern eine Art fliegende Kamera. Es tut mir leid, dass ich sie so dicht über deinen Kopf schweben ließ. Aber ich brauchte ein verwertbares Foto von deinem Gesicht.«

Allmählich beginne ich zu verstehen, warum Luca in der Nacht am Seeufer aufgetaucht ist. Er wollte nur seinen fauchenden Käfer zurückholen, den ich aus Panik zerstört hatte. Doch eine fliegende Kamera, wie soll das funktionieren?

»Meine Kollegen haben dich zwölf Jahre lang gesucht, deine Entführung ist weltweit bekannt«, sagt

Luca zögernd. Er scheint darauf bedacht, die richtigen Worte zu finden. »Besonders bei uns in Rimini. Da wird noch immer viel über dich gesprochen, über dein tragisches Schicksal. Ich selbst bin zwar erst seit einem halben Jahr in der Sondereinheit«, er drückt meine Hand, »aber deine Eltern haben die Hoffnung nie aufgegeben, Elly. Und auch Interpol und das FBI haben die Suche nie eingestellt.«

»Elly?«

»Dein richtiger Name«, antwortet Luca. »Elly Watson.«

»Wie ... wie ist das möglich?«, frage ich schwach.

»Unser Informant, Ole Blomquist, muss dich erkannt haben. Ein alter schwedischer Postbote aus Tollered. Anhand des künstlich erzeugten Phantombilds, das wir jährlich in allen internationalen Zeitungen abdrucken. Wir haben mit der Hilfe einer forensischen Künstlerin aus England deinen möglichen Alterungsprozess simuliert. Und das Handyfoto, das Blomquist vor ein paar Tagen an die schwedische Polizei gemailt hat, stimmte zu zweiundneunzig Prozent mit unserer elektronischen Zeichnung überein.«

Ich verstehe kein Wort von dem, was er spricht.

Luca sieht mich an. »Aber das Herz – dein Muttermal – hat jeglichen Zweifel ausgeräumt.« Er streicht mir über die Wange. »Du bist Elly Watson. Aus Cambridge in England.«

Erneut versuche ich mich aufzurichten. Luca hilft mir, zieht mich behutsam nach oben. Mir ist noch etwas schummrig, aber nach wenigen Atemzügen fühle ich mich wohler.

Ein kühler Wind streift mein Gesicht.

»Deshalb habe ich mich auch gewundert, dass du Deutsch sprichst. Ich habe es damals in der Schule gelernt«, sagt Luca. Dann deutet er in Richtung unseres Geräteschuppens. »Mein Job war, die Insel mit meiner Drohne zu überwachen, damit wir herausfinden, von welcher Seite wir eure Blockhütte am besten stürmen können. Ohne dass wir dich in Gefahr bringen. Der ursprüngliche Plan sah vor, dich aus dem Haus zu befreien, sobald das Wetter wieder stabiler wird. Gewitter bedeutet immer schlechte Sicht. Mein *Capo* wollte kein Risiko eingehen.«

Luca verstummt und setzt sich mir gegenüber. Sein Gesichtsausdruck zeigt Besorgnis. »Doch dann ist etwas passiert, das unsere gesamte Rettungsaktion gefährdet und die Situation verschärft hat.«

Er faltet die Hände, wie zum Gebet.

»Wir gehen davon aus, dass deine Entführer wissen, dass wir hier in Schweden sind und dich suchen.«

»Woher?«, frage ich automatisch, als würden wir über die Wahl des Abendessens reden, obwohl mir ganz andere Fragen durch den Kopf schießen. Ich drücke mir meine Fingernägel in den Oberarm. Vielleicht ist das alles nur ein böser Traum, aus dem ich gleich erwachen werde. Ein kurzer Schmerz unter meiner Haut.

»Heute Mittag haben wir eine Leiche gefunden«, sagt Luca und deutet mit dem Finger über den See.

»Ole Blomquist. Unser Informant, der uns am Montag dein Foto gemailt hat. Noch am selben Tag wollten wir Kontakt zu ihm aufnehmen, konnten ihn aber nicht erreichen. Mein *Capo* ging davon aus, dass er anonym bleiben wollte. Doch da hatten wir uns geirrt, es gab einen anderen Grund. Laut den schwedischen Rechtsmedizinern wurde Ole Blomquist, kurz nachdem er uns dein Foto geschickt hat, im Wald erstochen.«

Er zieht einen schmalen, schwarz glänzenden Apparat aus seiner Hosentasche. Das Gerät kommt mir bekannt vor. Luca tippt mehrmals auf die Glasoberfläche, wischt mit dem Zeigefinger nach oben. Kurz darauf erscheint wie von Geisterhand die Fotografie einer blutverschmierten Brille. Sie liegt auf einem laubbedeckten Waldboden. Gleich daneben leuchtet eine gelbe Plastiktafel mit einer Nummer darauf. »Erkennst du das Modell?«

Ich starre auf das silberne Brillengestell.

Ein chaotischer Bildersturm durchflutet meinen Kopf.

Vollmond, weißes Hemd. Rostbraunes Wasser im Spülbecken. Vaters Boot in Ketten, schwarze Wasserlache. Mullbinde, klobige Ersatzbrille. Nach und nach setzen sich die aufscheinenden Puzzleteile vor meinen inneren Augen zusammen.

»Vater«, sage ich leise. »Die Brille gehört ihm.«

Luca beißt sich auf die Unterlippe, nickt mir bestätigend zu. »Das hatten wir uns gedacht. Blomquist war kein Brillenträger.«

Mir wird schwindelig, ich stütze mich mit den Armen auf dem Felsen ab. Will Luca wirklich damit behaupten, dass Vater Onkel Ole getötet hat?

»Du schwebst in großer Gefahr, Elly«, flüstert er, legt mir die Hand auf den Oberarm. Sie glüht. »Deshalb konnte ich keinen Tag länger warten. Ich wollte dich so schnell wie möglich von hier wegbringen, noch heute Nacht.« Er atmet durch, lässt den Kopf sinken. »Doch das geht jetzt nicht mehr, weil du nicht alleine bist, verstehst du? Wenn deine Entführer feststellen, dass ich dich von der Insel geholt habe –«, Luca zögert, ringt nach Worten. »Dann werden sie deinen kleinen Bruder als Geisel nehmen. Dieses Risiko kann ich nicht eingehen.«

»Und was bedeutet das?«, frage ich unwillkürlich. Ich fasse mir an die Stirn, sie ist feucht und kalt. In meinem Schädel schwirren Hunderte von Fragen, sie summen wie ein Schwarm Stechmücken. Der Lärm ist kaum auszuhalten.

Luca rutscht auf dem Felsen hin und her.

»Es tut mir so unendlich leid«, sagt er. »Mir bleibt keine andere Wahl.« Luca fährt sich mit den Fingern durch das Haar. »Aber ich kann dich nicht mitnehmen, auf die andere Seite. Nicht heute.« Er schluckt. »Hör zu, du musst sofort wieder in euer Haus zurück, bevor deine Entführer Verdacht schöpfen.« Seine Hände zittern. »Und du darfst dir auf keinen Fall etwas anmerken lassen. Verstehst du, für sie musst du weiterhin Juno bleiben.«

Nein, ich verstehe nicht. Ich *bin* Juno.

Luca legt mir das schmale Gerät auf die Handfläche. Es hat das Gewicht von etwa fünf Kartoffeln.
»Das ist mein privates *cellulare*«, sagt er. »Damit kannst du mich immer erreichen, ich werde dir die Nummer von meinem Diensttelefon einspeichern.«
Erneut wischt er mit dem Zeigefinger über die Glasfläche, tippt mehrmals auf das Gerät, das leise Töne von sich gibt. »Hier, siehst du, ich habe meinen Namen auf die Favoritenliste gesetzt.« Er deutet auf ein kreisrundes Bildchen, es zeigt Luca in einem dunkelblauen Hemd. »Du musst nur auf mein Foto tippen, dann können wir uns jederzeit sprechen, wenn du das Gerät an dein Ohr hältst. Es ist ganz einfach.« Er nickt mir zu, es soll aufmunternd wirken. »Versteck das Telefon an einem sicheren Ort, Elly. Und zeige es niemandem. Vorsichtshalber habe ich es auf *Nicht stören* geschaltet und das Passwort deaktiviert.«
Luca blickt auf die Uhr an seinem Handgelenk.
»Ich muss jetzt leider gehen«, sagt er, streift sich die schwarze Kapuze über den Kopf und springt auf. Ich lasse das seltsame Ding in meine Jackentasche gleiten und erhebe mich ebenfalls.
Wortlos stehen wir uns gegenüber und blicken uns an. Der Ruf eines Käuzchens ertönt aus den Wäldern auf der anderen Seite des Sees. Und auch das Konzert der zirpenden Grillen ist wieder zu hören.
Luca geht einen kleinen Schritt auf mich zu. Ich spüre einen sanften Druck auf meinem Brustkorb, oberhalb meines Herzens. Meine Atmung verlang-

samt sich. Unmittelbar nehme ich die besondere Verbindung zwischen uns wahr, zwischen dem fremden Prinzen und dem Mädchen, das er retten will. Wie ein unsichtbares Seil, das sie beide umschlungen hat.

Luca streicht sich mit den Ärmeln über die Augen.

Und auch mein Schleier ist wie weggewischt. Die Wirklichkeit steht so dicht vor mir, als wäre ich aus einem Albtraum erwacht. Nur um kurz darauf festzustellen, dass ich noch immer träume. Luca war gekommen, um mich heute Nacht von der Insel wegzubringen. Weil ich als Kleinkind entführt worden bin. Aus Italien. Von Mutter und Vater.

In meinem Kopf dreht sich alles.

Mir wird schwindelig.

»Darf ich dich zum Abschied kurz umarmen?«, fragt er leise.

Ich habe das Gefühl, jeden Moment das Gleichgewicht zu verlieren. Ich nicke schwach.

Luca tritt näher an mich heran, ich schließe die Augen. Er legt die Arme um meine Schultern. Es tut gut. Das Blut schießt in meine Wangen. Luca drückt mich an sich, ein zarter Duft von Zitrus und süßen Mandeln, ich kann das pochende Herz in seiner Brust spüren. Seine Körperwärme, die starken Arme. Wieder empfinde ich das ungewohnte Gefühl von Geborgenheit, als würden wir uns seit unserer Geburt kennen. Mein Bauch kribbelt. Die Zeit steht still. Bitte, lieber Gott, verwandele unsere Körper in Marmor, damit wir uns nie mehr trennen müssen.

Ich küsse ihn auf die Wange.

Ein Blitz durchzuckt meine Lippen. Überrascht löst Luca seine Arme und tritt einen Schritt zurück. Mein Körper zittert. Ein kühler Windstrom zieht vom Seeufer herauf. Ich schlinge die Arme um meine Taille.

»Es … es tut mir leid«, flüstere ich.

»Ich schreibe dir, wann wir kommen«, sagt er knapp. »Und bitte pass auf dich auf, Elly.« Dann verschwindet Luca im Schilf.

Ich sehe seinem Schlauchboot noch lange hinterher.

Bis ich lautlos zu weinen beginne.

ZWEITER TEIL

14

Auf dem Rückweg bleibe ich vor dem Grab meiner namenlosen Schwester stehen. Ich streiche über das verwitterte Holzkreuz. Es tut mir so leid, flüstere ich in Gedanken und lasse mich zu ihr auf den feuchten Erdboden sinken. Ich fahre mit der Hand über das knöchelhohe Gras. Wer warst du?

Nach ihrem Tod haben Vater und Mutter kein einziges Wort über sie verloren. Doch Erinnerungen verblassen über die Jahre wie Holzfarbe bei Frost und Regen. Man muss sie regelmäßig erneuern, damit sie nicht auf ewig verschwinden.

Ich pflücke ein Moosglöckchen und lege es auf ihr Grab.

Das Haus ist still, als ich es betrete. Ich schlüpfe aus meinen Schuhen und schleiche barfuß die Treppe nach oben, öffne meine Zimmertür und lasse mich erschöpft auf das Bett fallen.

Etwas sticht mir in den Rücken. Ich rolle mich zur Seite und ziehe mein altes Märchenbuch hervor, mit dem ich mir kurz vor Mitternacht die Zeit vertrieben habe. Die Seite von *Däumelinchen* ist noch aufgeschlagen. Das Buch begleitet mich seit meiner Kindheit, wie eine Art Glücksbringer. Es hat mir oft Trost gegeben und die Möglichkeit, der Insel zu entfliehen. Zumindest in meiner Fantasie. Vielleicht hilft es mir auch jetzt?

Meine trüben Gedanken an Elly Watson zu vertreiben.

Und die Sehnsucht nach Luca.

Das flackernde Wirrwarr in meinem Kopf.

Ich blättere zum Anfang der Geschichte und überfliege die ersten Zeilen, die mir Mutter immer und immer wieder vorgelesen hat, damals, als wir nach tagelangen Autofahrten endlich in Nordland angekommen waren. Und auch die Wochen danach.

Nur schemenhaft kommt meine Erinnerung zurück. Wie ich zusammengerollt auf Mutters Schoß kauere, vor dem knisternden Kaminfeuer, und der Geschichte des kleinen Mädchens lausche, das nicht größer als ein Daumen war.

Ich war vielleicht vier Jahre alt und verstand kein Wort von dem, was Mutter mir laut und deutlich vorlas. Das Märchen war einfach zu absonderlich für mich.

Eine Frau wünscht sich sehnlichst ein Kind und bittet eine alte Hexe um Hilfe. Sie erhält ein magisches Gerstenkorn, das sie in einem Blumentopf anpflanzt. Daraus wächst eine Blume, in deren Blüte sich ein Mädchen befindet, *Däumelinchen*.

Doch eines Nachts springt eine fette Kröte ins Zimmer und entführt das kleine Mädchen auf einen See, um es dort mit ihrem hässlichen Krötensohn zu verheiraten. Ein paar Fische haben Mitleid mit dem Kind und beißen den Stiel des Seerosenblatts ab, auf dem *Däumelinchen* gefangen ist. So treibt das Mädchen ganz allein auf dem Blatt über das Wasser.

Dann kommt der Winter. Und *Däumelinchen* hungert und friert. In einem Erdloch findet sie eine halb erfrorene Schwalbe und pflegt sie gesund. Aus Dankbarkeit fliegt die Schwalbe im Frühjahr mit ihr in den Süden, in ein warmes Land.

Dort trifft das Mädchen auf einen geflügelten Märchenprinzen, der genauso klein ist wie sie. Sie verlieben sich ineinander und heiraten. Am Ende schenkt ihr der hübsche Blumenelf nicht nur ein Paar Flügel, sondern auch einen neuen Namen.

Dann fliegen sie gemeinsam los und erkunden die Welt.

Ich klappe das Märchenbuch zu.

Die Erkenntnis schmerzt wie eine glühende Ofentür auf der Haut. Es war nicht die wundersame Geschichte, die ich damals nicht verstand.

Es war die Sprache.

Ich sah wohl, dass Mutter den Mund öffnete und mit mir redete, aber ihre Worte ergaben keinerlei Sinn. Ungewohnt hart und abgehackt kamen die fremden Sätze über ihre Lippen.

Mutter sprach Deutsch. Sie hatte mir das Märchen vorgelesen, um mir ihre eigene, für mich fremdartige Sprache beizubringen. Mir, der kleinen Elly Watson aus England, die sie und Vater am Strand entführt hatten.

Ich bekomme kaum Luft.

Benommen lege ich das Buch auf den Nachttisch,

erhebe mich schwankend aus dem Bett und drücke das Sprossenfenster auf. Ich schließe die Augen, atme ein. Wer sind die Menschen in diesem Haus? Ich beuge meinen Oberkörper aus dem Fenster, strecke den Kopf in die kalte Nacht. Ist Boy wirklich mein Bruder? Ist das überhaupt sein echter Name? Warum haben sie ausgerechnet mich geholt?

Atme, atme, atme.

Etwas Schweres schlägt dumpf gegen den Fensterrahmen. Lucas *cellulare* in meiner Jackentasche. Ich muss es verstecken, sofort.

Mein Blick wandert durch das Zimmer. Ich könnte es unter die Matratze schieben. Doch das ist zu riskant, falls Mutter unerwartet mein Bett beziehen sollte. Normalerweise ist das meine Aufgabe, aber man kann nie wissen. Vielleicht möchte sie mir eine Freude bereiten oder glaubt, ich wäre im Moment zu schwach für Hausarbeit. Schließlich geht sie davon aus, ich wäre kränklich, da ich kaum etwas esse. Hunger verspüre ich tatsächlich immer noch keinen, da ich immerzu an Luca denken muss, aber zum Frühstück sollte ich besser etwas Haferbrei, wenigstens ein paar Löffel, in mich hineinstopfen. Nicht dass Mutter misstrauisch wird. Ich schlucke. Schon bei dem Gedanken an Essen wird mir schlecht.

In der Schublade meines Nachttischchens, unter den Büchern, zwischen den Radiergummis und Lieblingsstiften, könnte ein sicheres Versteck sein. Im Notfall reicht ein einziger schneller Handgriff, um Luca jederzeit über meine Lage zu informieren.

Nein, das ist zu gefährlich. Boy hat sich schon zweimal unerlaubt einen Stift geborgt, nicht auszudenken, wenn er Lucas Apparat findet und damit zu Vater rennt.

Der Wecker zeigt 3:02 Uhr an.

Ich greife in die Tasche meiner Strickjacke und streiche mit den Fingerspitzen über die kühle Glasoberfläche. Wo verstecke ich dich am besten? Mein schwarzer Glücksstein, den ich ebenfalls noch in der Tasche trage, stößt gegen meine Hand. Ich drehe mich zum Kleiderschrank um. Meine geheime Schatzkiste, natürlich.

Mit wenigen Schritten bin ich am Schrank, öffne die Türen und knie mich auf den harten Holzboden. Ich schiebe meine Gummistiefel, den Schlafsack und Grimms Märchenbuch zur Seite und ziehe meine bunt bemalte Zigarrenkiste heraus. Ich öffne den Deckel, der gewohnte Duft von Zedernholz und feuchtem Moos steigt mir in die Nase. Eilig verstecke ich das schwarz glänzende Ding zwischen den Steinen und der seltenen Schwanenmuschel, die ich am Seeufer gefunden habe, und schließe den Kistendeckel. Jetzt noch fein säuberlich den Schlafsack und meine Puppe Mirabell darüber verstauen und in die hintere Ecke schieben, fertig.

Plötzlich überfällt mich große Müdigkeit.

Ich lege mich ins Bett und schließe die Augen.

15

Mutter steht in der Küche und bereitet das Essen vor. Im ganzen Haus duftet es nach Blaubeerkuchen. Ungewöhnlich, denke ich, Mutter backt normalerweise erst gegen Nachmittag. Ich gehe einen Schritt auf sie zu. Wie lange habe ich geschlafen? Wortlos öffnet Mutter die Ofenkammer und legt zwei weitere Holzscheite nach, obwohl das Feuer noch anständig lodert. Ich sehe mich irritiert um. Boy und Vater sind nirgends zu sehen. Dabei ist mein Bruder immer der Erste, der in die Küche stürmt, wenn er den herrlich süßen Duft riecht.

»Wo sind die anderen?«, frage ich.

Mutter antwortet nicht.

Ich trete näher an sie heran, stelle mich neben sie. Doch Mutter scheint mich nicht zu beachten. Ich mustere die leere Arbeitsfläche. Kein Rührbesen, keine Teigschüssel, alles ist blitzeblank aufgeräumt. Als hätte sie den Kuchenteig einfach herbeigezaubert. Ich ziehe an ihrem Rockzipfel, bis sie sich endlich zu mir umdreht.

»Was hast du dir dabei gedacht?«, fragt sie mit ernster Miene.

Ich habe keinen Schimmer, wovon sie spricht. Verunsichert zucke ich mit den Schultern.

Mutter deutet mit dem Zeigefinger auf die Ofentür. Ich beuge mich nach vorn und blicke durch das bräunliche Glasfenster. Auf dem verkrusteten Gitterrost liegt etwas Schmales, schwarz Glänzendes.

Was ist das? Eine Ahnung steigt in mir auf.

»Das habe ich in deinem Zimmer gefunden«, sagt Mutter, während sie sich einen Handschuh überzieht. »Im Kleiderschrank!« Dann öffnet sie die Ofentür. Ein fürchterlicher Gestank und schwarzer Qualm steigen daraus empor. Mutter wedelt mit den Armen, bis sich der Rauch verflüchtigt hat. Dann kann ich erkennen, was dort liegt. Es ist Lucas *cellulare*.

»Wolltest du damit deine Eltern sprechen, Elly?«, schreit Mutter mit einem Mal wie von Sinnen. »Dann mach es doch, Elly, tu es!« Sie greift unter meine Arme und schiebt mich, als wäre ich so leicht wie ein Laib Brot, durch das weit aufgerissene Maul der Ofentür. Ich strample mit Armen und Beinen, versuche mich an der glühenden Tür festzuhalten, doch es ist sinnlos. Mutter drückt mich immer tiefer und tiefer in den gluthei ßen Ofen hinein. Dann schlägt sie die Metalltür zu und beginnt aus voller Kehle zu lachen. Ich schlage um mich, versuche mich verzweifelt aus meinem eisernen Flammengrab zu befreien, schreie um Hilfe, rufe Lucas Namen, doch es ist zu spät.

Die Flammen fressen sich bis auf meine Knochen.

Ich reiße die Augen auf.

Mutter steht über mich gebeugt, ihre Hand ruht auf meiner Stirn.

»Du glühst ja.« Sie schüttelt den Kopf. »Vielleicht solltest du heute besser im Bett bleiben, Juno.«

»Ich habe nur schlecht geträumt«, stammele ich und richte mich auf. Mir ist heiß, unsagbar heiß, die Haare kleben an meinen Wangen. Durchatmen, Juno, ganz tief durchatmen. Ich will gerade die Bettdecke zur Seite stoßen, als mein Blick auf die andere Seite des Zimmers fällt, auf meinen Kleiderschrank.

Die Schranktür steht offen.

O nein, Lucas Apparat.

Mutter drückt mich zurück auf die Matratze. »Keine Widerrede, du ruhst dich jetzt aus.« Sie deutet auf das geschlossene Sprossenfenster. »Was hast du dir dabei gedacht, Juno?« Erneut schüttelt sie den Kopf, diesmal ernster. »Du hast die ganze Nacht bei offenem Fenster geschlafen.« Sie zieht den dunkelblauen Stoff, der auf mir liegt, bis an mein Kinn hoch. »Du warst schon ganz ausgekühlt, als ich dich fürs Frühstück wecken wollte. Ich musste den Schlafsack holen, damit du nicht erfrierst.«

Ich blicke an mir herunter. Auf meiner Bettdecke ausgebreitet, liegt mein blauer Winterschlafsack aus dem Schrank.

»Es war nur ein Albtraum, Mutter«, sage ich. »Nur ein Traum. Außerdem haben wir Sommer. Ich brauche keine zwei Decken.«

»Wer ist Luca?«, fragt Mutter.

Ich erstarre.

»Du hast seinen Namen im Schlaf gerufen.«

Schulterzuckend werfe ich die schweren Decken zur Seite und setze mich wieder auf.

»Ich kann mich nicht erinnern«, lüge ich. Wie auf Kommando beginnt mein rechter Zeigefinger zu zittern, das Pulsieren wird immer stärker, ich bekomme das Zucken nicht unter Kontrolle. Panisch balle ich die Hand zur Faust und schlüpfe in meine Hausschuhe. »Luca? ... Nein, Mutter. Du musst dich verhört haben, ich ... ich habe von der *Luke* geträumt. In unserer Küche. Die Fremdlinge kamen. Es war furchtbar, Mutter.«

»Wo willst du hin?«, fragt sie und blickt mir irritiert nach.

»Duschen.«

»In Ordnung. Aber danach gibt es Frühstück, Juno. Oder hast du immer noch keinen Hunger?«

»Bärenhunger«, antworte ich schnell, ziehe den gepunkteten Morgenmantel aus meinem Kleiderschrank heraus und schließe die Schranktüren.

»Schön zu hören«, sagt Mutter und folgt mir in den Flur. Als wir vor dem Badezimmer ankommen, ergreift sie meine Hand. »Wir erwarten dich dann unten in der Küche.« Sie lächelt. »Vater ist auch wieder auf den Beinen.«

Ein Schauer läuft mir über den Rücken.

»Ich beeile mich«, sage ich, reiße mich los und stürme ins Bad.

Wenig später sitze ich mit ihnen am Frühstückstisch, stopfe mir löffelweise warmen Haferbrei in den Mund. Dabei blicke ich in ihre leblosen Gesichter. Die ganze Familie ist versammelt, niemand spricht ein Wort. Boy greift nach der großen Keramikschüssel, die in der Mitte des Tisches steht, und nimmt sich zwei Schöpfkellen Nachschlag. Als hätte er seit Tagen nichts gegessen. Dann schiele ich zu Mutter hinüber, beobachte, wie sie Holundersirup in das Schälchen mit den gepflückten Erdbeeren gießt, das ich Vater zum siebenundfünfzigsten Geburtstag getöpfert habe.

Ein Dienstagmorgen wie jeder andere, denke ich, und versuche möglichst geräuschlos den schleimigen Brei hinunterzuwürgen. Ein fast vertrautes Familienbild, seit Vater wieder gemeinsam mit uns in der Küche isst.

Würde er nicht mit freiem Oberkörper am Tisch sitzen.

Schweißperlen kleben auf seiner behaarten Brust.

Warum hat er sich kein Hemd übergezogen? Ich wende den Blick ab und starre wieder auf die Schüssel Haferbrei vor mir, kein besserer Anblick. Vielleicht, damit wir weiterhin seine blutdurchtränkte Mullbinde vor Augen haben, erkläre ich mir die unangemessene Situation. Und die bösen Fremdlinge nicht vergessen, die angeblich auf der anderen Seite warten.

Doch ich weiß es besser.

»Hast du noch Schmerzen, Vater?«, frage ich in die Stille und deute auf seinen Verband.

Überrascht sieht er an sich hinab, schüttelt den Kopf. Dann löffelt er unbeirrt weiter.
Schweigen.
Das klappernde Geschirr macht mich rasend. Angestrengt lausche ich dem Gesang der Singvögel, der durch das geöffnete Küchenfenster zu uns hereinträllert, um nicht innerlich zu zerplatzen. Wer sind diese Menschen, mit denen ich zwölf Jahre meines Lebens verbracht habe?
Atmen, Juno, ganz ruhig atmen.
Wieder diese seltsame Zerrissenheit, die ich auch nach dem ersten Zusammentreffen mit Luca verspürt habe. Nicht zu wissen, wohin man gehört, wohin mit dem Herzen. Doch das Gefühl ist jetzt ein wenig anders.
Ich bin ein Fremdling. In meiner eigenen Familie.

Nachdem wir abgespült haben, sitze ich mit Boy auf dem Sofa und starre aus dem offenen Wohnzimmerfenster, lausche der Klaviersuite in F-Dur. Ich habe eine meiner Lieblingsplatten aufgelegt, die *Suite bergamasque* von Claude Debussy, um der angespannten Stille zu entkommen. Das vertraute Knistern des Plattenspielers beruhigt mich. Ein kühler Sommerwind. Es duftet nach feuchtem Gras. Ich schließe die Augen und sammle meine Gedanken.

Vater ist wieder nach oben in sein Zimmer gegangen, um sich auszuruhen, Mutter duscht. Ich konzentriere mich auf jedes einzelne Geräusch. Das hilft mir beim Nachdenken.

Ich höre Vaters schwerfällige Schritte im Schlafzimmer über mir, scheinbar ziellos wandert er umher. Ist er am Montag wirklich auf die andere Seite gerudert, um Onkel Ole zu töten? Eigentlich kaum vorstellbar. Die Zimmerdecke knarzt. Vater hat uns ein Leben lang beigebracht, jedes Lebewesen mit Respekt zu behandeln. Vielleicht war es ein Unfall und Onkel Ole ist unglücklich gestürzt. Auf einen Baumstamm, mit dem Kopf.

Nein, da war ein Messer, hat Luca gesagt. Und Vaters Brille lag neben der Leiche. Dafür finde ich keine logische Erklärung. Ich drücke die Augenlider zusammen, sehe rote Lichtfäden vor mir in der Dunkelheit, Vater kann kein Mörder sein.

Meine Gedanken fahren Karussell. Drehen sich schneller und schneller, im Kreis. Juno, Vater ist nicht *dein* Vater!

Ein gluckerndes, rauschendes Geräusch im Haus, Wasser fließt durch die alten Leitungsrohre. Mutter steht unter der Dusche.

Wie lange hat sie neben meinem Bett gesessen und mir beim Schlafen zugesehen? Habe ich im Traum etwa mehr verraten, als Mutter sich anmerken lässt? Ich hoffe, nicht.

Das unerschütterliche Ticken der alten Wanduhr rechts neben mir. Mit jedem Sekundenschlag wird es lauter. Wie lange wird es dauern, bis sich Luca bei mir meldet?

Tick, tick. Tack. Tick, tack.

Wurde ich tatsächlich als kleines Kind in Italien

entführt? Oder ist das alles nur ein abscheulicher Trick der Fremdlinge, um mit Luca mein Vertrauen zu gewinnen? Mir bleibt nicht viel Zeit, um die Wahrheit herauszufinden.

Obwohl ich mit Bestimmtheit weiß, dass ich damals noch kein Deutsch verstand, fühle ich mich hin- und hergerissen. Wem kann ich noch trauen? Meinen Eltern oder Luca? Einem fremden Jungen?

Wie gern würde ich jetzt mit Boy darüber reden. Gemeinsam mit ihm beratschlagen, was wir tun sollen. Eine Lösung finden und die richtige Entscheidung treffen. Doch das ist zu gefährlich.

Ich bin auf mich allein gestellt.

»Bist du krank?«, fragt eine weit entfernte Stimme, während sich ein dünner Finger in meine Rippen bohrt.

Erschrocken reiße ich die Augen auf und drehe mich um. Boy, der immer noch im Schneidersitz auf dem Sofa sitzt, sieht mich skeptisch an. Dann klappt er das Naturkundebuch zu. Übertrieben geräuschvoll.

»Nein«, antworte ich knapp und streiche mir eine Strähne aus der Stirn. Die Haare kleben an meiner Haut.

»Was ist dann mit dir los?«

»Kannst du kurz Wache halten?«, frage ich, ohne auf seine Frage einzugehen, springe auf, beide Hände in den Vordertaschen meines Kleides vergraben und bereit zu lügen. Doch Boy stellt keine Fragen. Er legt nur den Kopf schief. Es kommt mir minutenlang vor.

Schließlich nickt er mir zu, mit einem verschmitzten Lächeln auf den Lippen. Wahrscheinlich denkt er, es gehe um ein Spiel.

Wortlos folgt er mir durch das Wohnzimmer in den Flur. Vor der Treppe bleiben wir stehen. Ich sehe nach oben. Das Wasser in der Dusche läuft, Schritte sind aus Vaters Zimmer zu hören. Ich stelle mich an die geschlossene Tür neben dem Kücheneingang.

»Was hast du vor?«, flüstert Boy.

Ich deute auf Vaters Arbeitszimmer. Ich muss herausfinden, ob Luca die Wahrheit gesagt hat.

Boys Augen weiten sich, er hüpft von einem Bein aufs andere, zischt: »Die Bibliothek? Das ist uns nicht erlaubt! Die Gebote! Juno, dafür werden wir streng bestraft!«

»Weiß ich«, antworte ich, die Hand schon auf dem Türgriff.

Ich drücke die Klinke nach unten.

16

Ich betrete das verbotene Zimmer. Es riecht nach faulem Holz, muffigem Teppich und süßlichem Rasierwasser. Die Fensterläden von Vaters Bibliothek sind verschlossen, es fällt kaum Licht durch die schmalen Lamellen, Staubfäden hängen in der Luft. Ich laufe an Vaters Schreibtisch vorbei und steuere zielstrebig auf das breite Bücherregal zu. Dort stehen Mutters heißgeliebte *Juliette*-Romane. Sofort fällt mir der erste Band, *Die Liebe meines Lebens*, ins Auge, bei dem mir damals die Buchseite eingerissen ist. Der Grund, warum wir hier nicht mehr reindürfen.

Dachte ich zumindest all die Jahre. Bis heute.

Mein Blick streift über die alten Fotoalben in der untersten Regalreihe, es sind mindestens zwölf Stück. Damals hatte ich mir ein paar davon herausgezogen, ganz willkürlich, die mit den schönsten Einbänden. Ordentlich hatte ich die buntgemusterten Alben vor mir auf dem Schreibtisch gestapelt, mich dann aber doch lieber dem ersten Kapitel des *Juliette*-Romans gewidmet.

Bis Vater hereinkam.

Er wurde bleich, als er mich am Schreibtisch sitzen

sah. Sprach kein Wort. Ich entschuldigte mich für die eingerissene Seite, so aufrichtig wie möglich, doch es nützte alles nichts. Mit schnellen Schritten war er bei mir, griff mit seiner kräftigen Hand nach meinem Schädel und schleifte mich an den Haaren aus seinem Arbeitszimmer hinaus.

Ich fasse mir an den Hinterkopf, spüre erneut den stechenden Schmerz. Wie konnte ich damals nur so leichtgläubig sein? Vater war nicht wegen der eingerissenen Buchseite so aufgebracht. Nein, es waren die Fotoalben auf dem Tisch vor mir, die ihn so wütend werden ließen.

Ich drehe mich zu Boy, der immer noch am Türrahmen steht und Wache hält. Die Hände knetend, starrt er die Treppenstufen hinauf, dann wieder zu mir. Ein feuchter Perlenteppich auf seiner Stirn.

»Beeil dich, Juno!«, flüstert er.

Ich widme mich wieder dem Bücherregal. Versuche mich daran zu erinnern, welche Fotoalben ich damals herausgezogen habe.

Die Alben sind nicht beschriftet. Kein Name, kein Datum.

Doch es hat keinen Sinn, meine Erinnerungen sind dunkel und verschwommen, wie eine gewaltige Gewitterwolke in meinem Kopf. Also ziehe ich das erstbeste Album aus dem Regal, es ist aus dunkelbraunem Leder. Hastig überfliege ich die dicken Pappseiten. Winzige Schwarz-weiß-Fotografien von alten Männern und Frauen mit Hüten. Auf einem Bauernhof, daneben ein Pferd.

Ich blättere um.

Eine Familie in einem engen Wohnzimmer, angeordnet wie auf einem Gemälde, ein alter Mann mit weißem Haar und langem Bart auf einem Stuhl. Daneben zwei Mädchen in weißen Kleidern, dahinter eine Frau in Schwarz, sie trägt ein Netz über dem Gesicht.

Weiter.

Zwei schmale Erdhügel, dicht nebeneinander, dahinter zwei Holzkreuze, zwei Blumengebinde. Sind das Gräber? Wieso hat jemand ein Foto davon gemacht?

Irritiert blättere ich die nächsten Seiten um. Wieder bärtige Männer in schwarzen Anzügen, dann ein schlafendes Baby. Frauen in altmodischen Kleidern, kleine Jungs mit lustigen Hütchen auf dem Kopf, Mädchen in knielangen Röcken, Pferdekutschen, Kühe, spartanisch eingerichtete Esszimmer.

Niemand auf den Fotografien lacht. Sie starren mich mit ernster Miene an, die Lippen zu schmalen Strichen verzogen, fast mahnend. Als wüssten sie, dass ich etwas Verbotenes tue.

Ich klappe das lederne Fotoalbum zu und stelle es ordentlich ins Regal zurück.

»Verdammt, was machst du denn da?«, höre ich Boy aufgeregt hinter mir. Ich lege den Zeigefinger auf meine Lippen. Boy rollt mit den Augen und schweigt. Ich ziehe das nächste Fotoalbum heraus, ein orangefarbener Einband aus grober Schurwolle. Der Stoff kratzt in meinen Händen.

Ich schlage das Album in der Mitte auf.

Das Farbfoto zeigt eine junge Frau in einem sonnengelben Sommerkleid. Mit schwarzen, gelockten Haaren, die sie zu zwei ordentlichen Zöpfen zusammengebunden hat. Sie lacht. Um ihren Hals baumelt eine Kette mit Anhänger, ein silbernes Kreuz, unter dem Arm trägt sie eine braune Ledermappe. Die Frau scheint nur ein paar Jahre älter zu sein als ich. Wenige Meter hinter ihr, zwischen zwei Bäumen, ragt ein sandfarbenes Märchenschloss empor, mit kleinen Säulen und steinernen Engelsfiguren an den runden Fensterbögen. Was ist das für ein merkwürdiges Gebäude?

Ich drehe mich zu Vaters Schreibtisch um und greife nach der Lupe, die in einem ledernen Stifthalter steckt.

Jedes Detail ist nun deutlich zu erkennen. Auf dem Dach des imposanten Schlosses steht eine halbnackte Statue, wahrscheinlich aus Stein oder Marmor. Ein bärtiger, muskulöser Mann, der ein spitzes Schwert über seinem Kopf schwingt. Unter ihm, zu seinen Füßen, knien zwei Kinder, die sich ängstlich an seine Waden klammern. Aus Furcht vor den fauchenden Drachen direkt neben ihnen.

Mein Blick wandert nach unten, auf das schwarzgrün schimmernde Metallschild. Darauf steht in Großbuchstaben nur ein einziges Wort: VERITATI.

Das muss der Name dieses seltsamen Schlosses sein, denke ich und lege die Lupe zurück auf den Schreibtisch.

Unter der Fotografie ist etwas handschriftlich notiert.
Erstes Semester, Pharmazie. 1983.
Julius-Maximilians-Universität Würzburg.
Ich blättere die Seite um, das nächste Foto. Ein winziges Dachzimmer. Es bietet kaum Platz für Möbel. Ein Tisch, ein Stuhl, ein Bett, ein Kleiderschrank, Blümchentapete. Vor dem runden Dachfenster, durch das man die weinroten Herbstblätter einer Baumkrone erkennen kann, sitzt dieselbe junge Frau auf einem Heizkörper, auf dem Schoß einen dicken Stapel Bücher, und lächelt. Rechts neben dem Foto steht geschrieben:
Ein frei denkender Mensch bleibt nicht da stehen, wo der Zufall ihn hinstößt – Heinrich von Kleist.
Neugierig blättere ich weiter.

Die nächsten Bilder zeigen sie in einem Saal voller Bücher, dann auf einer alten Steinbrücke, die über einen breiten Fluss führt. Im Hintergrund erkennt man die spitzen Türme einer Burg. Ein anderes Bild zeigt sie auf einer Parkbank sitzend, in den Armen einer älteren Dame und eines weißhaarigen Mannes mit Krückstock, in der Hand eine Waffel mit Eiskugeln.
Eltern zu Besuch, Würzburg, Juli 1983.
Alle drei lächeln mich zufrieden an, fast stolz.

Auch die weiteren Seiten zeigen farbige Fotografien von dem weißhaarigen Ehepaar vor unterschiedlichen Kulissen, meist vor reich verzierten Kirchen. Dann wieder die junge Frau allein, in ihrem Dachzimmer, über ein Buch gebeugt, im Lichtschein einer Schreibtischlampe. Durch das Fenster kann man Schnee auf den Ästen erkennen.

Sie scheint gern zu lesen.

»Juno, was machst du so lange?«, zischt Boy hinter mir so laut, dass ich erschrocken zusammenzucke. »Vater wird uns umbringen, wenn er uns hier drin erwischt!«

»Gleich«, antworte ich knapp und wende mich erneut dem Album zu, blättere weiter.

Zwei Jahre vergehen, *1984* und *1985* steht nun handschriftlich unter den bunten Bildchen vermerkt, auf denen die junge Frau pastellfarbene Seidenblusen und dazu knöchellange Faltenröcke in der gleichen Farbe trägt.

Dann die nächste Seite, ein Gruppenbild, wieder vor dem Märchenschloss mit den fauchenden Drachen. Blauer Himmel, die Sonne strahlt. Die Männer tragen dunkle Anzüge, die Mädchen lange, helle Sommerkleider. In den Händen halten sie ein weißes Blatt Papier, das sie stolz über ihre Köpfe strecken. Ich gehe näher an die Fotografie heran und suche nach der jungen Frau. Doch ich kann sie nirgends finden, es sind zu viele Gesichter, das Bild etwas unscharf. Darunter ist handschriftlich zu lesen:

1. Abschnitt der Pharmazeutischen Prüfung (PH1) Zwischenzeugnis, Würzburg, August 1985.
Nur noch zwei Jahre büffeln bis zum Staatsexamen!
Ich blättere um. Dezember. Immer noch dasselbe

Jahr. Ein großes Farbfoto, es nimmt fast die Hälfte der Seite ein. Und da erkenne ich sie wieder, die junge Frau, die so gern Bücher liest.

Nur fünf Monate später.

Doch sie sieht seltsam verändert aus.

Keine Seidenbluse, kein Faltenrock, kein geflochtener Zopf mehr.

Ihre schwarzgelockten Haare sind fast raspelkurz geschnitten, besonders auf der linken Seite, als wären sie mit einem Messer abrasiert, die Frisur ist mit weißblonden Strähnen durchzogen. Ein untertellergroßer, goldener Ohrring baumelt ihr bis zur Schulter hinab.

Irritiert kneife ich die Augen zusammen, gehe näher an das Bild heran. Irgendwie kommt mir die Frau bekannt vor, jetzt, wo ihr Gesicht so viel älter und härter aussieht.

Diese breiten Nasenflügel. Die stechend blauen Augen. Und die hohen Wangenknochen, das spitze Kinn. Ich schlucke.

Das ist sie. Mutter, tatsächlich.

Statt züchtigem Faltenrock trägt sie nun einen ungewöhnlich kurzen Lederrock, mit lilafarbenem Zebramuster bedruckt, dazu einen knallig pinken Lippenstift, ihr gepunktetes Hemd ist bis zum Busen aufgeknöpft, man kann sogar die schwarzen Träger ihres BHs erkennen.

Zwischen ihren grün lackierten Fingern steckt ein dünnes, weißes Röhrchen. Es glüht rot und dampft.

Direkt neben ihr steht ein junger Mann mit dicken

Brillengläsern, flaumigem Oberlippenbart und rotblonden, schulterlangen Haaren. Er hat den Arm um sie gelegt. Ist das etwa Vater?

Der Mann grinst, seine Augen wirken seltsam glasig. Er trägt eine abgewetzte schwarze Lederjacke, verziert mit silbernen Nieten, in der linken Hand eine grüne Flasche und ebenfalls ein brennendes Röhrchen zwischen den Fingern. Ich halte die Lupe näher an das Bild. Seine Fingernägel wirken ungepflegt und schmutzig.

Um sie herum stehen noch andere junge Leute, ähnlich seltsam gekleidet. Der dunkle Raum sieht wie ein Keller aus, unverputzte Wände, überall hängen bunte Luftballons.

Unter der Farbfotografie steht:
Silvester, Hamburg 1985.
Daneben ist ein kleines Herz gemalt.

Für einen kurzen Moment betrachte ich das merkwürdige Foto, dann blättere ich ein paar Seiten weiter. Zwei, drei, fünf Seiten, überfliege die Bildunterschriften:

Erste gemeinsame Wohnung, St. Pauli, Februar 1986.
Motorradtour, Ostern 86.
Sommerurlaub Schwarzwald.
Umzug nach Salzgitter, Oktober 1986.

Auf den meisten Fotos sind Vater und Mutter zu sehen. Sie scheinen glücklich. Das ältere weißhaarige Ehepaar aus dem Park ist auf keinem der Fotos mehr zu finden.

Nächste Seite. Mutter sitzt in einem kleinen quadratischen Häuschen, nicht größer als ein Schuhkarton, hinter einem Fenster. Um sie herum hängen bunte Zeitungen und Heftchen. Darüber ein leuchtendes Schild mit einem Wort in großen Druckbuchstaben: *Trinkhalle*. Zwischen ihren Lippen klebt wieder das rauchende Stäbchen. Vor ihr, am offenen Fenster, steht Vater in seiner Lederjacke und streckt den Daumen nach oben. Mutter lächelt nicht.
Mein erster Tag im Kiosk, 1986. Dankbar.
Ich drehe mich schnell zu Boy um. Er blickt immer noch starr die Treppe hoch, bemerkt nicht, dass ich ihn beobachte. Mein Bruder scheint hochkonzentriert, ich kann mich also auf ihn verlassen.

Gut, die nächsten Seiten.
Umzug Mai 1987, Lindenfels, Odenwald.
Jetzt ein Bild von Vater, er steht in einer lichtdurchfluteten Halle mit bodentiefen, milchigen Fensterscheiben. Er trägt einen blauen Ganzkörperanzug mit goldenem Reißverschluss, der über und über mit schwarzen Flecken übersät ist. In der Faust hält er einen silbernen Gegenstand, er lacht stolz in die Kamera. Über seinem Kopf schwebt ein grünes Gefährt mit vier Rädern.
Kfz-Werkstatt Richter, 1987.
Nibelungenstraße. Endlich!
Ich blättere um.

Mutter in einem leeren Raum. An der kahlen Wand ein christliches Holzkreuz. Durch die trüben Fensterscheiben kann man einen alten Laubbaum auf einer Wiese erkennen, an dessen Ästen noch vereinzelt gelbbraune Blätter hängen. Auf dem Boden des Eckzimmers stehen zahllose Kartons verteilt, manche mehrfach aufeinandergestapelt, sowie drei Holzstühle, ein blau kariertes Sofa und ein runder Tisch.

Überrascht sehe ich, dass Mutter dicker geworden ist. Ihre Wangen sind rosig, die schwarzen Haare wieder schulterlang. Sie trägt ein weit geschnittenes rotes Sommerkleid mit weißen Punkten, darüber eine hellgraue Strickjacke. Ihre Hände, wie zum Gebet gefaltet, umklammern ihren gigantischen Bauch, der ballongroß vom Körper absteht. Mutter strahlt überglücklich in die Kamera.

Siehe, Kinder sind eine Gabe des Herrn,
und Leibesfrucht ist ein Geschenk. (Psalm 127, Vers 3)
November 1987 – 37. Woche!

Darunter ist wieder ein kleines Herz gezeichnet.

»Jetzt komm schon raus, Juno! Mutter wird gleich kommen!«, sagt Boy hinter mir, seine Stimme überschlägt sich. Ich spüre seine Panik und drehe mich reflexartig zu ihm um, blicke ihn streng an. Boy rudert mit den Armen und deutet die Treppenstufen nach oben. »Das Wasser! Sie hat schon die Dusche abgestellt!«

»Alles klar!«, rufe ich zurück. »Bin gleich fertig.«

Ich starre wieder auf die Fotografie, auf Mutters gigantischen Bauch. Ihr überglückliches Gesicht. Dann schlage ich neugierig die nächste Seite um.

Doch die danach ist leer. Kein Foto.

Hastig blättere ich weiter, erst eine Seite, dann zwei, drei, fünf, zehn und zwölf. Aber auch die weiteren Pappseiten des Albums sind allesamt weiß wie Schnee. Keine Fotos, kein handschriftlicher Text. Schließlich komme ich am Ende des Albums an, auch hier nichts, kein Bild, mindestens zwanzig Seiten absolute Leere.

Seltsam, denke ich und stelle das Buch zurück ins Regal. Dabei flattert ein dünnes Papier zu Boden. Es muss aus dem Fotoalbum gerutscht sein. Ich sehe es mir genauer an. Ein ausgeschnittener Zeitungsbericht. Doch die Frau auf dem Schwarz-weiß-Foto erkenne ich erst auf den zweiten Blick. Es ist Mutter. Faltige Haut und tiefe Augenringe. Eine unvorteilhafte Fotografie. Wie eine Porzellanpuppe blickt sie stur geradeaus, regungslos und kalt. Kein Lächeln, nicht einmal ein leichtes Schmunzeln. Ich lese die Überschrift: *Spektakulärer Psychiatrie-Ausbruch aus Odenwald-Klinik – Gewaltbereite Patientin immer noch auf freiem Fuß.*

Patientin? War Mutter etwa krank? Was ist *Psychiatrie*? Davon habe ich noch nie gehört. Irritiert stecke ich den Zeitungsausschnitt wieder zurück und greife nach dem nächsten Fotoalbum.

Das mintgrüne Buch steht ganz rechts, am äußersten Rand des Regalbretts. Es scheint das neueste Album zu sein, zumindest wirkt der unbeschädigte Buchrücken danach. Ich ziehe es heraus und lege es mir auf den Schoß. Auf den glänzenden Plastikumschlag sind verschiedene kindliche Motive gedruckt: ein Baum, zwei Vögel, ein Regenbogen, eine lachende Sonne sowie ein Bär mit Hut auf einem roten Fahrrad. Auf dem Umschlag klebt ein vergilbtes Papierschildchen, ich erkenne Mutters Handschrift:

TROSTBUCH.

Ich möchte das Album aufklappen, doch ein kleines Schloss an einem Band verschließt die Seiten. Verärgert zerre ich an der dünnen Schnalle, die den Umschlag zusammenhält, aber das Band ist fest im Buch verankert. Eine ungewohnte Mischung aus Wut, Enttäuschung und Neugier steigt in mir auf. Ohne längeres Nachdenken drehe ich mich zu Vaters Schreibtisch um und greife nach der Schere. Mit zwei kräftigen Schnitten habe ich das Band durchtrennt.

Ich lege die Schere zurück und klappe die erste Seite auf.

Das Jahr 2006.

Ganze neunzehn Jahre später.

Eine quadratische Fotografie mit dickem, weißem Rand. Ein unscharfes Bild von Mutter in den Bergen. Sie steht vor einem reißenden Fluss, auf der Nase eine schwarze Sonnenbrille, obwohl es in Strömen regnet. Mehrere Meter hinter ihr, unterhalb des schneebedeckten Berggipfels, erkennt man eine Gruppe von zehn bis fünfzehn Jungen und Mädchen, die vor einem Waldrand stehen. Alle tragen Regenmäntel und einen kleinen Rucksack auf dem Rücken.

Gleich darunter, auf dem nächsten Foto, wieder

aus weiter Entfernung aufgenommen, sieht man zwei Mädchen am Flussufer, die ein Zelt aufbauen. Die Sonne strahlt aus einem veilchenblauen Himmel auf die Berge hinab. Um den Kopf des linken Mädchens ist ein dicker, roter Kreis gemalt.
Camping Eienwäldli, Engelberg, Schweiz 2006.
Ich blättere um.
Wieder ein Foto. Dasselbe schwarzhaarige Mädchen, nun auf einer schmutzigen Matratze. Es hat die Augen friedlich geschlossen. Schwaches Licht fällt durch die Vorhänge des gedrungenen Esszimmers, das kaum Platz für zwei Erwachsene bietet. Was ist das für ein seltsamer enger Raum? Durch die schmalen Fenster kann man die Berge erkennen. Unter dem Foto steht mit der Hand notiert:
Ruth, ca. 6 Jahre, 2006.
Ich blättere hektisch zur nächsten Seite, es knistert. Ein eingeklebter Zeitungsausschnitt. Er zeigt das schlafende Mädchen von dem Foto. Darüber steht in großen Buchstaben:
Mädchen von Campingplatz entführt!
Ich schlucke.
»Juno, sie kommt!«, ruft Boy plötzlich hinter mir, fast panisch. »Schnell, komm raus! Mutter ist schon auf der Treppe!«
Ich drehe mich zu ihm um, sein Gesicht ist so bleich wie die Wand.
Mein Herz trommelt.
»Boy, was machst du da?«, höre ich Mutters scharfe Stimme von der Treppe rufen. Erschrocken zuckt

mein Bruder zusammen, dann deutet er mit zitternden Händen auf das Fenster hinter mir.

»Nichts«, antwortet er knapp und knallt die Tür vor mir zu.

17

Ich drücke das Album gegen meine Brust und sehe mich im Zimmer um. Bleibt mir noch Zeit, um aus dem Fenster zu steigen? Oder sollte ich mich besser verstecken? In wenigen Sekunden wird Mutter vor der Tür stehen. Ich glaube nicht, dass mein Bruder sie davon abhalten kann, die Tür zu öffnen. Zumal Mutter gesehen haben muss, wie Boy mit der Hand in meine Richtung gewedelt hat. Wie will er das erklären? Oder war sie noch zu weit entfernt, um es mitzubekommen? Mein Blick fällt auf den türkis bemalten Bauernschrank auf der gegenüberliegenden Seite.

Ich renne los. Nach wenigen Schritten habe ich ihn erreicht und greife nach dem Holzgriff.

»Warst du etwa in Vaters Zimmer?« Ihre Stimme ist klar und deutlich zu hören, Mutter muss direkt vor der Tür stehen.

Ich ziehe fieberhaft an der Schranktür.

Verschlossen!

»Nein, Mutter«, antwortet Boy, eine Spur zu gespielt.

»Warum hast du dann die Tür zugezogen?«

»Sie stand offen.«

»Tatsächlich?«

Hastig raffe ich das Kleid hinter meinem Rücken hoch und stecke das schmale Album in meine Unterhose. Der Umschlag klebt kalt auf meiner Haut. Doch das Buch ist zu schwer, mein Slip rutscht nach unten.

Die Türklinke wird gedrückt.

Mein Herz setzt aus. Instinktiv springe ich nach vorn und lasse mich neben der Zimmertür gegen die Wand fallen. Presse Arme und Rücken gegen die Holzvertäfelung, versuche das Album mit meinem Becken zu stabilisieren. Nur nicht bewegen!

Die Tür schwingt auf. Ich halte den Atem an. Kurz vor meiner Nasenspitze kommt das Türblatt zum Halt, mein Blickfeld wird dunkler. Ich höre, wie Mutter die Bibliothek betritt.

»Was hast du hier drin gesucht?«

»Nichts, Mutter.«

»Wo ist deine Schwester?«

»Ich … ich weiß es nicht«, antwortet Boy und bleibt im Türrahmen stehen. »Vielleicht draußen am großen Felsen?«

Mutter wandert durch die Bibliothek, ihre Schritte gleichmäßig, stampfend. Mit pochendem Herz blinzle ich durch den schmalen sonnendurchfluteten Schlitz zwischen Rahmen und Türblatt. Ich erkenne unscharf die Silhouette meines Bruders, der sich mit dem Ärmel über die Stirn fährt.

»Du weißt, was dir blüht, wenn du mich anlügst?«

Boy antwortet nicht. Erneut schwere Schritte durch den Raum, Mutters Absätze knallen wie Donnerschläge auf dem harten Holzboden. Ruckartig wird ein Sprossenfenster aufgedrückt.

Das aufgeschreckte Flattern eines Vogelschwarms vor dem Fenster lässt mich zusammenzucken. Ich presse die Lippen zusammen, um nicht laut aufzuschreien. Ein kühler Windhauch zieht in mein Versteck hinter der Tür, streift meine glühenden Wangen.

Ganz ruhig, Juno, atme.

Dann wird es still. Nur das rasselnde Zirpen der Grillen im Schilf ist zu hören. Mutter sucht den Garten nach mir ab, das Ufer, vielleicht das Wäldchen.

Bitte, lieber Gott, lass sie einfach wieder verschwinden.

»Juuuno!«, ruft Mutter hinunter zum See. »Juno?«

Keine Reaktion. Natürlich nicht.

»Komm sofort zurück ins Haus!« Ihre Stimme wirkt wie ein tobender Wintersturm. »Hörst du? ... Sofort!«

Ich spüre, wie das kantige Fotoalbum mit meiner Unterhose nach unten rutscht, Stückchen für Stückchen. Panisch drücke ich meinen nassen Rücken gegen die Wand. Doch es nützt nichts.

Mein Slip rutscht immer tiefer.

»Ich könnte sie suchen gehen«, sagt Boy leise und stapft ein paar Schritte in Vaters Arbeitszimmer hinein.

Schweiß rollt über meine Stirn. Mit aller Gewalt presse ich mich gegen die Wand, spreize die Beine, spanne den Stoff meiner Unterhose, um ein weiteres Abrutschen zu verhindern. Das Buch hängt schon auf der Höhe meiner Oberschenkel. Vorsichtig beuge ich mich nach vorn und greife mit den Fingerspitzen nach dem Saum meines Slips.

Mit einem lauten Knall wird das Sprossenfenster geschlossen, es ist wieder dunkel. Mutter kommt näher, bleibt einen Meter vor der Zimmertür stehen. Ich kann ihre Atemstöße hören, rauschend wie von einer Dampflok.

Angespannte Stille.

Sie scheint über Boys Vorschlag nachzudenken.

Endlich habe ich den Saum meiner Unterhose erreicht und kneife den dünnen Stoff mit Daumen und Zeigefinger zusammen, meine Finger sind glitschig. Lange kann ich den Slip nicht mehr halten. Mein Herz pocht bis zum Hals.

»Dir bleiben fünfzehn Minuten, um sie zu finden«, sagt Mutter schließlich und schiebt Boy aus dem Zimmer. »Juno ist krank, sie gehört ins Bett!«

Sie knallt die Tür zu. Ein Windstoß wirbelt mir um die Nase. Bewegungslos verharre ich in Vaters Bibliothek, breitbeinig, den Rücken an die Wand gepresst, die Fingerspitzen am Slip. Ich atme gleichmäßig ein und wieder aus.

Und warte. Warte, bis sie endlich verschwinden. Doch sie bleiben vor der geschlossenen Tür stehen. Was bereden sie denn noch so lange?

Ich kann das Buch nicht ewig halten. Jeden Moment wird es mit einem lauten Knall zu Boden fallen. Bitte, Boy, locke Mutter von der Tür weg, bete ich wieder und wieder. Weit weg von hier. Mein ganzer

Körper beginnt zu verkrampfen, ich spüre, wie der dünne Stoff meinen feuchten Fingerspitzen entgleitet, ich presse sie fester zusammen. Nein, nicht!
Dann wird ein Schlüssel ins Türschloss gesteckt. Und zweimal umgedreht.

Seit fünf Minuten sind ihre Stimmen nicht mehr zu hören. Ein letztes Mal lege ich mein Ohr auf das Türblatt und lausche.
Keine Schritte, keine Wortfetzen, beunruhigende Stille.
Vorsichtig drücke ich die Klinke nach unten, und tatsächlich, es ist abgeschlossen. Ich bin eingeschlossen.
Ich ziehe das Fotoalbum aus meiner Unterhose und drücke es gegen meinen Brustkorb. Endlich. Das war knapp. Mir bleiben nur wenige Minuten, um hier unbemerkt rauszukommen. Damit Boy nicht bestraft wird. Nur weil *ich* unser drittes Gebot gebrochen habe und mir mein Bruder half. Was hast du dir bloß dabei gedacht, Juno? Du bist doch erwachsener als er.
Verärgert drehe ich mich zu Vaters Schreibtisch um und lasse den Blick durch das verdunkelte Zimmer wandern. Jetzt muss ich durch das Fenster in den Garten flüchten. Mir bleibt kein anderer Ausweg. Aber durch welches? Das linke führt geradewegs zum Küchenfenster, das rechte in Richtung Vordereingang. Ich schleiche in die Mitte des Raums, bleibe vor dem Schreibtisch stehen und zupfe mir den Slip

zurecht. Das Bündchen ist ausgeleiert. War eine dumme Idee, das Album da hineinzustecken.

Ich will gerade auf das rechte Fenster zugehen, auf dieser Seite des Hauses stehen dichte Holundersträucher und zwei stämmige Kiefern, als ich Vaters Lupe auf der polierten Tischplatte entdecke. O nein. In meiner Aufregung habe ich vergessen, die Leselupe wieder in den Stifthalter zu stellen. Zum Glück ist Mutter das nicht aufgefallen.

Ich bekreuzige mich und stecke das Vergrößerungsglas an seinen ursprünglichen Platz zurück. Trete ans Fenster und spüre die Hitze, die durch die schmalen Lamellenschlitze kriecht. Ich fingere an der winzigen Verriegelung des Sprossenfensters herum, öffne es und werfe einen zaghaften Blick in den Garten. Hoffentlich beobachtet mich niemand. Das mintgrüne Fotoalbum landet aufgefächert im Gras. Ich ziehe ein Bein nach dem anderen über die schmale Brüstung und klettere durch die Fensteröffnung. Mit Schwung lasse ich mich auf den sandigen Erdboden fallen.

Ein stechender Schmerz. Ich beiße die Zähne zusammen und streiche den Kieselstein von der Kniescheibe. Zum Glück blutet es nicht. Ich drehe mich panisch nach allen Seiten um, keiner zu sehen. Auch von Boy keine Spur. Ein schwarzer Vogel flattert krächzend über meinen Kopf hinweg. Ich zucke zusammen.

Ich drücke die Fensterläden zu, greife nach dem Fotoalbum und schleiche zum Seeufer hinunter. Die

Sonne brennt auf meiner Schulter. Ich brauche unbedingt einen sicheren Aufbewahrungsort für das Buch. Damit ich heute Nacht unbemerkt darin weiterforschen kann. Außerdem ist es ein Beweis, falls Boy mir nicht glauben will. Ich muss herausfinden, was es mit Ruth, diesem schwarzhaarigen Mädchen, auf sich hat. Ist sie etwa meine tote Schwester? Wurde sie ebenfalls entführt?

Auf halbem Weg zum Seeufer, das Grab meiner großen Schwester noch vor Augen, fällt mir der Geräteschuppen ein. Ein guter Ort. Dort ist das Fotoalbum nicht nur vor Regen geschützt, sondern ich kann es auch in einer der Farbkisten und Werkzeugkästen verstecken. Ich renne geduckt von Birke zu Kiefer, von Strauch zu Strauch, dabei immer unsere Blockhütte im Blick. Keine Bewegung hinter den Fenstern, als würde das Haus schlafen. Still und unheimlich ragt es zwischen den hohen Bäumen empor.

Ich laufe schneller, bis ich endlich den alten Brunnen erreicht habe, und lasse mich auf die Wiese fallen. Ein letztes Mal drehe ich mich nach allen Seiten um, strecke vorsichtig den Kopf über den Brunnenrand, dann eile ich geradewegs auf den roten Schuppen zu. Meine Haare peitschen mir durch das Gesicht. Schon nach wenigen Schritten habe ich die Hütte erreicht, reiße die morsche Holztür auf und betrete den dunklen Raum.

Eine abgestandene Wand aus Hitze empfängt mich, die sich wie ein klammes Handtuch über Gesicht und Körper legt, das Atmen fällt mir schwer. Es riecht nach warmem Lack und Farbe und feuchtem Moos. Ich versuche, meinen Atem zu beruhigen. Durch die weißgelblichen bestickten Gardinen fällt schwaches Licht. Erschöpft stoße ich die Schuppentür hinter mir zu, klemme das Album unter meinen Arm und stütze mich mit den Händen auf meinen Oberschenkeln ab. Geschafft.

Ich blicke mich um. An den Wänden stehen zimmerhohe Regale, gefüllt mit Holzkisten, Gartenwerkzeugen, Farbeimern und gestapelten Sitzauflagen. Ich schlurfe tiefer in den Schlund des Gerätehauses hinein. Wo kann ich das Album verstecken? Wo sieht Vater am wenigsten nach? Ich blicke sogar an die Decke, der Dachstuhl ist mit einem schimmernden Vorhang aus Spinnweben überzogen. Vielleicht auf einem der Holzbalken, denke ich, nach oben blickt man selten. Doch dann fällt mir die staubige, silberne Metallkiste ins Auge. Boys Angelausrüstung. Ein sicherer Ort. Unter der Woche öffnet niemand den Kasten. Nur sonntags, wenn wir Kinder angeln und Mutter Fischfrikadellen macht.

Ich ziehe die schwere Kiste aus dem Regal, lasse sie zu Boden fallen und öffne den Metallverschluss. Zwei Angelrollen, ein Kugellager, eine Weitwurfspule, über zwanzig Haken und Wirbel, fünf Rollen Schnur, Stopper, Perlen, ein kleiner Kescher, Posen und weiteres Werkzeug, das wir zum Angeln benötigen.

Ich schiebe den Kram zur Seite, um das Fotoalbum darunter zu verstecken. Doch bevor ich es dort ver-

staue, will ich noch einen letzten Blick hineinwagen.
Ich schlage das Buch auf.

Das quadratische Foto des schlafenden Mädchens.
Ruth, ca. 6 Jahre, 2006.

Dann dieser eingeklebte, vergilbte Zeitungsausschnitt.

Mädchen von Campingplatz entführt!

Ich lese weiter.

Mit Großaufgeboten hat die Schweizer Polizei im Kanton Obwalden und in den benachbarten Kantonen Bern, Nidwalden und Uri nach einem vermissten Mädchen gesucht. Die sechsjährige Ruth F. aus Liestal war am Sonntag von einem Campingplatz in Engelberg verschwunden.

Die Polizei schließt ein Verbrechen nicht aus. Ruth hatte den Behörden zufolge auf dem Campingplatz mit einer Freundin am Flussufer gespielt und wollte nachmittags zu ihren Ferienbetreuern zurückkehren. Auf dem kurzen Weg sei das Kind verschwunden. Der einzige Hinweis auf Ruth ist eine gelbe Sportjacke, die von den Suchmannschaften auf einer Böschung gefunden wurde. Die Polizei durchsuchte zunächst alle Wohnwagen und Ferienhäuser nach dem Kind. »Wir können nicht ausschließen, dass das Mädchen in einem davon versteckt oder festgehalten wird«, sagte ein Polizeisprecher. Über 200 Polizeibeamte durchkämmten das gebirgige Gebiet, Taucher und Spürhunde waren im Einsatz.

Bisher fehlt jede Spur.

Ich blättere um und erschaudere.

Die nächste Fotografie ist auf unserer Insel entstanden. Ich erkenne den großen Felsen am Seeufer. Ruth, das entführte Mädchen, steht in einem geblümten Kleid am Wasser und blickt finster in die Kamera, die dünnen, blassen Arme hängen schlaff am Oberkörper. Darunter steht in Mutters Handschrift geschrieben:
Unsere erste Tochter, Mai 2007.
Positiv: Ruth hat sich endlich eingewöhnt.
Negativ: Leidet noch unter Heimweh u. Einsamkeit.
Ich hebe das Album näher an die Augen, das unscharfe Bild ist an den Rändern leicht ausgeblichen. Nicht nur das Mädchen, sondern auch Ruths Sommerkleid kommt mir seltsam vertraut vor. Natürlich. Das Mädchen trägt mein heißgeliebtes Blümchenkleid, das ich zu meinem siebten Geburtstag geschenkt bekommen habe. Habe ich etwa Ruths alte Kleidung getragen? Die Erkenntnis trifft mich wie der Biss einer Kreuzotter.

Ruth war meine große Schwester! Sie war die Erste, die sie entführt haben!

Plötzlich wird hinter mir die Schuppentür aufgerissen, ein quälender Schrei aus Metall und Holz, vor Schreck lasse ich das Album in die Angelkiste fallen.

»Verdammt, Juno! Was machst du hier?«

Panisch schlage ich den Deckel zu und drehe mich zur Tür. Boy steht vor mir, die Arme in die Seiten gestemmt. Das Gesicht bleich wie Mehlstaub.

»Ich habe nur unsere Angelausrüstung kontrolliert.«

»Angeln fällt am Sonntag aus«, antwortet er. »Deinetwegen.«

Umso besser. Dann sollte das Versteck jetzt noch sicherer sein. Wortlos schiebe ich die Metallkiste auf das Regalbrett zurück und streiche mir die Spinnweben von den Händen.

»Was wolltest du in Vaters Bibliothek?« Boy geht einen Schritt auf mich zu und packt mich an den Schultern. »Kannst du mir das erklären?« Er drückt fester zu, ein leichter Schmerz, doch ich rühre mich nicht.

»Darüber kann ich nicht sprechen. Noch nicht«, antworte ich und blicke auf Boys Hände, die auf meiner Schulter ruhen. »Es ist zu gefährlich, für uns beide.«

Ich sehe, wie er angestrengt nachdenkt. Er lässt die Arme sinken, legt den Kopf schief. »Wolltest du wieder in Mutters schnulzigen Liebesromanen lesen? Diesen Knutschdingern?«

Ich nicke betroffen.

»Ich wusste es!« Boy lacht auf, klatscht sich auf die Schenkel. Kurz darauf wird er wieder ernst. »Und dafür riskierst du, dass wir vielleicht in den Schutzraum gesperrt werden? Bist du irre?«

»Es tut mir leid«, flüstere ich, dankbar, dass mein zwölfjähriger Bruder so leichtgläubig ist.

»Nein, das reicht nicht, Juno. Dieses Mal nicht.« Er deutet mit dem Finger auf mich. »Dafür bist du mir was schuldig.«

Wie gern würde ich ihm alles erklären. Dass ich

diese Gefahr nicht aus Eigennützigkeit eingegangen bin. Nicht wegen eines blöden Liebesromans. Aber wenn ich Boy zu früh die Wahrheit sage, über Mutter und Vater, über Ruth und mich, könnte das Lucas geplante Rettung gefährden. Und vermutlich unser Leben.

Boy konnte noch nie Geheimnisse für sich behalten.

»Wir sollten jetzt besser gehen«, sage ich stattdessen, schiebe meinen Bruder aus dem Schuppen und verschließe die Tür hinter uns. Die Sonne blendet mich. Verstohlen blicke ich zum Grab meiner großen Schwester hinüber. Auf ihrem Kreuz sitzt eine langschnäbelige Taube und putzt sich. Endlich kenne ich deinen Namen, denke ich und wünsche Ruth, dass sie jetzt an einem schöneren Ort ist.

Den Rest des Rückweges schweigen wir.

Als wir die Blockhütte erreichen, werden wir schon an der Küchentür erwartet. Vater versperrt den Eingang, breitbeinig, die Stirn in Falten gelegt. Schweißperlen auf seiner krebsroten Wange. Er schreit uns an, spuckt jedes Wort einzeln aus: »Juno! Wo zum Teufel warst du?«

Ich suche nach einer Ausrede. Doch mir fällt nichts ein, mein rechter Zeigefinger beginnt zu zucken.

Ich reiße die Hände hinter den Rücken.

Doch zu spät, Vater hat es bemerkt.

18

Er greift nach meinem Arm und zerrt mich in die Küche. Wirft mich auf einen Stuhl, knallt die Tür zu. Vater baut sich vor mir auf, massig wie ein zorniger Gorilla, und schlägt mit der Faust auf den Tisch. Ich zucke zusammen.

»Juno ist krank«, höre ich Boys zaghafte Stimme hinter ihm.

»Halt du dich da raus!«

»Bitte sei nicht so streng mit ihr.«

»Wo hast du gesteckt, Juno?« Vater beugt sich schwankend zu mir herunter, die Hände auf die Tischplatte gestützt. Sein Atem riecht scharf nach Alkohol. Ich schiele auf die Küchenuhr über dem Kühlschrank, es ist zehn vor elf, morgens.

Irritiert folgt er meinem Blick, scheint meine Gedanken zu erraten, flüstert: »Hilft gegen die Schmerzen.« Dann lässt er sich schwerfällig neben mir auf den Stuhl fallen, knallt seinen Unterarm auf die Tischplatte. »Gib mir deine rechte Hand, Juno.«

»Nein«, antworte ich. »Du bist betrunken.«

»Ich will es nicht noch einmal sagen.«

Mein Arm zittert, als ich ihn auf die kalte Tischplatte lege. Vater beugt sich vor und glotzt mich an, aufgeplatzte Äderchen durchziehen das Weiß seiner Augäpfel. Dünne, rote Würmer in Milch, denke ich.

»Wo hast du gesteckt?«

Mein Zeigefinger windet sich in seiner Hand.

»Sie war im Schuppen«, sagt Boy und stellt sich neben Vater.

»Juno kann selbst antworten.«

»Im Schuppen, Vater.«

»Sie hat doch nur unser Angelzeug überprüft.«

Vaters Hand schlägt nach hinten aus, trifft meinen Bruder an der Schläfe. Taumelnd fällt Boy zu Boden, schlägt mit dem Hinterkopf gegen die Küchenplatte, gegen das Tischbein. Zwei dumpfe Schläge, dann bleibt er regungslos neben Vaters Füßen liegen.

Ich springe von meinem Stuhl auf, beuge mich über ihn, fahre mit der Hand über seine bleiche Wange. Sie ist eiskalt. Mit aufgerissenen Augen blickt mich mein Bruder an, flüstert: »Es tut mir leid, Juno.«

»Beweg dich nicht«, murmele ich. »Hast du Schmerzen?«

»Kopf …« Boys Stimme ist nur noch ein Hauch, dann sackt er bewusstlos in sich zusammen.

Mutter erscheint im Türrahmen. »Was ist hier los?«

»Der Junge ist gestolpert«, sagt Vater und erhebt sich schwerfällig von seinem Stuhl, blickt auf uns herab. »Ich hatte ihn gewarnt.«

»Hast du getrunken?«, knurrt Mutter.

»Nein.«

Mit schnellen Schritten ist sie bei uns, kniet sich neben Boys Oberkörper, legt die Handfläche auf seine Stirn und schüttelt zornig den Kopf. »Hast du nichts gelernt? Wir müssen jetzt bei klarem Verstand bleiben!«

»War keine Absicht.«

»Er muss zu einem Doktor«, rufe ich. »Schnell!«

Mutter schiebt mich zur Seite, legt den Arm um Boys Schulter und hebt ihn sanft hoch. Mit der linken Hand fächert sie ihm Luft zu, ihre Bewegungen werden immer panischer.

»Kannst du mich hören?« Ihre Stimme überschlägt sich.

Blinzelnd schlägt Boy die Augen auf. Hebt den Kopf, seine Lippen bewegen sich nur einen Spaltbreit. »Was ist passiert?«

»Du warst ohnmächtig.«

»Siehst du, er ist wieder auf den Beinen.« Vater schwankt zur Küchentür, krallt sich am Türrahmen fest. »Alles halb so wild.«

Mutter schreit ihn an: »Boy muss ins Bett! Der Junge hat vielleicht ein Schädel-Hirn-Trauma. Hilf mir, ihn hinaufzutragen!«

Vater dreht sich zu uns um, seine Augen blicken ins Leere, dann nickt er stumm.

Ich sitze auf Boys Matratze und sehe ihm beim Schlafen zu. Mutter hat mir die Aufgabe erteilt, meinen Bruder zu beobachten. Bis sie wiederkommt und mich bei der Bettwache ablöst. Er könnte noch einmal ohnmächtig werden, das wäre typisch bei einer Gehirnerschütterung. Vorsorglich hat sie auch einen

Eimer neben Boys Bett gestellt, falls er sich übergibt. Ich weiß nicht, wie ich erkennen soll, ob er wieder das Bewusstsein verliert, wenn er die Augen zu hat, aber ich lasse Boy keine Sekunde unbeobachtet. Sein Brustkorb hebt sich schwach, dann fällt er wie ein Luftballon in sich zusammen, seine Atmung rasselt wie ein Topf sprudelnd heißes Wasser.

Mutters Flüche schallen durch die papierdünnen Wände aus Vaters Schlafzimmer, ein Glas zerspringt auf dem Fußboden.

Dann wird es still.

Eine Tür wird aufgerissen, Mutters Absätze auf dem Flur. Wie Hammerschläge, die immer näher kommen. Ich drehe mich zur Tür, warte auf ihr Erscheinen. Durch den Spalt unter der Tür kann ich ihren Schatten erkennen.

Ich knete meine Finger und blicke auf den Türgriff.

Die Klinke wird heruntergedrückt, dann schwingt die Tür auf. Breitbeinig erscheint Mutter im Türrahmen, die Haare wild abstehend, geschwollene Augen. Sie lächelt. Ich merke, dass sie sich dazu zwingen muss. Es wirkt falsch und gekünstelt.

»Du kannst gehen, Juno.« Sie kommt herein und stellt sich neben Boys Bett. »Ich übernehme jetzt.«

Ich stehe auf. Nicke stumm.

»Ich möchte, dass du dein Zimmer heute nicht mehr verlässt.« Mutter legt ihre Hand auf meine Schulter. Sie ist heiß und feucht. »So lange, bis Boy über den Berg ist.«

»Warum hat Vater das getan?«

Sie blickt mich überrascht an.

»Boy wollte nur erklären, dass ich im Geräteschuppen war, um die Angelausrüstung zu überprüfen«, sage ich mit fester Stimme, während mein rechter Zeigefinger zu pulsieren beginnt. Es ist mir in diesem Moment egal. Ich könnte innerlich zerplatzen. »Er hat es nur gut gemeint. Ich wusste doch nicht, dass ihr uns sucht.«

»Vater kann unberechenbar werden, wenn er trinkt. Das war leider schon immer so. Seit ich ihn kenne. Aber er hat sich nur Sorgen gemacht, weil du auf einmal weg warst, verstehst du?« Mutter deutet mit dem Kinn zur Tür. »Und jetzt geh!«

Nur Sorgen gemacht, wiederhole ich in Gedanken und trotte mit hängendem Kopf aus dem Raum. Die Lage wird zunehmend gefährlicher. Ob sie etwas ahnen? Warum hat Vater getrunken? Was war der Auslöser? Geräuschlos schließe ich die Tür hinter mir und sehe den dunklen Flur hinunter.

Ein Streifen Licht fällt durch Vaters offene Zimmertür. Was er wohl gerade macht? Vielleicht sollte ich einen Blick riskieren.

Ich setze einen Fuß vor den anderen und schleiche am Badezimmer vorbei. Höre, wie Vater eine Schublade öffnet. Sie scheint zu klemmen, er zerrt und rüttelt daran. Und flucht. Mit zwei Schritten bin ich an seiner Tür und lehne mich nach vorn, blicke ins Schlafzimmer. Vater steht mit dem Rücken zu mir, der Oberkörper ist frei. Sein kariertes Hemd hängt über einer Stuhllehne.

Die Schublade gibt einen knarzenden Laut von sich, als sie aufspringt. Vater greift hinein, zieht ein weißes Bündel heraus. Eine Mullbinde.

Mit zitternden Händen rollt er den Stoff auf und wickelt ihn um seinen nackten Körper. Dabei dreht er sich schwankend um die eigene Achse, den Kopf nach unten gesenkt. Mein Blick fällt auf seine fleischige Brust. Irritiert suche ich den behaarten Bauch nach der Schnittwunde ab, die Mutter genäht hat. Doch ich kann nichts erkennen.

Keine Wunde, keine Narbe, keine Naht.

Wie ist das möglich? Vater ist unversehrt. Warum dann die Mullbinde?

Auf Zehenspitzen schleiche ich in mein Zimmer zurück und lasse mich erschöpft auf das Bett fallen. Betrachte das Schattenspiel der tanzenden Birkenblätter an der Zimmerdecke. Und plötzlich wird es mir klar. Ich sehe alles ganz genau vor mir. Ein Schauer durchfährt meinen Körper. Ich ziehe mir die Bettdecke über die Beine.

Es war nicht Vaters Blut im Ruderboot. Sondern Onkel Oles. Da kann sich Vater die Mullbinden auch doppelt und dreifach um den Bauch wickeln, um sein falsches Spiel aufrechtzuerhalten. Meine letzten Zweifel sind nun endgültig ausgeräumt. Luca hatte mit seiner Vermutung recht. Vater hat Onkel Ole im Wald aufgelauert. Weil er mich am Küchenfenster erkannt hat. Mich, das vermisste Mädchen aus England, dessen Bild überall in der Zeitung abgedruckt wird. Vater ist ihm über den See gefolgt und hat ihn erstochen. Heimtückisch, kurz und schmerzlos. Damit Onkel Ole die Wächter nicht informieren kann. Doch Vater kam zu spät. Der Postbote hatte mein Bild schon längst an Lucas *Capo* geschickt. Dennoch hat Vater am folgenden Montag so getan, als würde er verärgert auf die Zeitung warten. Dabei wusste er genau, dass Onkel Ole niemals mehr zu uns auf die Insel kommen würde.

Vater, ein eiskalter Mörder.

Ich könnte weinen. Um mich treten. Schreien.

Doch das würde Mutter aufmerksam machen. Sie würde ins Zimmer stürmen und mich nach dem Lärm fragen. Und dann müsste ich erneut lügen und meinen rechten Zeigefinger von ihr überprüfen lassen. Es wäre viel zu riskant, sie würde mein Geheimnis aus mir herauspressen und ich würde die Wahrheit sagen. Über Lucas *cellulare* in meinem Schrank.

Ach, wie ich meinen Zeigefinger hasse!

Wütend drehe ich mich auf den Bauch, drücke mein Gesicht tief in mein Kopfkissen hinein und brülle mir meine Auswegslosigkeit von der Seele. Ich schreie den Kummer in die dunklen Tiefen des Kissens, bis ich schließlich zu weinen beginne.

Warum ich? Was habe ich ihnen getan?

Nachdem ich mir die Tränen aus den Augen gewischt und die Haare zu einem strengen Pferdeschwanz gebunden habe, so fest, dass meine Kopfhaut schmerzt, fasse ich endlich wieder Mut. Ich springe vom Bett und öffne die Türen des Kleiderschranks. Ich lege die bunte Zigarrenkiste vor mir auf den Holzboden und klappe den Deckel auf.

Das Glas des *cellulare* ist rabenschwarz. Ist es kaputt? Mein Herz setzt aus. War alles umsonst? Oder funktioniert es wie unser Radio, das auch die meiste Zeit still ist? Ich weiß es nicht, da wir Mutters Küchenradio niemals anrühren dürfen. Zitternd nehme ich das schmale Gerät aus der Kiste und betrachte es von allen Seiten. In unserem Schutzbunker, im Vorratsregal mit den Konserven, sammelt Vater Batterien aller Art, für den Ernstfall. Vielleicht …

Als ich das Glas berühre, beginnt es wie durch Magie zu blinken, bunte quadratische Kästchen tauchen auf der Oberfläche auf. Und darüber schiebt sich ein Text. Eine Nachricht. Sie ist von Luca. Unwillkürlich verziehen sich meine Mundwinkel zu einem Lächeln.

Liebe Elly. Ich mache mir Sor…

Doch sofort verschwindet die Nachricht wieder. Wo ist sie geblieben? Ich schüttle das Gerät in meiner Hand.

Nichts passiert.

Irritiert drehe ich den Apparat erneut nach allen Seiten um. Es gibt keinen Knopf, keine Tasten. Ich suche die Glasoberfläche ab, inspiziere die kleinen Quadrate. Und dann entdecke ich das grüne Symbol mit einer Sprechblase, darüber ein kleiner roter Kreis. Mit einer Ziffer, einer Eins. Was bedeutet das?

Es ist ganz einfach zu benutzen, hat Luca gesagt. Ja, vielleicht für ihn. Ein Gefühl von Verzweiflung macht sich breit. Was soll ich jetzt bloß machen? Wie kann man dieses Ding bedienen? Nervös schaukle ich mit dem Oberkörper vor und zurück.

Hallo Elly?

Wieder schiebt sich eine Nachricht von oben herein. Ich verstehe nicht, was ich tun muss. Wische mir über die Stirn. Warum hat Luca mir nicht erklärt, wie dieses seltsame Ding funktioniert? Ich habe meine Gedanken gerade sortiert, da ist die zweite Nachricht ebenfalls weg. So schnell, wie sie aufgetaucht ist.

Doch nun steht über dem grünen Symbol eine kleine Zwei. Die Zahl in dem roten Kreis hat sich geändert.

Wie funktioniert das? Es ist wie Hexerei.

Verwundert streiche ich mit der Fingerspitze über die Nummer. Eine Art Reflex. Unversehens entwickelt das Ding ein unheimliches Eigenleben, in Sekundenschnelle wird das Symbol immer größer, kommt auf mich zugeflogen und füllt die ganze Glasoberfläche aus.

Vor Schreck lasse ich das *cellulare* fallen.

Mit einem Knall donnert es vor mir auf den Holzboden. Ich zucke zusammen, starre bewegungslos auf meine Zimmertür. Hoffentlich hat Mutter den Lärm nicht gehört. Ich löse mich aus meiner Schockstarre, greife wieder nach dem Gerät und verstecke es in meinen Schoß.

Und dann warte ich.

Doch Mutter kommt nicht.

Keine Schritte auf dem Flur.

Erleichtert nehme ich das Ding wieder in meine

Hand und betrachte die Oberfläche. Eine lange Liste von Namen und runden Bildchen. Auf einem erkenne ich Luca. Er lächelt mich an, daneben steht *Luca Conti (lavoro/polizia)* geschrieben und eine kleine Zwei. Ich tippe auf die Zahl und es öffnet sich ein neues Bild:

Lucas Nachrichten an mich!

Endlich habe ich sie gefunden. Das Glas reagiert auf die Berührung meiner Finger. Ich bin stolz, dass ich es ohne fremde Hilfe verstanden habe, und beginne zu lesen.

Liebe Elly, ich mache mir Sorgen um dich. Ich hoffe, es geht dir gut. Und deinem Bruder auch. Bitte melde dich, wenn du meine Nachricht liest. Und BITTE pass auf dich auf! Ciao, L.

Mein Herz macht einen Hüpfer.

Dann eine zweite Nachricht, direkt darunter.

Hallo Elly?

Ja, ich bin doch hier! Zu gern würde ich Luca antworten. Ihm schreiben, dass ich ihn vermisse. Aber wie? Wie kann ich eine Antwort schicken? Vielleicht auch mit dem Finger, ich tippe auf das Glas. Augenblicklich kommen kleine Buchstaben von unten hereingefahren, als könnte das Gerät meine Gedanken lesen. Mit meiner Fingerspitze tippe ich meine Antwort ein, Buchstabe für Buchstabe.

Lieber Luca, Boy war ohnmächtig. Vater hat ihn geschlagen. Ich vermisse dich. Wann kannst du uns holen? Juno.

Ich starre auf die kurzen Zeilen. Hat er meine Nachricht schon gelesen? Dann entdecke ich den kleinen blauen Kreis mit dem Pfeil neben meiner Nachricht. Muss ich den etwa drücken?

Das Geräusch eines heulenden Uhus in der Nacht. Es kommt aus dem Gerät, mein Text wurde verschickt. Ich warte.

Keine Minute später erscheint eine neue Nachricht auf dem Glas. Luca hat mir geantwortet. Sicherheitshalber drehe ich mich erneut zur Zimmertür, doch auf dem Flur herrscht Stille.

Ich bin allein. Mit Luca.

Geschlagen? Bist du in Gefahr? Können wir kurz sprechen?

Ich lese seine Nachricht ein zweites Mal. Ein drittes Mal. Zu gern würde ich jetzt seine Stimme hören. Ganz dicht an meinem Ohr. Aber was, wenn Vater oder Mutter hereinkommen? Das Risiko ist zu groß. Sie könnten jeden Moment vor meiner Tür stehen, um zu überprüfen, ob ich vorschriftsmäßig im Bett liege.

Ich könnte mich jedoch auf diese Notfallsituation vorbereiten. Planung ist eine meine Stärken. Es muss nur überzeugend wirken. Und ich darf keine Zeit verlieren. Ich räume die leere Zigarrenkiste in den Kleiderschrank zurück, schließe die Türen. Husche auf Zehenspitzen in mein Bett, schlüpfe unter meine Decke.

Dann greife ich zu meinem Märchenbuch auf dem Nachttisch, klappe es auf und lege das *cellulare* mitten auf die aufgeschlagene Seite. Mit zitterndem Finger tippe ich meine Antwort ein.

Ja.
Und warte.
Keine Reaktion.
Immer wieder blicke ich erwartungsvoll auf die Glasfläche, dann zu meiner Zimmertür. Doch Luca meldet sich nicht.
Die Minuten verstreichen.
Habe ich etwas Falsches geschrieben? Ist meine Nachricht vielleicht nicht bei ihm angekommen? Ich habe den blauen Pfeil gedrückt. Ganz sicher.
Der Apparat vibriert in meinen Händen.
In Gefahr? Oder sprechen?
Ich schüttle den Kopf über meine eigene Dummheit, nicht ausführlicher geschrieben zu haben. Meine Ungenauigkeit hat wertvolle Minuten vergeudet. Prächtig, Juno. Sicher macht er sich große Sorgen und will nicht riskieren, mich in noch größere Gefahr zu bringen. Konzentrier dich, Juno!
Bitte sprechen, antworte ich schnell.
Es dauert keine zwei Sekunden, da taucht das Bild von Luca auf der glänzenden Oberfläche auf, darunter ein grüner Kreis, auf dem *Annehmen* steht. Ich tippe mit dem Zeigefinger darauf und halte mir das Gerät an das Ohr.
»Luca?«, flüstere ich.
»Ist alles in Ordnung? Kannst du reden?«
»Ja«, antworte ich knapp, während ein warmer Schauer in mir aufsteigt. Es tut gut, seine Stimme zu hören. Die vertraute Stimme eines Freundes. Ich blicke zur Tür.

»Was ist passiert, Elly? Wo ist dein Bruder jetzt?«, fragt Luca. Ich kann die Anspannung in seinen Worten erkennen und blicke wieder auf das aufgeschlagene Märchenbuch vor mir. *Däumelinchen und der geflügelte Prinz.*

Im Hintergrund, in Lucas unmittelbarer Nähe, sind aufgeregte Männerstimmen zu hören, die in einer fremden Sprache wild durcheinanderreden.

»In seinem Zimmer«, sage ich. »Mutter bewacht ihn.«

»Ist er transportfähig?«

»Wie meinst du das?«, frage ich und blicke wieder zu meiner Zimmertür.

»Ist dein Bruder schwer verletzt?«

»Das weiß ich nicht. Nein, ich glaube nicht.«

»*Bene.*«

»Wann kannst du auf die Insel kommen?«

Angespannte Stille auf der anderen Seite. Ich höre Lucas Atem. Dann spricht er in einer fremdartigen Sprache mit einem anderen Mann im Raum. Sie scheinen über etwas zu diskutieren, Luca erhebt die Stimme. Dann wieder Schweigen.

»Luca?«

»Elly, *ti prego.* Ich kann nicht lange mit dir reden«, flüstert Luca. »Sie wissen nicht, dass ich mit dir spreche. Aber bitte hör zu, ich brauche eine genaue Beschreibung deines Bruders. Vielleicht kann ich herausfinden, welche internationale Vermisstenmeldung auf den Jungen zutreffen könnte. Wie alt ist er jetzt?«

»Boy ist zwölf.«

»Also wurde er *nach* dir auf eure Insel entführt?«, fragt Luca, in seinen Worten schwingt Hoffnung. »Wie lange ist das her?«

Ich überlege. Ich kann mich nicht an eine Entführung erinnern. Überhaupt habe ich mir in den letzten Jahren nie Gedanken darüber gemacht, wie Boy zu uns auf die Insel kam. Er war einfach auf einmal da. Nein, Moment. Boy war nicht einfach da. Vater hat ihn vom Einkaufen mitgebracht.

»Elly, wann war das? In welchem Jahr kam dein Bruder zu euch auf die Insel?«

»Als ich fünf oder sechs war«, antworte ich gedankenverloren und sehe Vaters Ruderboot vor Augen. Rieche nassen, frisch geschnittenen Rasen vor dem Haus. Mutter in einer grünen Strickjacke.

»Also ungefähr vor zehn Jahren?«

»Er hat eine fremde Sprache gesprochen«, antworte ich leise. »Ich dachte mir nichts dabei, Vater hat ihn ja aus dem Supermarkt mitgebracht. Das ist so lange her.«

»Aus dem Supermarkt?« Luca wirkt irritiert, dann wieder hellwach. »Elly, welche Sprache?«

Ich starre auf das aufgeschlagene Märchenbuch vor mir. Auf die Zeichnung der hässlichen, fetten Kröte, die *Däumelinchen* auf den See entführt hat. Noch nie war mir das kleine Mädchen so vertraut wie in diesem Moment. »Ich ... ich weiß es nicht. Boy war erst zwei oder drei Jahre alt, wir waren Kinder.« Ich drehe mich zum Fenster. Ein schwarzer Vogel huscht hinter der Scheibe vorbei, und ich flüstere, fast flehend: »Wann kannst du uns holen, Luca?«

»Unser Team hat eure Rettungsaktion besprochen, Elly. Wir werden euch schon bald befreien, mach dir keine Sorgen. Unser aktueller Plan sieht vor, dass wir euch …«

Meine Zimmertür wird aufgerissen. Panisch lasse ich das *cellulare* in das offene Buch fallen. Schlage den Umschlag zu.

»Mit wem hast du gesprochen?« Ihre Stimme ist eisig, als sie mein Zimmer betritt.

»Du hast mich erschreckt, Mutter.«

Mit langsamen Schritten geht sie auf mein Bett zu. Mustert mich aus zusammengekniffenen Augen. Zwei schmale Striche in ihrem Gesicht, so dünn wie die Falten auf ihrer Stirn.

»Ich habe nur laut vorgelesen«, stammele ich, während mein rechter Zeigefinger zu pochen beginnt. »Für Boy.«

Mutter steht einen Schritt von mir entfernt. Sie legt den Kopf schief, betrachtet mich wie ein gefährliches Insekt.

Bemüht unauffällig drehe ich mich zu meinem Nachttischchen um und öffne die obere Schublade. »Ich dachte, ich lese ihm später aus meinem Buch vor. Damit er sich nicht so langweilt. Er ist so allein in seinem Zimmer.«

»Ich bin da. Und Vater.«

»Mhm«, antworte ich und lasse das Buch in die Schublade gleiten. Schiebe sie unbemerkt zu. Ich versuche ein Lachen. »Boy mag es tatsächlich immer noch, wenn ich ihm Märchen erzähle. Auch wenn er schon zwölf ist.«

»Dein Bruder schläft.«

»Das wusste ich nicht.«

»Zeig mir deine rechte Hand, Juno.«

»Wie bitte?«

Sie setzt sich auf die Bettkante, streckt mir ihren Arm entgegen. Ich schüttle den Kopf. Mutter ballt die Hand zur Faust und öffnet sie wieder. »Mit wem hast du geredet? Und lüg mich nicht an!«

Ich kann ihre unterdrückte Wut, den säuerlichen Geruch ihres Magens förmlich riechen, als sie plötzlich mein Handgelenk packt und wie ein Schraubstock fest umklammert.

Ich sitze in der Falle. Suche verzweifelt einen Ausweg.

Schließlich reiße ich mich mit aller Kraft von ihr los und stürme aus dem Zimmer.

»Verdammt, wo willst du hin?«, brüllt Mutter.

»Auf die Toilette!«, rufe ich zurück, ohne mich umzudrehen. Ich höre noch, wie sie von meiner Matratze aufspringt, und dann renne ich los.

Renne durch den dunklen, schmalen Flur.

Öffne die Badezimmertür, stürme zum Waschbecken, reiße den Hahn auf und lasse eiskaltes Wasser über meinen rechten Zeigefinger sprudeln. Es schmerzt. Feine Nadelstiche auf meiner Haut. Doch der Finger zuckt immer noch. Er wird mich verraten. Mich, meine Lügen und Lucas Wunderapparat. Was mache ich bloß? Hektisch blicke ich mich im Badezimmer um. Wie kann ich das verräterische Zucken endlich beenden?

Ich höre ein Geräusch aus meinem Zimmer. Ein knirschendes Ratschen auf einer Metallschiene. Mutter hat die Schublade meines Nachttischs aufgezogen! Mein Herz trommelt in meiner Brust. Jeden Moment wird sie mein Märchenbuch herausnehmen. Das Buch in der Mitte aufklappen und das versteckte *cellulare* darin finden.

Dann ist alles vorbei.

Dann sind Boy und ich verloren.

Mein Blick fällt auf die offene Badezimmertür. Mit wenigen Schritten stehe ich davor und betrachte das massive Scharnier und die Türangel. Zitternd zwänge ich meinen rechten Zeigefinger in den schmalen Spalt zwischen Türblatt und Türrahmen. Ich spüre die spitzen Holzkanten, die meinen Zeigefinger von beiden Seiten einkeilen, wie zwei stumpfe Scherenblätter, die mein Fleisch bis tief auf den Knochen drücken. Ich muss an Vaters rostigen Heckenschneider denken, der draußen im Geräteschuppen liegt. Ich schließe die Augen, beiße auf meine Zähne. Schweißperlen rinnen meine Stirn hinab.

Ich halte den Atem an.

Und schlage die Holztür mit aller Wucht zu.

19

Ich schreie. Lange und kehlig, und mein schrilles Brüllen übertönt das knackende Geräusch des Fingerknochens.

Der Schmerz schießt durch meinen Körper, sticht in jeden einzelnen Körperteil wie glühende Lava. Dumpf höre ich Mutters aufgeregte Rufe, kilometerweit entfernt, anscheinend von der anderen Seite des Sees. Alles dreht sich.

Mir wird schwindelig, ich muss mich setzen. Schweißgebadet ziehe ich den gebrochenen Finger aus dem Türspalt und lasse mich auf die Fliesen fallen, krümme mich wie ein Baby auf dem Boden. Unscharf tauchen Mutters rosafarbene Hausschuhe in meinem Gesichtsfeld auf, dann ihre Hände, ihre Knie, der Busen. Sie beugt sich tief zu mir herunter.

»O nein, Juno! Was hast du gemacht?« Sie klingt nicht besorgt, sondern vorwurfsvoll. Als hätte ich die Milch auf dem Herd anbrennen lassen.

Ich finde keine Kraft, ihr zu antworten, will einfach nur hier im Badezimmer liegen bleiben. Allein. Zusammengekauert, in der Hoffnung, dass der quälende Schmerz endlich aufhört.

»Was, verdammt, ist passiert?«, ruft Mutter und

hämmert mit der flachen Hand nur wenige Zentimeter vor meiner Nase auf den Fliesenboden ein. Ihr Ehering schlägt auf die Keramikplatten, ratternd wie eine Salve aus Vaters Gewehr.

»Sprich endlich!«

Als ich ihr dennoch nicht antworte, rutscht sie langsam auf Knien zu mir heran und zischt mir wütend ins Ohr: »Du sagst mir jetzt sofort, was du getan hast! Oder ich werde dich zwei Tage lang ins Loch stecken!«

Zitternd strecke ich den rechten Arm aus, halte ihr meinen blutigen Zeigefinger vor die Augen. Jetzt schreit auch Mutter auf, hält sich die Hand vor den Mund. Mir wird übel, als ich den Finger zum ersten Mal sehe. Er steht seltsam gekrümmt nach oben ab. Als würde er nicht zu meiner Hand gehören.

»Den müssen wir kühlen!«, ruft Mutter und stürmt aus dem Badezimmer. »Wir brauchen Eis!« Sie rennt die Treppe nach unten, wahrscheinlich in die Küche zum Gefrierschrank.

Das ist meine Chance.

Hastig versuche ich mich auf der linken Hand abzustützen, drücke mich mit letzter Kraft nach oben. Als ich wenig später auf den Beinen stehe, wird mir erneut übel. Mein Oberkörper beginnt zu schwanken wie ein einzelnes Schilfrohr im Wind. Ich lehne mich gegen den Türrahmen und schließe erschöpft die Augen. Keine gute Idee, durch die Dunkelheit wird es nur schlimmer. Als würde jemand meine Eingeweide mit Faustschlägen bearbeiten. Dann schwanke ich weiter durch den Flur in mein Zimmer. Steuere geradewegs auf den Nachttisch zu.

Die obere Schublade ist halb aufgezogen.

Rettung in allerletzter Sekunde, denke ich und bekreuzige mich innerlich. Ziehe mit der linken Hand das Märchenbuch heraus, werfe es auf die Bettdecke, klappe es in der Mitte auf und atme erleichtert aus. Dort liegt es noch, Lucas *cellulare*. Ich schnappe mir das Gerät und blicke mich suchend im Zimmer um.

Soll ich es wieder zurück in den Kleiderschrank legen?

Oder gibt es einen sichereren Ort?

Mir bleibt keine Zeit für lange Überlegungen, denn schon höre ich Mutters stampfende Schritte auf den oberen Treppenstufen.

Sie ist im Flur angekommen.

Ich muss mich beeilen. Instinktiv stopfe ich das Ding in den Schlitz unter meiner Matratze und streife die Bettdecke darüber, klappe das Märchenbuch zu und lege es zurück in die Schublade, als Mutter auch schon hinter mir auftaucht. In der Hand eine Karaffe mit Eiswürfeln, einen gelben Bleistift und eine Rolle Mullbinden.

»Setz dich, Juno«, befiehlt Mutter seltsam herzlich.

Ich lasse mich auf die Bettkante fallen, strecke ihr meinen gekrümmten Finger hin, der mittlerweile eine bläuliche Färbung angenommen hat. Mutter nimmt neben mir Platz, stellt die Karaffe auf dem Nachttisch ab, während ihr Blick auf die halb geöffnete Schublade fällt. »Ein komischer Zufall, dass es ausgerechnet deinen rechten Zeigefinger erwischt hat, oder?«, fragt sie mit betont ruhiger Stimme, greift in das Fach hinein und zieht mein Märchenbuch heraus.

Ich weiß nicht, was ich darauf antworten soll, und nicke.

»Wenn du möchtest, kann ich dir zum Trost etwas daraus vorlesen, mein Kind«, sagt sie, während sie prüfend das Buch durchblättert und es dann auf ihren Oberschenkeln ablegt. »So wie früher am Kaminfeuer. Erinnerst du dich noch?«

Wieder nicke ich.

Wie könnte ich das vergessen? So hatte sie mir ihre fremde Sprache beigebracht. Es läuft mir eiskalt den Rücken hinab, der Schmerz in meinem Finger scheint augenblicklich verschwunden.

»Es war einmal …«, Mutter schmunzelt, »ein kleines Mädchen, das sehr ungezogen war.«

Unvermittelt greift sie nach meiner rechten Hand, reißt sie ruckartig zu sich auf den Schoß, drückt sie auf den Bucheinband.

»Unser provisorischer Operationstisch für heute.«

Sie lacht.

Ich beiße die Zähne zusammen. Alle Schmerzen sind wieder da. Auch die Angst. Dann nimmt Mutter den Bleistift und presst ihn fest gegen meinen geschwollenen Zeigefinger.

Ich schreie auf. Sterne tanzen durch mein Zimmer.

»Halt still«, zischt sie mich an, während sie die Mullbinde um meine Finger wickelt. »Was ist mit euch Kindern nur los? In den letzten Tagen verhaltet ihr beide euch so störrisch.« Sie zieht die Mullbinde fester. »Gibt es dafür irgendeinen Grund?«

Ich bringe kein Wort heraus.

»Die Fremdlinge haben euren Vater sehr schwer verletzt.« Sie holt tief Luft. »Er wäre fast an seiner Stichwunde gestorben, die sich lebensgefährlich entzündet hat. Und ihr wisst ganz genau, dass wir zu keinem Doktor fahren können, um Hilfe zu holen. Ist das euer Dank? Lügen und Ungehorsam?«

Bitte, lieber Gott, lass sie damit aufhören, flehe ich und starre auf meine bandagierte Hand. Mit jeder Umwicklung werden die Schmerzen stärker, sie ziehen über meinen Arm bis zum Schulterblatt hinauf.

»Ich frage dich nur einmal.« Für einen kurzen Moment hält sie inne, legt die Mullbinde zur Seite. »Und ich will keines von deinen Märchen hören, Juno, hast du das verstanden?« Sie legt ihre Hand auf meine Schulter, streichelt mir über die Haut und kneift mit den Fingerspitzen in meine Halsschlagader. »Warst du heimlich in Vaters Bibliothek? In seinem Arbeitszimmer?«

Mein Zeigefinger beginnt unter der Bandage zu pulsieren. Das Blut strömt durch jedes einzelne Glied, wie ein reißender Fluss, pumpt den Finger wie einen Schubkarrenreifen auf.

Die Schmerzen werden unerträglich.

»Nein, Mutter«, presse ich mit letzter Kraft heraus.

»Wo hast du dann gesteckt?«

»Im Schuppen.«

Mutter blickt mich prüfend an und nickt. Ein schiefes Lächeln auf ihren Lippen, sie schweigt. Ich kann nicht erkennen, ob sie mir glaubt. Dann bindet sie die Enden der Mullbinde zu einem festen Knoten zusammen und stößt meine Hand vom Märchenbuch herunter. »Fertig.«

Ich starre auf den Verband um meine Hand und muss an einen Schneeball denken. Mich fröstelt, als wäre es tiefster Winter, obwohl die Sonne in mein Dachzimmer scheint.

»Juno, du bist jetzt eine erwachsene Frau«, sagt Mutter und rutscht ein Stück näher an mich heran. »Ich kann mich noch gut daran erinnern, wie sich das anfühlt. Im Frühling des Lebens, wenn die Knospen zu sprießen beginnen.« Sie lächelt. »Denn auch ich war einmal sechzehn. Aber das ist über vierzig Jahre her.« Mutter beugt sich zum Nachttisch hinüber und greift nach der Karaffe mit den Eiswürfeln. »Damals, als mit jeder monatlichen Blutung der Drang nach Freiheit und Unabhängigkeit immer größer und größer wurde.« Sie schüttelt das Eis im Glas, das mittlerweile zu schmelzen begonnen hat. »Das ist ganz normal. Doch im Unterschied zu dir haben mich in deinem Alter ganz andere Dinge interessiert. Zum Beispiel Mathematik, Biologie und Jungs.« Mutter hält mir die Glaskaraffe vor die Nase. »Also sag mir, Juno, wieso Märchen? Was findet eine junge Frau wie du immer noch so spannend an dummen Kindergeschichten, wenn du lieber *Juliette* lesen würdest? Dass du Boy Märchen vorlesen wolltest, war doch sicher nur ein Vorwand.« Sie lehnt sich zu mir, so nah vor mein Gesicht, dass ich ihren Atem riechen kann. Eine würzige Mischung aus frischer Minze, Haferbrei und geräuchertem Hering. »Hast du vielleicht etwas in diesem Märchenbuch versteckt? Vielleicht etwas Geheimes, das ich nicht sehen darf?«

Mein Herz bleibt stehen.

»Nein, Mutter. Nichts.«

Sie greift nach meiner bandagierten Hand und drückt sie in das geschmolzene Eiswasser. Es dauert einen kurzen Moment, bis ich den nassen Verband spüren kann. Wie eine zweite Haut umhüllt er meine Finger, die sich reflexartig zu einer Faust zusammenkrampfen wollen, doch der Bleistift hindert sie daran. Dann beginnt das Eiswasser wie Tausende Bienenstiche zu brennen. Eine Sinfonie der Schmerzen. Panisch versuche ich die Hand wieder aus dem Eis herauszuziehen, sie zappelt wie ein Fisch im Kescher umher, doch Mutter hält sie eisern fest.

»Wenn das so ist, mein Kind, dann hast du sicher nichts dagegen, wenn ich das Buch überprüfe, oder?«

Ich beiße die Zähne zusammen, schüttle den Kopf. Ich habe keine Ahnung, worauf Mutter hinauswill.

Sie drückt meine Finger noch einige Sekunden länger in das Eiswasser, dann öffnet sie endlich ihre Hand. Eilig reiße ich meine Faust aus der Karaffe und wickle die Bettdecke mehrmals um meine durchnässte Bandage. Der stechende Schmerz lässt nach.

Währenddessen klappt Mutter mein altes Märchenbuch auf und sieht sich jede Seite einzeln an, fährt mit den Fingerspitzen über das bedruckte Papier. Was denkt sie, was sie dort findet?

Sie hält sich die Seiten dicht vor die Augen, blättert weiter. »Weißt du, Juno, ich war in meinem Leben auch einmal verletzt. Schwer krank. Schlimmer als ein gebrochener Finger.« Sie dreht den Buchumschlag nach beiden Seiten um. »Ein gebrochenes Herz, verstehst du? Das kann man nicht so einfach mit einem Bleistift reparieren …«

Mutter hält inne. Verharrt wie auf einer Fotografie. Ihre Fingerkuppen ruhen auf der Innenseite des Umschlags. Sie dreht sich zu mir um, funkelt mich aus schmalen Augen an. »Du Lügnerin, ich habs gewusst.«

Irritiert starre ich auf ihre rot lackierten Finger.

Was meint sie?

Sie beginnt mit ihren Fingernägeln die Ecke des Schutzpapiers abzukratzen, dann reißt sie es in einem Stück herunter. Einzelne weiße Fetzen bleiben an dem Karton hängen.

Ich schlucke.

Zu meiner Überraschung kommt ein rosafarbenes, sorgfältig zusammengefaltetes Stück Papier zum Vorschein, das sich darunter versteckt haben muss. Wieso habe ich es all die Jahre nicht bemerkt?

»Was ist das?«, fragt Mutter streng und faltet das Papierchen auseinander. Ich zucke nervös mit den Achseln.

Mutter starrt auf die Entdeckung in ihren Händen. Ihre Augen weiten sich.

Stille.

Dann zerknüllt sie das rosafarbene Papier und stopft es in die Vordertasche ihrer Schürze, steht von meinem Bett auf. »Du hast für heute Zimmerarrest!«

»Aber ich habe doch gar nichts getan!«, rufe ich ihr hinterher, als sie kurz darauf meine Zimmertür öffnet.

»War das eine Nachricht?«, sage ich noch, meine Gedanken fahren Karussell. Es muss eine geheime Botschaft an mich sein, da bin ich mir sicher. Rosa Papier. Geschrieben und versteckt von meiner großen Schwester.

»Bitte, Mutter!«, rufe ich. »Von wem war die Nachricht?«

Wortlos tritt sie auf den dunklen Flur und schlägt die Tür hinter sich zu.

Ich sitze auf meinem Bett und starre auf das *cellulare* in meiner Hand. Eine halbe Stunde ist vergangen, seit Mutter mein Zimmer verlassen hat. Wahrscheinlich ist sie in diesem Moment bei meinem Bruder und bewacht ihn. Ich mache mir große Sorgen um Boys Gesundheitszustand. Er braucht so schnell wie möglich einen Doktor, das waren heftige Schläge gegen den Kopf.

Doch dafür müssen wir von dieser Insel fliehen, falls uns Luca nicht bald von hier wegbringt. Ich tippe auf das runde Bild auf der Glasoberfläche und halte mir das Gerät ans Ohr. Ein seltsames Tuten, rhythmisch wie der pulsierende Schmerz in meinem Finger. Ein Knacken und Lucas zuerst weit entfernte

Stimme, dann ganz nah bei mir, als würde er neben mir auf dem Bett sitzen, seinen Kopf an meine Schulter gelehnt.

»Elly?« Seine Stimme zittert.

»Ja«, flüstere ich.

»Ich habe alles mit angehört.« Luca wirkt angespannt. »Geht es dir gut? Elly, bitte sag doch was!«

»Mach dir keine Sorgen um mich«, antworte ich und blicke auf die bandagierte Hand. Mein gebrochener Zeigefinger brennt wie Feuer unter dem nasskalten Verband. »Ich habe alles geregelt. Aber mein Bruder braucht dringend Hilfe. Ich glaube, Boy hat eine Gehirnerschütterung. Das hat zumindest Mutter gesagt. Wann kannst du uns holen, Luca? Wir müssen hier weg!«

»Hör zu, Elly. Ich habe meinem *Capo* vor wenigen Minuten alles erklärt.« Er zögert. »Das Team musste den Ernst der augenblicklichen Lage verstehen. Mit dir und Boy. Also habe ich ihnen von uns erzählt. Dass ich noch zwei Mal bei dir auf der Insel war.«

»Hast du deswegen Ärger bekommen?«, frage ich besorgt.

Doch Luca antwortet nicht. Stille. Ich höre nur seinen Atem, schwer und unregelmäßig. Ich frage mich, wie streng er dafür bestraft wurde. Als er immer noch schweigt, flüstere ich: »Luca? Was haben sie dir angetan?«

»Sie kommen euch holen. Heute noch. Ihr werdet gerettet!«

Erleichterung durchflutet meinen verkrampften

Körper, überall beginnt es zu kribbeln, sogar der Schmerz in meinen angespannten Schultern löst sich. Die heilende Kraft von Hoffnung keimt in mir auf.

»Und wann?« Plötzlich muss ich weinen. »Luca, wann kommt ihr auf die Insel?«

»Das Team bereitet schon alles für eure Rettung vor«, flüstert er. »Aber sie müssen bis zur Dämmerung warten, Elly. Der geplante Zugriff ist um dreiundzwanzig Uhr.«

Ich blicke auf den Wecker auf meinem Nachttisch. Noch fast acht Stunden.

»Ich weiß nicht, ob es Boy bis dahin schon besser geht.«

Wieder Schweigen auf der anderen Seite. Ich höre Lucas Atem, flach und verharrend. Dann ruft er etwas in den Raum hinein, ein fremder Mann antwortet, in einer mir unbekannten Sprache, wahrscheinlich sein *Capo*, mit dem er sich unterhält. Ihr Gespräch wird lauter. Luca klingt aufgebracht.

Ich schiele zur Zimmertür.

»Sie kommen mit Tauchern und Booten. Kannst du deinen Bruder zum Seeufer tragen?«

Ich denke an die Ritterspiele, die wir letzten Sommer im Garten für Mutter und Vater aufgeführt haben. Dabei war ich das Pferd und Boy der verkleidete Reiter auf meinem Rücken. Damals war es kein Problem für mich, meinen elfjährigen Bruder bis zum Geräteschuppen zu schleppen. Doch über den Winter ist Boy wie eine Schlingpflanze in die Höhe geschossen.

»Ich werde es versuchen«, sage ich, obwohl ich nicht weiß, wie ich ihn unbemerkt aus seinem Zimmer tragen kann. Mit einem gebrochenen Finger und einer wachsamen Mutter.

»*Bene*, gut«, sagt Luca. Es klingt nicht besonders zuversichtlich. »Dann also heute Nacht, dreiundzwanzig Uhr. Am Seeufer, an unserem geheimen Treffpunkt. Alles wird gut, Elly. Und bitte seid vorsichtig!«

Mein Blick fällt auf das offene Märchenbuch neben mir. Auf die nackte Umschlagseite und die Papierfetzen auf dem grauen Karton. Ich denke an das rosafarbene Briefchen, das all die Jahre sicher darin versteckt war. »Ich hatte auch noch eine Schwester«, sage ich leise. »Sie ist vor vielen Jahren gestorben, im See ertrunken.«

»Wie bitte?« Luca wirkt alarmiert.

»Ihr Name war Ruth«, antworte ich, die Bilder des Zeitungsausschnitts wieder vor Augen, die leuchtend gelbe Sportjacke. »Sie wurde auf einem Campingplatz entführt, im Alter von sechs Jahren, irgendwo in den Bergen. Ich glaube, in der Schweiz.«

»Woher weißt du das?«

»Ich habe ein altes Fotoalbum gefunden, ich war heimlich in Vaters Bibliothek«, erkläre ich mit schlechtem Gewissen. »Da drin sind quadratische Fotos und eingeklebte Zeitungsartikel.«

»*Brava*, Elly«, sagt Luca. »Das hast du gut gemacht. Ich werde die Informationen zu Ruth gleich an meine Kollegen weitergeben. Kannst du das Fotoalbum heute Nacht mitbringen? Es ist ein wichtiger Beweis.«

»Ich habe es im Schuppen versteckt.«

»Ist es dort gut gesichert?«

»Ich denke, schon«, antworte ich knapp. Doch plötzlich bin ich mir unsicher. »Vielleicht hat mich mein Bruder dabei beobachtet, als ich das Album in die Angelkiste gelegt habe«, sage ich nachdenklich. »Aber Boy wird bestimmt nichts verraten.«

»Elly, wir dürfen nicht riskieren, dass er mit deiner Mutter darüber spricht. Verstehst du? Euer Leben ist in Gefahr, wenn sie herausfinden, dass du über eure Entführungen Bescheid weißt. Du musst das Buch so schnell wie möglich wieder aus dem Schuppen holen!«

Ich denke einen Moment darüber nach.

Die Gefahr, dass mich Mutter dabei erwischt, ist groß. Aber Luca hat recht. Es würde uns genauso schlimm erwischen, wenn Boy das Geheimnis aus Versehen ausplaudert, vielleicht im Fieberwahn, zumal mein Bruder genau wie ich im Schlaf spricht. Und Mutter wacht an seinem Bett. Mir bleibt keine andere Wahl.

»Ich versuchs.«

»Danke, Elly«, flüstert er, weich und warm, hoffnungsvoll und besorgt zugleich. »*Stammi bene.* Vertrau mir, Elly. Heute Abend seid ihr frei.«

Ich möchte ihm noch sagen, wie sehr ich ihn vermisse, wie oft ich an ihn denken muss, doch da hat Luca schon aufgelegt.

Enttäuscht lasse ich den schwarzen Apparat auf meinen Schoß sinken und blicke zu meiner geschlossenen Zimmertür. Keine Schritte auf dem Flur, keine Geräusche im Haus. Ich schiebe das Ding wieder unter meine Matratze und springe vom Bett auf, gehe zum Fenster und drücke das Sprossenfenster weit auf.

Frische Luft füllt meine Nasenflügel.

Ich sehe zu unserem Gemüsegarten hinunter, weiter zum alten Brunnen, vorbei an den zwei Birken, hinüber zu Ruths Grab, dann zu den meterhohen Lautsprechermasten, zu unserem rot gestrichenen Geräteschuppen.

Gefährlich. Aber ich kann es schaffen.

Am Horizont kündigen sich dunkle Gewitterwolken an.

20

Ich öffne meinen Kleiderschrank und streife mir den kratzigen grünen Winterpullover über. Nicht weil mir kalt ist, ganz im Gegenteil, ich schwitze am ganzen Körper. Schweißperlen auf meiner Stirn, auf meinem Rücken. Aber irgendwo muss ich das Fotoalbum verstecken, falls ich auf meinem Rückweg entdeckt werde. Der Pullover ist weit geschnitten und bietet ausreichend Platz für das schmale Buch.

Ich trete auf den Flur und ziehe die Tür hinter mir ins Schloss. Nach wenigen Schritten bleibe ich an Boys Kinderzimmer stehen und lausche an der Tür. Doch auf der anderen Seite herrscht Stille, kein Schnarchen, keine Stimmen. Auch nicht von Mutter. Erleichtert streiche ich mit meiner bandagierten Hand über das Holzfurnier. Mir bleibt also noch etwas Zeit. Mutter wird an seinem Bett wachen, während ich mich um einen neuen Aufbewahrungsort kümmere, einen sicheren, vielleicht im Badezimmer oder im Vorratsraum, bis die Gefahr vorüber ist.

Nur noch acht Stunden.
Dann werden wir gerettet, Boy.
Halte durch!
Wir haben es bald geschafft.

Die Stufen knarzen, während ich die Treppe hinabsteige. Ich klammere mich fester an den Handlauf, stütze mein ganzes Gewicht auf meine linke Hand, ich beiße die Zähne zusammen. Die letzte Stufe, endlich habe ich den Flur zum Wohnzimmer erreicht.

Jetzt nur noch durch die Küchentür in den Gemüsegarten, und weiter zum – ich erstarre.

Mutter.

Sie steht am Herd und rührt mit einem Löffel in einem Topf. In der Küche liegt ein süßlicher Duft aus Holunder, Kirschen und Walderdbeeren. Sie dreht sich zu mir um.

»Wieso bist du nicht in deinem Zimmer?« Die Überraschung in ihrer Stimme ist nicht zu überhören. Ich fühle mich wie versteinert.

»Ich …« Mir fällt keine Antwort ein, instinktiv balle ich die linke Hand hinter meinem Rücken.

»Darf ich dich daran erinnern, dass du Zimmerarrest hast?«

»Ja, Mutter.«

»Also?«

»Ich wollte mir nur ein Glas Milch holen.«

»In einem Winterpulli?«

»Mir war kalt«, sage ich schnell und deute auf den dampfenden Topf, um das Thema zu wechseln. »Machst du Fruchtbrei? Riecht verlockend.«

Mutter schüttelt den Kopf.

»Ist Boy etwa ganz allein in seinem Zimmer? Ich dachte, du würdest an seinem Bett wachen?«

»Vater hat übernommen«, antwortet sie und rührt

unbeirrt weiter. »Ich habe noch etwas Wichtiges zu tun.« Mutter zieht den Löffel aus dem Topf, prüft die bernsteinfarbene Masse, die dickflüssig an dem Holzstab heruntertropft. »Gelee kochen.«

Ich trete näher an die Herdstelle heran. Ich liebe diesen Duft. Unversehens kommt mir unser Schutzraum in den Sinn, den ich seit meiner Kindheit mit der verlockenden Fruchtnote verbinde.

Mutter stellt den Topf auf einem massiven Holzbrett ab und schiebt den verrußten Eisendeckel über die Feuerstelle. Dann greift sie zu einer dunkelgrauen Granitschale, die vor ihr auf der Arbeitsfläche steht, und hält sie mir vor die Nase.

Ich sehe hinein.

Weiße, dicke Tabletten.

Trostpillen.

»Aber wir haben doch noch ein volles Röhrchen«, sage ich irritiert und deute mit meiner bandagierten Hand in Richtung Küchentisch, auf die versteckte Kellerluke unter dem Teppich. »Im Schutzraum.«

»Das waren Placebos, mein Kind«, antwortet sie und fährt mit einem Teelöffel in die orangefarbene Flüssigkeit. Ich verstehe nicht, wovon sie spricht. Mutter dreht sich zu mir, mustert mich von oben bis unten. Dann lächelt sie, verständnisvoll, weil sie meinen Gesichtsausdruck zu lesen weiß.

»Placebos haben keine pharmakologische Wirkung«, erklärt Mutter, zieht den klebrigen Teelöffel wieder aus dem Topf, pustet auf das Gelee und leckt den Löffel ab. »Doch keine Sorge, Juno. Ab heute versprechen eure Trostpillen tatsächlich Heilung, sie sind hochdosiert.«

Sie greift in die Vordertasche ihrer karierten Schürze und zieht ein halbleeres Tablettenröhrchen heraus, schüttelt es wie ein Glöckchen in der Hand. »Dies hier ist das wahre Medikament für euch Kinder.« Sie stellt das geschlossene Röhrchen neben die massive Steinschale. »Denn es ist die Zeit gekommen, um uns auf den Ernstfall vorzubereiten.«

»Welche Wirkung?«, frage ich, da ich den Sinn der neuen Trostpillen nicht verstehe.

»Du Dummerchen.« Mutter sieht mich an und verdreht die Augen. »All die Jahre im Schutzbunker, das waren nur Übungen. Ich dachte, du hättest es verstanden. Die neuen Pillen werden euch helfen, noch viel ruhiger zu werden. Sie wirken gegen Nervosität und Angst. Angst vor den Fremdlingen.« Sie taucht den Teelöffel in das Gelee und reicht ihn mir. »Muss da noch mehr Zucker dran?«

Ich greife nach dem Löffel und betrachte die bernsteinfarbene Flüssigkeit. Sie dampft noch etwas, ich puste. Warum ist Mutter auf einmal so freundlich zu mir? Noch nie durfte ich das Gelee vorher kosten. Ihre Spezialität ist nur für den Übungsalarm vorgesehen. Ich lecke den Löffel ab.

Sofort verbreitet sich der köstliche Geschmack auf meiner Zunge, an meinem Gaumen. Meine Mundwinkel ziehen sich nach oben. Die fruchtige Masse ist warm und honigsüß. Viel süßer als sonst, das Kirscharoma schmeckt fantastisch.

Ich nicke. »Sehr gut, Mutter. Besser als die alten.«

»Das dachte ich mir.« Sie lächelt zufrieden, greift nach einem Stößel und zermalmt einige Pillen in der Granitschale zu einem feinen Pulver. Mit kreisenden Bewegungen fährt sie am Boden und äußeren Rand des Mörsers entlang, bis das Gemisch wie frischer Puderschnee aussieht. Dann schüttet sie das Pulver in den dampfenden Topf, rührt es unter das Gelee. »Ab heute werden wir auch ein wenig Medizin in die fruchtige Ummantelung geben. Zur Sicherheit. Aber keine Sorge, ich habe viel Zucker verwendet, um euch die Einnahme noch angenehmer zu machen.«

Warum angenehmer? Ich stutze. Wir lieben die Trostpillen, so wie sie sind, Mutter weiß das. Ich bekomme das seltsame Gefühl, dass hier irgendetwas nicht stimmt.

»Die neuen Trostpillen helfen sogar bei Gliederschmerzen«, sagt Mutter lächelnd und nickt zu meiner bandagierten Hand. »Aber nur im äußersten Notfall. Noch hoffen wir, dass dein Bruch von ganz allein verheilt. Nicht wahr?«

»Gibt es denn bald wieder eine Übung?«, frage ich erstaunt, weil mir der Sinn ihrer außerplanmäßigen Tablettenherstellung nicht klar wird, und sehe aus dem Küchenfenster. Ein kleiner blauer Vogel sitzt auf dem Lautsprechermast und putzt sich das Gefieder.

»Wir haben genug geprobt, Juno«, antwortet Mutter und öffnet die Besteckschublade. »Die Gefahr ist allgegenwärtig, die Fremdlinge haben unser Zuhause gefunden. Sie könnten jeden Moment auf die Insel kommen und euch holen.«

Wenn sie wüsste, wie recht sie damit hat.

Ich blicke auf die tickende Küchenuhr über dem Spülbecken. Eine rote Plastikkatze, deren Augen und gekrümmter Schwanz im Sekundentakt hin- und herschwingen.

Als Kinder haben wir sie geliebt. Doch jetzt hasse ich sie.

Dafür, dass sie mir die Zeit anzeigt. Es sind erst zehn Minuten vergangen, zehn furchtbar lange Minuten. Die Zeit scheint nicht zu vergehen, bis Luca kommt und uns rettet. Doch vorher muss ich noch unbemerkt das Fotoalbum aus dem Geräteschuppen holen, ohne dass Mutter Verdacht schöpft. Aber wie? Mutter wird bestimmt noch eine Weile in der Küche bleiben, um die neuen Trostpillen zuzubereiten.

»Wann kann Boy wieder aufstehen?«, frage ich so beiläufig wie möglich, während Mutter zwei Tablettengussformen aus dem Oberschrank herausholt und sie neben den Topf legt.

»Dein Bruder macht gute Fortschritte«, antwortet sie und stülpt einen Backofenhandschuh über ihre Hand. »Er hat Glück gehabt. Nur eine Beule, keine Gehirnerschütterung.«

»Das heißt, Boy kann wieder laufen?«, frage ich. Meine Hoffnung wächst, dass ich ihn heute Nacht nicht hinunter zum Seeufer tragen muss.

»Nun ja, zwei Tage wird er wohl noch im Bett bleiben müssen«, sagt Mutter und gießt das warme Gelee der Reihe nach in die schmalen Pillenförmchen. »Vorsorglich.«

Zwei Tage. Mist.

Mutter öffnet das halbvolle Tablettenröhrchen und schüttet den Rest der Pillen auf die Arbeitsfläche. Wie Rosenkäfer springen die Tabletten nach allen Seiten weg, ganz so, als wollten sie vor Mutter flüchten. Sie greift zu einer Pinzette und drückt jede einzelne der weißen Tabletten in die randvoll gefüllten Förmchen. Mutter scheint dabei hochkonzentriert. Wie zähflüssige Lava quillt das orangegelbe Gelee über den Rand der Form. Die bernsteinfarbene Ummantelung der Trostpillen ist gleich fertig.

»Düfte ich mal ganz kurz in den Garten?«, frage ich zögernd.

»Nein. Du hast Zimmerarrest.«

»Ich möchte gern ein paar Blümchen für Boy pflücken.«

»Dein Bruder braucht keine Blumen, sondern Ruhe.«

»Bitte, Mutter«, flehe ich.

»Ach, verdammt!«, schreit Mutter und lässt die Pinzette fallen, als wäre sie glühend heiß. Sie reibt sich die Augenlider. Anscheinend ist ihr Dampf in die Augen gestiegen. Sie springt zum Spülbecken, öffnet den Wasserhahn und spritzt sich hektisch Wasser ins Gesicht. Dann verharrt sie einen Moment, greift nach dem Küchentuch und trocknet sich ab. Wütend dreht sie sich zu mir um und flucht: »Wie oft habe ich dir gesagt, dass du mich während der Zubereitung nicht stören sollst?«

»Es tut mir leid«, flüstere ich und starre auf den Wassertropfen auf ihrer Wange. Er wirkt wie eine Träne. Das ungewohnte Bild kommt mir seltsam vertraut vor, als hätte es sich tief in meine Erinnerung gebrannt. Ich muss wieder an unseren Schutzbunker denken.

An das Loch, die Fremdlinge, an den falschen Alarm.

Es war am vorletzten Sonntag, dass ich Mutter zum zweiten Mal in meinem Leben weinen sah. Während unserer Übung. Ein seltenes Ereignis, denn Mutter achtet streng auf ihre Contenance. Sie ist immer darauf bedacht, dass wir es nicht bemerken, wenn sie traurig ist oder ihre schwermütigen Tage hat. Deshalb kann ich mich noch gut an das allererste Mal erinnern, als sie Tränen vergoss. Vor vielen Jahren, unten am großen Felsen, als mein Bruder Boy die fremden Beeren aß.

Als er kurz davor war zu sterben.

Da hat Mutter geweint.

Aber wieso an dem Sonntag, als sie die Trostpillen an us verteilte? Im Schutzbunker, während einer harmlosen Übung? Es war doch niemand von uns in Lebensgefahr.

Die Erkenntnis trifft mich mit aller Wucht, wie ein kräftiger Fausthieb in den Bauch. Mein Magen krampft sich zusammen, ich muss mich nach vorn beugen, mir wird schlecht. In meinem Kopf dreht sich alles und meine Gedankenstimme schreit, brüllt mich immer wieder an:

Mutter will uns vergiften! Sie will uns vergiften! Deshalb hat sie im Keller geweint. Weil sie in diesem Moment daran denken musste, dass sie uns verlieren würde.

Ich schmecke Magensäure in meinem Mund.

O Gott, sie bereitet Giftpillen vor!

Mutter sieht zu mir herüber, reißt die Augen auf und lässt den Topf auf die Feuerstelle fallen. Sie kommt angestürmt, packt mich an den Schultern und schüttelt mich. »Alles in Ordnung? Was ist los?«

»Lass mich!«, stöhne ich.

»Hast du was von dem Pulver geschluckt?«, schreit sie mich an, panisch. Ihre Stimme wirkt schrill und überdreht. Sie schüttelt mich erneut. »Antworte! Juno, antworte!«

»Nein.«

»Bist du dir sicher?«

»Ja«, antworte ich und schlucke die scharfe Magensäure wieder herunter. Ich muss mich zusammenreißen. Ich darf ihr keinen Grund dafür geben, mir zu misstrauen. Keine Angst zeigen. Langsam richte ich mich auf, streiche mir das Kleid glatt und bemühe mich, ihr direkt in die Augen zu blicken. »Es geht schon wieder. Mach dir keine Sorgen.« Ich wische mir mit dem kratzigen Ärmel über die Stirn. Ich darf ihr nicht zeigen, dass ich die tödliche Wahrheit, den Sinn ihrer Trostpillen, erahne. Auch wenn ich Mutters Gründe nicht verstehe. Warum will sie uns umbringen?« »Ich glaube, ich bekomme meine rote Zeit.«

Mutter dreht sich abrupt zu unserem Wandkalender um, der neben dem Kühlschrank hängt. »Damit bist du doch erst in vier Tagen dran.«

»Aber es fühlt sich so an, Mutter«, sage ich schnell und spüre den pulsierenden Zeigefinger unter meinem Verband zucken. Zum Glück erkennt Mutter es nicht mehr, wenn ich lüge. Dafür haben sich die Schmerzen gelohnt, endlich sind meine Gedanken frei.

»Dein Monatsfluss, richtig.« Mutter geht einen Schritt auf mich zu. »Da hatten wir schon öfter Unregelmäßigkeiten. Ja, das wäre möglich.« Sie legt den Kopf schief, betrachtet mich wie eine Fremde. »Und du bist dir absolut sicher? Du hast nichts von meiner Medizin, dem weißen Pulver, geschluckt?«

Mir läuft es eiskalt den Rücken hinab, ich muss mich unwillkürlich schütteln. Das ist der Beweis. Mutter hat es soeben bestätigt. Bei ihren Pillen handelt es sich um Gift.

»Ich habe nur den Löffel abgeleckt«, antworte ich und deute auf den Topf hinter ihr. »Nur das Gelee. Genau wie du.«

Sie überlegt, nickt. Erleichterung in ihrem Gesicht.

»Ich fühle mich müde, Mutter«, sage ich schwach. Und das ist nicht einmal gelogen. »Darf ich hinauf in mein Bett gehen?«

»Mach das.« Mutter dreht sich wieder zum Herd, greift nach einem Löffel. »Und richte deinem Vater aus, dass ich ihn gleich ablösen werde, wenn ich hier fertig bin.«

»Natürlich, Mutter«, sage ich und eile zur Küchentür. Dabei fällt mein Blick in den Garten. Auf das morsche Holzkreuz an Ruths Grab. Schwarze Regenwolken über den Wäldern. Wenn nur kein Sturm aufzieht …

Ich bleibe am Türrahmen stehen und drehe mich zu Mutter, die damit begonnen hat, hochkonzentriert den restlichen Fruchtgelee in die Tablettenform zu gießen.

Ich warte, bis sie ihre Arbeit abgeschlossen hat. Dann frage ich, den Blick auf die Vordertasche ihrer Schürze gerichtet, in dem sie sicher immer noch die versteckte Notiz aus dem Märchenbuch bei sich trägt: »Bitte, Mutter, was stand auf dem rosafarbenen Papierchen? War das eine Nachricht an mich? Du musst es mir sagen, bitte. Ist die Botschaft von meiner Schwester?«

Sie sieht mich prüfend an, klopft mit der Handfläche auf ihre Schürze und schüttelt den Kopf. »Deine große Schwester ist tot. Und das sollte sie auch bleiben.«

Ich verstehe nicht, was sie damit meint. Trete von einem Fuß auf den anderen. Die Neugier lässt mir keine Ruhe. Ich darf jetzt nicht lockerlassen, also lege ich nach: »Wann hat sie die Nachricht geschrieben? Kannst du mir wenigstens das verraten? Bitte, Mutter!«

Sie schweigt, stellt den Topf auf den Herd zurück.

Ein süßer Schwall Kirscharoma steigt mir in die Nase. Mutter scheint tatsächlich darüber nachzudenken, ob sie mir antworten soll.

»Kurz vor ihrem Unfall«, antwortet sie schwach, kaum hörbar. Dann dreht sie sich ruckartig zu mir um, richtet sich zu ihrer vollen Körpergröße auf. »Glaub mir, Juno, es ist zu deiner eigenen Sicherheit, wenn du ihre Nachricht nicht liest.« Sie deutet zur Küchentür. »Und jetzt geh!«

»Danke, Mutter«, sage ich, mache einen Knicks und renne in den Flur. Das Gefühl von Erleichterung und Gewissheit gibt mir neuen Mut. Auch wenn ich noch keinen Plan habe, wie ich das Fotoalbum aus dem Geräteschuppen holen kann.

Meine Füße tragen mich die Treppenstufen nach oben. Ich muss aufpassen, nicht zu stolpern. Die versteckte Nachricht in meinem Märchenbuch ist tatsächlich von meiner Schwester! Mutter hat es gerade bestätigt.

Eine geheime Botschaft von Ruth an mich.

Aber was hat sie mir geschrieben?

21

Ich höre Stimmen aus Boys Dachzimmer. Es ist Vater. Er scheint mit jemandem zu reden.

O nein. Mir wird sofort klar, was das bedeutet. Ich renne auf die offene Zimmertür zu, mein Bruder muss wach sein.

Eilig betrete ich den kleinen Raum, die Vorhänge am Fenster sind zugezogen. Es ist stickig und riecht nach Körperfett. Boy sitzt aufrecht und im Schneidersitz auf seinem Bett. Daneben Vater, mit verschränkten Armen, auf einem Stuhl.

Boy lächelt, als er mich sieht.

»Was machst du hier?«, herrscht mich Vater an. »Du hast Zimmerarrest! Schon vergessen?«

»Ich wollte nur kurz nach Boy sehen. Ob er noch Schmerzen hat.« Ich mache einen Knicks, zeige Demut. Das funktioniert meistens. »Darf ich eintreten?«

Vater brummt etwas Unverständliches und nickt.

»Wie geht es dir?«, frage ich und lasse mich neben meinem Bruder auf der Matratze nieder, lege die Hand auf seine Bettdecke. Eine käsige Welle Luft drückt sich unter der Decke hervor.

»Besser«, antwortet er knapp. Sein Gesicht hat wieder Farbe.

»War gar nicht so schlimm, nur eine Beule«, murmelt Vater und tätschelt Boy den Kopf. Boy zuckt zusammen.

»Sei doch vorsichtig, Vater!«, raune ich ihm zu.

»Ja, ja. Alles halb so wild«, antwortet er ungerührt und stützt sich am Bettpfosten ab. »Kannst du kurz übernehmen, Juno? Ich müsste mal dringend ins Badezimmer.«

»Natürlich, Vater.«

Vater erhebt sich vom Stuhl und schwankt zur Zimmertür. Er wirkt noch immer betrunken. Oder schon wieder?

Ich verweile kurz, bis er das Zimmer verlassen hat, dann springe ich vom Bett auf. Ich folge Vater in den Flur und warte ungeduldig, bis er den Schlüssel im Badezimmer zweimal umgedreht hat. Dann ziehe ich Boys Tür ins Schloss und setze mich wieder zu ihm auf die Matratze, mein Herz pocht.

»Was ist denn los?«, fragt Boy. Ich kann meinem Bruder nichts vormachen, dafür kennt er mich zu gut.

»Hat er dich über den Schuppen ausgefragt?«

Boy schüttelt leicht den Kopf, beißt die Zähne zusammen.

»Gott sei Dank.«

»Juno, was hast du dort versteckt?«, fragt er und rutscht näher zu mir heran. »Wegen eines blöden Liebesromans macht Mutter doch nicht so einen Aufstand, oder?«

Ich atme tief durch. Mein Verstand sagt mir, dass

ich ihn anlügen sollte, doch mein Bauch ist anderer Meinung. Ich blicke nervös zur geschlossenen Zimmertür. In wenigen Stunden werden wir diese Insel endlich verlassen, doch dafür brauche ich Boys Unterstützung. Er wird mir nur folgen, wenn er die Wahrheit kennt. Ich blicke ihn ernst an und flüstere: »Vater und Mutter sind nicht unsere Eltern.«

»Wie bitte?« Boy legt den Kopf schief, dann lacht er.

»Ich meine es ernst, Boy«, sage ich so ruhig wie möglich, doch meine Stimme zittert. Er bemerkt es. Sein Lächeln verschwindet. Also fahre ich schnell fort: »Ich habe Beweise gefunden. Ein altes Fotoalbum in Vaters Bibliothek.«

»Was für Beweise?«

»Wir wurden entführt«, flüstere ich. »Du und ich. Und Ruth, unsere große Schwester.«

Boy sieht mich ungläubig an.

»Mein Name ist Elly«, erkläre ich ihm mit einem Trommeln in der Brust. »Elly Watson. Ich komme ursprünglich aus England. Vater und Mutter haben mich damals in Südland, das heißt in Wirklichkeit Italien, am Strand weggelockt, als ich noch klein war. Und mich dann heimlich hier auf die Insel gebracht.«

»Wer sagt das?«

»Luca«, antworte ich knapp, mein Mund ist so trocken wie eine Handvoll Mehl. »Und Mutters Fotoalbum beweist es.«

»Luca?« Mein Bruder sieht mich irritiert an. »Wer ist Luca?«

»Ein Wächter von der italienischen Polizei«, antworte ich. »Sie suchen uns seit vielen Jahren auf der ganzen Welt. Luca hat mir einen Zeitungsausschnitt gezeigt, eine Suchmeldung. Darauf war ein Kinderfoto von mir abgebildet und daneben eins, wie ich heute aussehen könnte. Onkel Ole hat mich am Fenster erkannt und bei den Wächtern gemeldet.« Ich halte einen Moment inne, die Wahrheit klingt noch unglaublicher, wenn sie laut ausgesprochen ist. »Aber Vater muss es herausgefunden haben und ist Onkel Ole auf die andere Seite des Sees gefolgt.« Ich schlucke. »Und dort hat er ihn umgebracht.«

Boys Mund steht offen.

»Deshalb kam Vater in dieser Nacht blutig zurück, verstehst du?«, sage ich. »Es war nicht sein eigenes Blut!«

»Vater hat Onkel Ole getötet?« Boy ist sichtlich schockiert.

»Ja.«

»Und was ist mit mir? Wurde ich wirklich auch …?« Er stockt.

Ich senke den Kopf, streiche über den Verband meiner rechten Hand. Mein Zeigefinger schmerzt.

»Ich verstehe das alles nicht, Juno«, sagt Boy und reibt sich über die Wange. Sie glüht feuerrot. »Warum sollten uns Vater und Mutter entführt haben? Das ergibt doch keinen Sinn.«

»Mutter kann keine Kinder mehr bekommen, glaube ich. Ich habe in Vaters Arbeitszimmer noch andere Fotoalben gefunden, in einem ist Mutter mit einem dicken Bauch zu sehen. Aber kein Baby. Zumindest war da kein Foto von einem Kind, die Seiten waren leer. Vielleicht hat sie es verloren, offenbar liegt ein Fluch über ihrer Familie. Wie bei *Däumelinchen*. Deshalb haben sie uns auf die Insel geholt. Als Ersatz.«

»Ich denke, du liest zu oft in deinem Märchen, Juno.« Er blickt mich ungläubig an. »Und was hat dieser Luca damit zu tun?«

»Er wird uns beide retten!«, antworte ich. »Heute Nacht!«

Boy lässt sich auf die Bettkante fallen, schüttelt den Kopf und schweigt. Er starrt bewegungslos auf die andere Seite des Zimmers. Dabei stößt er flache Atemwellen aus, während sich auf seiner Stirn immer tiefere Falten bilden.

Ich würde meinem Bruder gern noch mehr Zeit lassen, die Wahrheit zu verdauen, aber wir haben keine mehr. Vater wird jeden Moment zurückkehren. Bis dahin muss ich Boy erklären, was auf dem Spiel steht, wenn jemand das versteckte Fotoalbum im Geräteschuppen findet. Außerdem brauchen wir einen Plan, wie wir heute Nacht unbemerkt zum Ufer gelangen.

»Kannst du bis zum See laufen?«, frage ich. »Meinst du, du schaffst das alleine?«

Boy dreht sich zu mir um. Die Farbe ist aus seinem

Gesicht gewichen. Er blickt mich ernst an. »Das glaubst du doch alles nicht wirklich, oder?«

»Wie bitte?«

»Diese Geschichte. Dass wir entführt wurden und Vater ein Mörder ist? Was willst du damit bezwecken, Juno?«

Ich sehe ihn überrascht an. Vielleicht bin ich doch zu schnell mit der Tür ins Haus gefallen. Zu viele neue Informationen, zu viel Unvorstellbares. Ich kann meinen kleinen Bruder verstehen.

»Boy, hör mir zu«, sage ich mit Nachdruck, weil uns die Zeit für längere Erklärungen davonläuft. »Es ist die Wahrheit, ich lüge nicht.«

Reflexartig blickt Boy auf meine bandagierte Hand. »Und wie willst du das beweisen? Ohne das komische Ding um deine Hand könnte ich wenigstens erkennen, ob du mich anlügst.«

»Soll ich die Mullbinde etwa für dich abwickeln?«, unterbreche ich ihn wütender als geplant und strecke ihm meine starren Finger entgegen. »Ich sage die Wahrheit.«

Boy scheint zu überlegen.

Zum ersten Mal könnte mir mein blöder Zeigefinger helfen, aber ich habe ihn mir gebrochen. Ich beiße mir auf die Unterlippe.

Wie kann ich meinen Bruder jetzt noch dazu bringen, mir zu glauben? Die ganzen Jahre war es für ihn normal, meine Zuckungen als Lüge zu deuten. Doch das funktioniert nun nicht mehr.

Verärgert lasse ich die Hand in den Schoß sinken.

Ich sehe keinen anderen Weg, als den Verband abzunehmen. Damit mein Bruder sehen kann, dass mein Zeigefinger nicht verräterisch zuckt. Auch wenn die Schmerzen unvorstellbar groß sein werden.

Boy beobachtet mich erwartungsvoll.

Also gut. Es geht um unser beider Leben, mir bleibt keine andere Wahl. Ich will gerade den Knoten an meinem Handgelenk lösen, als die Zimmertür aufspringt.

Vater erscheint im Türrahmen, krallt sich am Türgriff fest und krächzt: »Du kannst jetzt wieder auf dein Zimmer gehen, Juno.«

Ich zucke zusammen. Warum ist er so früh zurück?

»Los! Worauf wartest du?« Vater wird ungeduldig.

Nervös beuge ich mich zu Boy hinunter und flüstere ihm ins Ohr: »Kein Wort über den Schuppen! Sie werden uns sonst töten!«

»Geh jetzt!«, ruft Vater und wedelt mit der Hand in Richtung Flur.

Ich streiche meinem Bruder sanft über die Stirn und verlasse dann wortlos den Raum.

Bitte, Boy, verrate mich nicht.

Ich lasse mich auf mein Bett fallen und schließe erschöpft die Augen. Nur kurz ausruhen. Und mich sammeln. So viel Aufregung bin ich nicht gewohnt. Unser Leben auf der Insel bot bisher, von den Besuchen von Onkel Ole abgesehen, keine großen Veränderungen. Es gab auch kaum Gründe zur Sorge, denn an die Beklemmung hatten wir uns gewöhnt. Erhöhte Wachsamkeit gehörte zu unserem Alltag.

Aber die letzten Tage waren anders, neu und kräftezehrend. Seitdem ich erfahren habe, dass die Fremdlinge nicht auf der anderen Seite des Sees leben, sondern nur ein Zimmer weiter.

Ich ziehe die Bettdecke über meinen Kopf, verstecke mich in meiner weichen Höhle. Es wird dunkler und wärmer, ich fühle mich sicher, geborgen. Mir fehlt die Kraft, um mir Gedanken darüber zu machen, ob es ein Fehler war, Boy von Mutters Fotoalbum zu erzählen.

Durch die Decke höre ich das dumpfe, metallische Klicken des Weckers. Wie viel Uhr haben wir eigentlich? Ich bin zu erschöpft, um nachzusehen. Nur zehn Minuten so liegen bleiben …

Ich konzentriere mich auf jeden Sekundenschlag. Tick, tack. Tick, tack.

Es wirkt beruhigend. Meine Atmung wird langsamer. Vielleicht könnte ich wenigstens eine halbe Stunde schlummern, bevor ich das Fotoalbum aus dem Schuppen hole. Ich muss etwas Kraft schöpfen. Für heute Abend, wenn Luca mit der Polizei kommt. Für unsere heimliche Flucht von der Insel.

Meine Augenlider werden schwerer. Ich spüre das Gewicht meines Körpers auf der Matratze. Denke an Luca, an seine schwarzen Haare, die süße Stupsnase, an seine Lippen. O Luca, bald werden wir uns wiedersehen.

Dann muss ich gähnen.

Und ich schlafe ein.

DRITTER TEIL

22

Ich reiße die Augen auf. Ein ratschendes Geräusch hat mich aus meinem traumlosen Schlaf geweckt. Schwungvoll schlage ich die Bettdecke zur Seite, der kratzige Wollpullover klebt an meinem Körper, ich schwitze, Schweißperlen stehen auf meiner Stirn. Wie lange habe ich geschlafen? Panisch drehe ich mich zu meinem Nachttisch um, der Wecker zeigt 22:27 Uhr an.

Noch eine halbe Stunde. Ich atme erleichtert aus, ziehe mir hastig den feuchten Pullover über den Kopf und lasse mich wieder auf den Rücken fallen. Ich starre an die dunkle Zimmerdecke. Es hat zu dämmern begonnen. Im Raum liegt der herbe Duft von nassen Moosglöckchen und Kiefernnadeln. Aber da ist noch ein anderer, leicht rauchiger, ungewohnt würziger Geruch. Als würde Vater das Herbstlaub verbrennen. Zum Glück habe ich nicht verschlafen. Kaum auszudenken, wenn ich nicht pünktlich am Seeufer gewesen wäre. Wie konnte mir das nur passieren?

Der entfernte Ruf des Habichtskäuzchens, so klar, als würde der Vogel auf meiner Bettkante sitzen. Seltsam, denke ich, als ein kalter Windhauch über meine nackten Beine streicht. Mich fröstelt. Habe ich etwa das Fenster offen gelassen? Irritiert drehe ich mich zur anderen Seite des Bettes um und erstarre.

Sie steht stumm am offenen Sprossenfenster, die Arme vor der Brust verschränkt, in der rechten Hand ein glühendes weißes Stäbchen. Mutter führt es zum Mund, spitzt die Lippen und zieht daran. Ihre Wangen fallen bis auf die Knochen ein, dann pustet sie weiße Wölkchen aus Nase und Mund. Eine Brise des rauchigen Aromas zieht zu mir herüber.

»Eigentlich hatte ich damit aufgehört«, sagt sie. »Aber es ist deine Schuld, dass ich die alte Packung wieder herausgekramt habe.«

Ich verstehe nicht.

Erneut zieht sie an dem Stäbchen, ihre Finger zittern. Es dauert einige Sekunden, bis die Rauchwolken wieder aus ihrem Mund herausströmen. »Warum hast du mich angelogen, Juno?«

Meine Handflächen werden feucht. Ich weiß nicht, was ich ihr antworten soll, und zucke mit den Achseln.

»Du warst unerlaubt in Vaters Bibliothek.«

Ich schüttle energisch den Kopf.

»Doch, mein Kind. Es gibt sogar Beweise«, sagt sie ruhig, das Stäbchen schwankend zwischen ihren Lippen. »Du solltest mich nicht für dumm verkaufen, Juno. Ich habe es überprüft, verstehst du? Das Fenster im Arbeitszimmer. Daran hattest du nicht gedacht. Es war nur angelehnt. Du musstest hinaus in den Garten klettern, weil ich den Raum verschlossen hatte, glücklicherweise. Sonst hätte ich es niemals bemerkt.«

Hellgraue Rauchschwaden strömen aus ihren Nasenlöchern, Mutter wirkt wie ein wütender Stier kurz vor dem Angriff. »Also sag mir, Juno, was hast du gesucht?«

Mir läuft ein kalter Schauder über den Rücken. Mutter weiß Bescheid. Das offene Fenster. Von außen ließ es sich natürlich nicht verschließen. Wie konnte ich das nur vergessen? Fieberhaft denke ich über eine Ausrede nach. Sie muss überzeugend wirken, damit Mutter mir vertraut. Mein Zeigefinger beginnt unter dem Verband zu pumpen.

Juliette und die Liebe meines Lebens – die einzige Antwort, die Mutter mir glauben wird. Hoffentlich. Ich setze mich aufrecht im Bett auf, spiele das schuldbewusste Kind, lege meine Hände in den Schoß. »Es tut mir leid, Mutter. Ja, ich war in Vaters Zimmer. Du hast recht. Ich habe mich hineingeschlichen, um heimlich in deinem Roman zu lesen. Über Juliette und Richard Blackwood. Ich kann es nicht erklären, aber seit kurzer Zeit interessieren mich Geschichten über die Liebe«, sage ich leise, und das ist nicht einmal gelogen. Ich setze ein mädchenhaftes Lächeln auf. »Bitte, bestrafe mich deswegen nicht, Mutter. Findest du es nicht schön, dass mich dieselben Geschichten interessieren wie dich?«

»Lügengeschichten?«, sagt sie ernst.

»Wie bitte?«

Mutter starrt mich an. Ich kann ihren Gesichtsausdruck nicht deuten. Wieder saugt sie stumm an diesem Stäbchen, während sie mich verächtlich mustert. Dann dreht sie mir den Rücken zu, lehnt sich leicht mit dem Oberkörper aus dem Fenster und sieht in den Garten hinunter. Ob sie unseren Geräteschuppen betrachtet?

Ihre fettig glänzenden Haare sind zu einem Dutt gebunden. Wie eine glasierte Zimtschnecke, denke ich und frage mich, wann sie das letzte Mal ihre Haare gewaschen hat. In Erwartung einer Antwort beuge ich mich etwas zu ihr vor. »Mutter? Bist du mir sehr böse, dass ich unerlaubt in deinem Roman gelesen habe? Es war doch nur ein dummes Buch.«

Ich kann sehen, dass ihre Hände zittern. Plötzlich wirbelt sie zu mir herum. Ihr Gesicht ist tomatenrot. Ihr ganzer Körper bebt.

»Wo ist mein Trostbuch?« Sie spuckt jedes Wort einzeln aus.

Ich schlucke.

Mutter saugt nervös an ihrem Stäbchen, einmal, zweimal. Dabei lässt sie mich nicht aus den Augen. Eine Nebelwolke umhüllt ihren Körper. »Mein Album? Verdammt noch mal, sag mir endlich, wo du es versteckt hast! Es fehlt im Bücherschrank!«

»Ich weiß nicht, wovon du sprichst«, stottere ich.

Mutter lacht kehlig, schüttelt den Kopf. »Verstehst du, Juno, deine große Schwester war genauso neugierig wie du. In diesem Punkt wart ihr euch immer sehr ähnlich. Ihr Name war Ruth, aber das weißt du ja sicher schon.« Sie blickt mich ernst an. »Ruth ist oft auf die andere Seite des Sees geschwommen, obwohl wir es ihr ausdrücklich verboten hatten. Doch sie wollte einfach nicht hören. Ständig wiederholte sie diese zwei Sätze: *Auf der anderen Seite wohnt das Glück. Auch wir haben dieses Glück verdient.*« Mutter lacht. »Eine kleine Poetin, nicht wahr?«

Ich muss an den Glücksstein denken, den mir meine Schwester damals geschenkt hat. Er ist von der anderen Seite, hat sie mir stolz erklärt, als sie mir den schwarz glänzenden Stein überreichte. Es war unvorstellbar für mich – ein magischer Gegenstand vom anderen Seeufer, ich glaubte felsenfest an eine Flunkerei. Aber die Vorstellung, dass ihre Geschichte der Wahrheit entsprach, ließ mich zumindest eine Zeitlang davon träumen.

Also doch. Ruth war tatsächlich den weiten Weg über den See geschwommen.

»Es war einfach unverzeihlich. Vater und ich haben einen sehr großen Fehler gemacht.« Wieder saugt Mutter an ihrem Stäbchen und stößt Rauch aus. »Deine Schwester war schlicht zu alt, als wir sie aus den Schweizer Bergen geholt haben. Nicht so leichtgläubig wie du und Boy. Ruth war kein Kleinkind mehr, das hatten wir nicht bedacht.«

Warum erzählt mir Mutter die Wahrheit? Mir wird mit einem Mal heiß. Was bezweckt sie damit?

»Deshalb musste Vater Ruth bestrafen. Verstehst du? Um uns zu schützen. Um dich zu schützen, Juno. Es ist uns nicht leichtgefallen, sie war unser erstes Kind. Aber früher oder später hätte deine Schwester unsere gesamte Familie bei der Polizei verraten. Ruth war ein aufgewecktes Kind, sie verstand alles. Sie wusste, dass wir nicht ihre Eltern waren. Außerdem war sie bei unserem Italienurlaub mit dabei, als wir dich am Strand von Riccione auserwählt haben.«

Auserwählt? Mir wird übel.

»Und da wir nach dem tragischen Tod deiner Schwester keine weiteren Kinder mehr verlieren wollen, haben wir dir und Boy untersagt, schwimmen zu lernen. Um das Risiko eurer Flucht zu minimieren. Das verstehst du doch sicher, oder?«

Ein einzelner Schuh am Seeufer. Schwarze Gewitterwolken am Himmel, Mutter auf Knien. Schreiend, auf dem nassen Erdboden, die Hände vors Gesicht geschlagen. Die blau karierte Wolldecke, die Vater über Ruths leblosen Körper legt.

Mein Magen krampft sich zusammen. Ich sehe die Bilder der dramatischen Nacht erneut vor mir aufflackern. Ruth hatte noch einen Schuh an, eine rote Sandale, an ihrem linken Fuß. Meine Lieblingsschuhe, die ich täglich trage, die mit der runden, silbernen Schnalle.

Ich schmecke Magensäure in meinem Mund, scharf und bitter. O nein, Ruth war nicht im See schwimmen. Sie trug noch Schuhe.

Es war kein Unfall.

Vater hat Ruth am Seeufer ertränkt.

»Steh auf, mein Kind, und komm zu mir ans Fenster«, sagt Mutter, ein schiefes Lächeln auf den Lippen. »Ich möchte dir gern etwas zeigen.«

Ich rühre mich nicht vom Fleck. Ich kann nicht.

Mein regloser Körper scheint ans Bett gefesselt zu sein. Eine seltsame Schwere drückt mich immer tiefer in die Matratze. Mutter wippt mit dem Fuß, wartet auf eine Reaktion, Furchen auf ihrer Stirn.

Bitte, lieber Gott, lass alles nur ein böser Traum sein, bete ich, als Mutters Lächeln verschwindet. Sie springt auf mich zu, ergreift meine bandagierte Hand und schleift mich ans Fenster. Ich schreie auf, stechende Schmerzen durchzucken meinen Unterarm, es ist kein Traum. Mutter drückt mich mit aller Gewalt an die Fensteröffnung und zischt in mein Ohr: »Sieh endlich da hinaus, du Verräterin! Wir haben nicht ewig Zeit!«

Unser Gemüsegarten. Ruths Grab. Wenige Meter weiter der Geräteschuppen, dahinter der schwarze See. Am Himmel der untergehende Mond.

»Erkennst du es?«, raunt sie mir von hinten zu. Ich spüre ihren heißen Atem in meinem Nacken. Ein ekliger Geruch von kaltem Rauch und Trockenfisch zieht in meine Nase.

Was meint sie bloß? Verzweifelt kneife ich die Augen zusammen und starre in die Dunkelheit. Mutter drückt mich fester gegen das Fensterbrett. Erneut muss ich würgen, das schmale Holz bohrt sich in meinen Bauch.

»Dort, sieh hin!«, ruft sie. »Da, auf dem Wasser!«

Und dann erkenne ich es endlich, hinter der Silhouette einer haushohen Birke, mitten auf dem See. Ein Boot, schaukelnd auf der glänzenden Wasseroberfläche. Ein kleines Ruderboot!

Panik überfällt mich. Ist das etwa Luca?

Ich reiße mich von Mutter los und drehe mich zu meinem Nachttisch um, zu meinem Wecker. Ich muss wissen, wie spät es ist. Doch von hier kann ich die Uhrzeiger nicht erkennen.

Ist Luca früher gekommen?

Mutter umklammert meinen Hals, drückt mich zurück an die Fensteröffnung. Ein brennendes Zischen auf meiner Wange. Ihr weißes Stäbchen hat meine Haut berührt, ich schreie auf.

»Sag mir endlich, was du siehst!«

Atemlos starre ich wieder hinunter auf den See, reibe mir über die Wange. Vielleicht sieht mich Luca hier oben am Fenster? Wenn ich mit beiden Armen winke und schreie?

Der Schmerz auf meiner Backe ist verschwunden. Oder ich habe ihn verdrängt, vor Aufregung, aus Hoffnung. Denk nach, Juno. Bis zu Lucas Boot sind es zwar einige Hundert Meter, aber dafür hat er freie Sicht. Ja, das wäre möglich. Schließlich kann ich seine Umrisse auf diese Entfernung ebenfalls gut erkennen, seine Kapuzenjacke, den Hut.

Ich stutze.

Moment. Da ist keine Kopfbedeckung. Oder doch? Ich beuge mich weiter aus dem Fenster. Kalte Nachtluft streift mein Gesicht. Wer ist das? Meine Augen sind nur noch zwei dünne Schlitze. Ich halte den Atem an. Auf dem Boot, das ist nicht Luca. Wie konnte ich das nur übersehen? Es sind die schemenhaften Umrisse zweier Menschen. Was ich als Hut erkannt habe, war nur ein weiterer Kopf dahinter. Es sind zwei Personen auf dem Boot. Eine große und eine kleine.

»Was bedeutet das?«, entschlüpft es mir.

»Es ist ganz einfach, Juno«, sagt Mutter ruhig, als würde sie mir ein Kuchenrezept erklären, und saugt am Rest ihres glühenden Stummels. »Wenn du mir nicht sofort sagst, wo du mein Trostbuch versteckt hast, dann wird Vater reagieren, kapiert? Er wird ihn über Bord werfen, auf unser vereinbartes Zeichen.« Sie hustet kurz, dann drückt sie den Rest ihres Stängelchens an meinem Fensterrahmen aus, schnickt es in den Garten hinunter. Ich verfolge den Funkenregen bis in unser Gemüsebeet. »Er wird Boy ins Wasser stoßen, verstehst du?«

Ich erstarre.

»Also? Wo ist es?«

»Er ... er kann nicht schwimmen«, sage ich, vor Entsetzen wie gelähmt.

»Ich zähle bis zehn, Juno.« Mutter greift in ihre Schürze, zieht ein Feuerzeug und eine kleine Pappschachtel heraus, entnimmt eines ihrer weißen Stäbchen. »Wenn du mir bis dahin keine Antwort gegeben hast, wirst du erneut zum Einzelkind. Hast du verstanden, Juno?« Sie entzündet ihr Feuerzeug, einmal, zweimal, und ich erkenne das ratschende Geräusch, das mich geweckt hat. Gierig hält sie das Stäbchen an die Flamme und saugt daran. Dann bläst sie mir ihren stinkenden Rauch ins Gesicht. »Eins.«

»Mutter, bitte nicht!«

»Zwei.«

»Boy kann doch nichts dafür!«

»Drei.«

»Ich weiß wirklich nicht, wo dein Album …«

»Vier.«

»Tu das nicht! Bitte! Vater soll ihn zurückbringen!«

»Boy wird sterben. Jämmerlich ertrinken, sieben.«

»Hör auf! Ich flehe dich an!«

»Neun.«

»Im Schuppen!«, schreie ich, meine Stimme überschlägt sich. »Im Schuppen, Mutter, ich habe das Album im Geräteschuppen versteckt. In der Angelkiste!«

»Warum nicht gleich?«, antwortet Mutter ungerührt, nimmt einen weiteren kräftigen Zug, behält den Rauch lange in ihrem Mund. Dann nickt sie zufrieden und wirft das brennende Stäbchen aus dem offenen Fenster. »Gut, lass uns gehen, mein Kind.«

»Und was ist mit Boy?«, flehe ich, deute zitternd auf den See.

Mutter scheint kurz zu überlegen, dann winkt sie Vater zu, beide Arme überkreuzt. Panisch starre ich zu dem schaukelnden Ruderboot hinunter.

Die zwei Silhouetten bewegen sich. Die größere Person erwidert Mutters Geste, streckt die Arme in die Höhe. Dann zerrt mich Mutter vom Fenster weg, sie zieht mich wie ein quengelndes Kleinkind hinter sich her. Ihr Griff um meinen Oberarm ist eisern.

Ich werde Luca niemals wiedersehen.

Tränen kullern über meine Wangen. Juno, was machst du jetzt? Wenn Mutter das Fotoalbum hat, ist alles vorbei. Sie wird uns töten. Genau wie Ruth. Die Stimmen in meinem Kopf werden immer lauter. Du darfst nicht aufgeben. Hörst du? Du bist Elly. Elly aus England, du gehörst nicht auf diese Insel! Kämpfe, Elly, kämpfe!

Als wir den Flur erreichen, reiße ich mich von Mutter los und renne zurück in mein Zimmer.

»Verdammt, was machst du da?«, zischt Mutter. Ihr Kopf erscheint im Türrahmen. Ihre Verwirrung ist nicht zu überhören.

»Pullover!«, rufe ich über die Schulter. »Nur mein Pullover, Mutter, draußen ist es kalt!« Plötzlich habe ich einen Plan.

Kurz darauf stürmen wir die Treppenstufen hinab, durch den Hausflur in die Küche, hinaus in den Garten. Ich verschränke die Arme vor der Brust, dicke Gewitterwolken hängen über dem See, es ist kühler geworden. Mutter stapft mit großen Schritten durch unser Gemüsebeet, während mein Blick weiterhin auf das Wasser gerichtet ist. Und dann endlich erkenne ich ihn, Vater, der mit schwerfälligen Bewegungen zu unserer Insel rudert. Zusammen mit Boy. Er lebt! Erleichterung macht sich in mir breit.

»Wehe, du hast mich wieder angelogen, Juno«, keucht Mutter, während sie mich am Brunnen vorbeizieht, weiter zu Ruths Grab, und dann geradewegs auf unseren Geräteschuppen zu. Schnaubend stößt sie die Tür der Holzhütte auf. Feiner Sand rieselt auf uns herab. Wir bleiben in der Mitte des Raums stehen, beide außer Atem. Mutter blickt sich suchend um, hustet. »Also, wo steht die Angelkiste?«

»Da drüben«, sage ich leise und gehe auf das Regalbrett zu.

»Worauf wartest du? Hol sie endlich raus!«

Ich ziehe die schwere Metallkiste hervor und stelle sie auf den Boden, öffne das verrostete Scharnier. Mutter stellt sich hinter mich, ich kann ihren abgehackten Atem hören. Schließlich klappe ich den Deckel auf.

»Du elendige Lügnerin!«, schreit Mutter.

Ich erschaudere.

Das Fotoalbum ist verschwunden.

»Ich … ich weiß auch nicht, Mutter, es war hier«, stottere ich.

Mutter reißt mich an den Haaren nach oben, schüttelt mich, brüllt wie von Sinnen: »Das wirst du mir büßen, Juno!«

Erbittert schleift sie mich aus dem Schuppen, wirft mich auf den feuchten Erdboden und stellt sich breitbeinig über mich. »Zur Strafe werdet ihr das Loch fünf Tage nicht mehr verlassen!«

»Bitte, nicht in den Schutzraum!«, flehe ich.

Dann trifft mich ihr Schlag im Gesicht.

23

Aus den Augenwinkeln sehe ich, wie Vater das Gewehr von der Steinmauer nimmt und stöhnend die Leiter nach oben klettert. Es riecht klamm nach Erde und modrigem Holz. Das gelbliche Küchenlicht fällt steil zu uns in das dunkle Kellerloch. Wie Sonnenstrahlen durch eine regenverhangene Wolkendecke, fast göttlich. Kurz darauf höre ich, wie Vater die Waffe auf den Küchentisch knallt und mit Mutter redet. Den Inhalt ihres Gesprächs kann ich nicht verstehen, obwohl sie fast brüllen. Dann hievt Vater die Leiter nach oben, zieht die Luke zu und verschließt sie mit einem Bolzen. Unmittelbar ist es stockfinster in unserem Kellerverlies. Ich höre, wie erst der Teppich, dann der Esstisch über den Dielenboden geschoben werden.

Boy kniet sich neben mich und streicht mir über den Kopf. »Alles in Ordnung, Juno?«

Ich nicke leicht, mein Kiefer schmerzt. »Was ist passiert?«

»Mutter hat dich verprügelt, weil das Fotoalbum nicht da war. Zur Strafe haben sie uns in den Schutzraum gesperrt. Für fünf Tage. Du sollst darüber nachdenken, wo du es versteckt hast.«

»Fünf Tage?«, frage ich schwach. »Wir müssen hier raus, Boy.«

»Und wie willst du das anstellen?«

»Weiß ich noch nicht.«

»Es tut mir so leid, Juno«, flüstert er. »Ich wollte nicht, dass du Ärger bekommst.«

»Das Album?«, frage ich. »Hast du es genommen?«

Boy zögert kurz. »Ich konnte nicht glauben, was du mir erzählt hast.« Er atmet tief ein. »Und als Vater wenig später auf dem Stuhl eingeschlafen ist, bin ich heimlich zum Schuppen geschlichen. Du hattest recht, Juno. Es ist alles wahr.«

»Wo ist das Album jetzt?«

»Am Grab unserer Schwester. Unter der Steinplatte.«

»Gut gemacht. Sie dürfen das Buch nicht in die Hände bekommen, das ist unsere einzige Chance, zu überleben. Denn Mutter will es um jeden Preis wiederhaben. Sie scheint wie besessen davon. Und wenn wir …«

»Du hattest recht, Juno«, unterbricht mich Boy. »Ich wurde auch entführt. Ich kenne meinen richtigen Namen.«

»Wirklich?«

»Mikkel«, sagt er leise. »Mikkel Persson.«

»Seltsamer Name«, sage ich nachdenklich und bereue es zwei Sekunden später. »Tut mir leid, Boy. War nicht so gemeint.«

»Ich komme aus einem Land, das man Schweden

nennt. Sie haben mich aus einer Kindertagesstätte geholt, in *Güteburg* oder so ähnlich. Das stand alles in diesen Zeitungsausschnitten, die Mutter in das Album geklebt hat.«

»Schweden? So heißt das Land, in dem wir leben, Boy. Onkel Ole hat davon gesprochen«, sage ich und ergreife seine Hand. »Du bist von hier, aus Nordland.«

Im Gegensatz zu meiner Schwester Ruth war ich nicht dabei, als sie meinen kleinen Bruder entführten. Es war ein goldener Herbsttag, die Zugvögel sammelten sich schon über dem See für ihren Flug nach Süden. Ich war mit Mutter allein im Haus, hatte den ganzen Nachmittag mit meiner Puppe Mirabell am Kaminfeuer gespielt. Später, zum Abendbrot, gab es Hühnerbrühe. Und dazu eine bunte Trostpille, zur Feier des Tages, wie Mutter damals sagte. Danach habe ich tief und fest geschlafen, in dieser schicksalhaften Vollmondnacht, als Vater mit den Monatseinkäufen zu uns auf die Insel zurückkehrte.

Und mit Boy, seiner Beute.

Am nächsten Morgen, am Frühstückstisch, saß mir der fremde stumme Junge zum ersten Mal gegenüber. Der Zweijährige wollte seinen Haferbrei nicht essen. Obwohl Mutter sogar Blaubeeren und Honig hinzugefügt hatte. An mehr kann ich mich nicht erinnern. Boy ist also hier in dieser Gegend geboren, denke ich, das erklärt, wie Vater ihn so schnell entführen konnte.

»Vater hat überhaupt nicht gemerkt, dass ich weg war«, sagt Boy leise.

»Kein Wunder, er war stark betrunken«, erwidere ich.

»Du musst mir glauben, Juno. Ich habe wirklich aufgepasst, als ich in den Garten gerannt bin. Da war Mutter in der Küche und hat Gelee gekocht. Deshalb hat sie mich nicht gesehen.«

»Ihre Trostpillen«, sage ich nachdenklich und richte mich auf. »Ich glaube, Mutter will uns damit vergiften. Du darfst ihre neuen Tabletten niemals schlucken. Hörst du?«

»Wieso vergiften?«

Mir kommt eine Idee. Ich stehe auf, wanke mit ausgestreckten Armen durch den dunklen Raum auf das Regal mit den Vorräten zu und schalte das Licht an. Die Glühbirne flackert auf und taucht unser Kellerverlies in schmutzig gelbes Licht.

»Juno, was hast du vor?«, flüstert Boy.

Ich ziehe den Erste-Hilfe-Koffer aus dem Regal und lege ihn vor mir auf den sandigen Boden. Ich klappe den Deckel auf, schiebe Verbandszeug, Scheren und Spritzen zur Seite.

Und da schimmert es, das orangefarbene Tablettenröhrchen, unsere Trostpillen. Eilig schraube ich den Deckel ab und nehme zwei der Tabletten heraus. Boy huscht zu mir, geht neben mir in die Hocke und beobachtet mich. »Was willst du damit?«

»Das sind Placebos, Boy. Pillen ohne Wirkung.«

»*Platzeebos*? Warum sollte Mutter Tabletten herstellen, die gar nicht helfen?«, sagt er skeptisch. Ungläubig schüttelt er den Kopf. »Das macht doch keinen Sinn.«

»Wir sollten damit nur üben. Bis wir sie gern schlucken.«

»Warum? Juno, was willst du mit diesen Dingern?«

»Nur zur Sicherheit. Falls Mutter uns zwingen sollte, ihre neuen Giftpillen zu schlucken. Dann nehmen wir einfach die hier«, antworte ich und stopfe die beiden bernsteinfarbenen Tabletten unter meinen Kratzpullover, in die Vordertasche meines Kleides. Ich will die linke Hand gerade wieder herausziehen, als meine Fingerspitzen plötzlich die glatte Glasoberfläche berühren.

Seit der Aufregung im Geräteschuppen, dem überraschenden Fehlen des Fotoalbums, habe ich nicht mehr daran gedacht. An meinen geglückten Plan. In allerletzter Sekunde hatte ich den Apparat unter der Matratze hervorgezogen, als ich in meinem Zimmer war, um den Pullover zu holen.

»Was ... was ist das?« Boys Augen weiten sich, als er Lucas *cellulare* in meiner Hand sieht.

»Unsere Verbindung zu den Wächtern«, antworte ich und überreiche ihm das flache Gerät. »Das nennt man *cellulare*. Ich habe es von Luca bekommen, damit wir alles besprechen können. Sie kommen heute um elf Uhr zum Seeufer und holen uns von hier weg.«

»Das heißt, du kannst ihn damit sprechen?«

»Ja.«

»Und wo steckt man das Kabel ein?«

»Das braucht man nicht.«

»Und die Batterien?«, fragt er und dreht das schwarz glänzende Ding in seinen Händen.

Ich schüttle den Kopf. »Ich glaube, das geht ohne.«

»Dann schalte es ein, Juno! Worauf wartest du?« Er reicht mir den Apparat zurück. Ich drücke auf den Knopf unter der Glasoberfläche und das Gerät beginnt zu flimmern, kunterbunte Quadrate spiegeln sich auf unseren Gesichtern. Boy prustet überrascht.

»Ich erkläre Luca, dass wir in den Schutzraum unter der Küche gesperrt wurden und nicht ans Seeufer können. Dass er uns von hier unten befreien muss, in Ordnung?«, sage ich hastig, tippe auf Lucas Bild und flüstere: »Mach dir keine Sorgen, Boy. Alles wird gut.«

Ich halte mir das kalte Glas ans Ohr.

Und warte.

»Und?«

»Es tutet nicht.«

»Was?«

»Ich glaube, es geht nicht.«

»Wie meinst du das?«

»Es ist ganz still«, sage ich irritiert und nehme das Gerät wieder von meinem Ohr. Ich betrachte das leuchtende Glas, suche die Oberfläche nach irgendeiner Lösung ab. »Es hat bis jetzt immer funktioniert«, versuche ich Boy zu beruhigen. Und dann entdecke ich die kleinen Zahlen. Die Uhrzeit, in der oberen rechten Ecke – 22:48 Uhr.

O nein. In zwölf Minuten kommt Luca auf die Insel und wir sind nicht, wie vereinbart, am Seeufer.

Was machen wir jetzt bloß? Ist wirklich schon so viel Zeit vergangen?

»Boy, wir müssen sofort hier raus!«

»Und wie?«, fragt er, genauso nervös wie ich. »Du musst den Wächtern Bescheid geben!«

»Das Ding geht nicht! Ich weiß auch nicht, warum!«

»Zeig mal her!«, zischt Boy und reißt mir den Apparat aus der Hand, er studiert das bunte Glas. »Ist das Luca?«, fragt er und deutet auf das Bild mit dem schwarzhaarigen Jungen.

»Ja, da muss man draufdrücken.«

»Da ist doch gar kein Knopf!«

»Auf das Glas!«

»Aha.« Boy tippt mit dem Zeigefinger auf das runde Bild und starrt das *cellulare* nachdenklich an.

»Du musst es ans Ohr nehmen, sonst hörst du nichts«, erkläre ich. Doch stattdessen bewegt Boy das Gerät weiterhin in seiner Hand. Er kippt es zur Seite, hebt es in die Luft, noch höher, dann senkt er es wieder ein Stück nach unten.

»Was machst du denn da?«, frage ich genervt. Uns bleibt keine Zeit für Spielchen.

»Da bewegt sich was«, antwortet er hochkonzentriert. »Diese vier Striche. Sieh mal, da oben am Rand. Es werden mehr, wenn ich das Ding höher halte.«

Ich trete näher zu ihm, blicke über seine Schulter. Tatsächlich. Einer der vier dunkelgrauen Striche flackert. Boy schüttelt das Gerät wie einen Schneebesen in einer Schüssel Sahne. »Keine Ahnung, was das bedeutet.«

»Halt doch mal still!«, zische ich ihn an und versuche, das Ding wieder in meine Hände zu bekommen.

»Ju-no?« Die Stimme ist abgehackt und leise. »Haa-llo?«

»Was war das?«

»Luca!«, rufe ich und deute hektisch auf den Apparat in Boys Hand. »Es funktioniert! Schnell! Sag ihm, dass wir hier unten im Keller sind!«

»Hallo?«, sagt Boy neugierig und hält sich das Gerät ans Ohr. Kurze Stille. »Ja, richtig … Ja, Boy. Ich bin Junos Bruder, wir …« Wieder Stille. Boy nickt. »Nein, nein, es geht ihr gut. Wir sind im … Hallo?« Boys Augenbrauen ziehen sich zusammen, er spricht lauter. »Hallo? … Hallo? Welches Problem? Ich kann Sie nicht …« Panisch wedelt er mit dem *cellulare* in der Luft herum, sieht auf die Glasfläche und hält es sich wieder ans Ohr. »Hallo? Können Sie mich hören?«

»Gib her!«, rufe ich und stürme auf Boy zu. »Lass mich mit Luca reden! Wir müssen ihm sagen, dass wir nicht pünktlich …«

»Nein!«, zischt Boy zurück, reißt seinen Arm nach hinten. Das *cellulare* gleitet aus seinen Händen und fliegt im hohen Bogen durch den Kellerraum auf das Vorratsregal zu. Krachend schlägt es auf einer Gaskartusche auf, das bunte Leuchten des Glases erlischt.

Ich erstarre mitten in der Bewegung, blicke entsetzt auf das zerstörte Gerät vor dem Bretterregal.

»Was hast du getan?« Meine Stimme zittert, als ich mit kleinen Schritten auf das *cellulare* zugehe. Ich bücke mich und nehme das warme Gerät in die Hand. Das Glas ist zersprungen. Haarfeine Risse, die sich wie Spinnennetze über die nachtschwarze Oberfläche ziehen. Stumm drücke ich auf den Knopf.

Nichts passiert.

Keine Farbe, keine Quadrate.

»Es ... es tut mir leid«, flüstert Boy neben mir. »Ich wollte nicht, dass ...«

Ich drehe mich zu meinem Bruder um. Er verstummt. Wut steigt in mir auf, meine Augen sind zu zwei dünnen Schlitzen verengt. Am liebsten würde ich ihm an die Gurgel springen, ihn so lange würgen, bis die ganze Hoffnungslosigkeit aus meinem Körper entwichen ist.

Stattdessen versuche ich meinen Ärger herunterzuschlucken. Doch es gelingt mir kaum. Ich drücke erneut auf den Knopf, einmal, zweimal, fünfmal. Aber der Apparat bleibt immer noch schwarz.

»Wegen dir ist alles aus, Boy! Er wird gleich zu uns auf die Insel kommen, um uns zu retten! Aber wir sind nicht da, wir sind nicht am vereinbarten Treffpunkt! Weißt du, was das bedeutet?« Ich hole tief Luft, unterdrücke den Würgereiz, der meinen Hals emporkriecht. »Vater wird Luca erschießen. Mit seinem Gewehr! Luca ist ein Fremdling! Und danach wird er uns töten! Hier in diesem dunklen Loch! Und das ist alles deine Schuld! Du hast alles kaputt gemacht!«

Boy beginnt zu schluchzen.

Ich wende mich von ihm ab und starre auf das zertrümmerte *cellulare* in meiner Hand. Zerschlagene Hoffnung.

Es war alles umsonst.

Dann rinnen auch mir Tränen über die glühenden Wangen, tropfen auf das zerstörte Gerät.

Wir sind verloren.

24

Ich kauere mit angewinkelten Beinen an der Steinmauer und wippe im Takt des rhythmischen Rauschens in meinen Ohren. Ich spüre das Blut wie Lava durch meinen Körper strömen. Sie werden uns töten, denke ich wieder und wieder, kein anderer Gedanke findet mehr Platz in meinem Kopf. Entmutigt schaue ich auf. Vor mir tigert Boy auf und ab, die Arme vor der Brust verschränkt, und starrt jede Sekunde auf die verschlossene Luke über uns.

Es ist sinnlos. Der Ausstieg ist mehr als zwei Meter entfernt, uns fehlt eine Leiter und außerdem ist er von oben mit einem Riegel verschlossen.

»Vater und Mutter sind bestimmt schlafen gegangen«, flüstert Boy und deutet auf die Luke. »In der Küche ist es ganz still.«

Ich lasse den Kopf sinken. »Das ist jetzt auch egal.«

»Wir könnten eine Räuberleiter machen«, schlägt Boy vor.

»Und dann?«, frage ich. »Wie willst du durch die verschlossene Luke kommen?«

»Vielleicht können wir sie aufdrücken?«

»Das ist ein Schutzkeller«, antworte ich entnervt.

»Vor den Fremdlingen. Vater hat eine Festung gebaut. Damit uns niemand hier findet.«

»Nicht ganz«, antwortet Boy nachdenklich.

»Wie meinst du das?«

»Der Teppich«, antwortet er. »Und der Esstisch.«

Ich verstehe nicht.

»Es ist ein Versteck, Juno. Wenn der Teppich über der Luke liegt, wissen die Fremdlinge nicht, dass wir hier unten sind. Auch nicht die Wächter. Deshalb sollten wir bei den Übungen immer ganz still sein, nicht wahr? Es handelt sich lediglich um eine Art Tarnung.«

»Die Luke ist aus massivem Holz«, erwidere ich. »Die kriegen wir niemals auf.«

»Lass es uns wenigstens versuchen.«

»Das ist zwecklos, Boy.«

»Aber es ist der einzige Weg nach draußen.«

Mir fehlt die Kraft, mit meinem kleinen Bruder zu diskutieren. Er will es einfach nicht kapieren. Ich stehe auf und klopfe mir den Staub vom Pullover. »Boy, lass gut sein. Wir müssen uns damit abfinden, das war's. Du hast unsere einzige Rettung zerstört, Lucas *cellulare*. Du kannst es nicht mehr gutmachen. Wir bleiben hier drin gefangen.«

»Und was ist mit Luca? Er wird uns doch sicher suchen, oder?«, flüstert Boy trotz meiner Anschuldigungen. »Er wird zu unserem Haus laufen, wenn wir nicht in wenigen Minuten am Seeufer sind. Und vielleicht schleicht er sich sogar bis zu uns in die Küche.«

»Ja und?«

»Wir können nicht laut um Hilfe rufen, das geht auf keinen Fall, das würde Vater und Mutter aufmerksam machen. Aber vielleicht haben wir eine andere Chance …« Boy geht einen Schritt auf mich zu. »Wenn wir an der Luke rütteln, Juno, dann könnte sich der Teppich verschieben, dort oben, unter dem Küchentisch.«

»Wie bitte?«

»Wenn Luca die Küche betritt, fallen ihm vielleicht die ungewöhnlichen Teppichfalten auf, und dabei entdeckt er den verschlossenen Riegel. Und er befreit uns. Er ist doch ein Wächter. Er muss doch auf so etwas achten. Wir dürfen nicht aufgeben!«

Wut steigt in mir auf. Nicht über Boy, sondern über mich selbst. Die ausweglose Situation mit dem zerstörten *cellulare* hat mich so tief nach unten gezogen, dass ich aufgehört habe zu hoffen. Weiterzukämpfen. Meine dunklen Gedanken haben mich gelähmt.

»Es tut mir leid, Boy«, sage ich leise und lege meine Hand auf seine Schulter. »Du hast vollkommen recht. Wir dürfen nicht aufgeben. Noch ist nichts verloren.«

Boy nickt mir verständnisvoll zu, seine Wangen glänzen feucht. »Mir tut es auch leid, Juno. Es war mein Fehler.« Dann faltet er seine Hände und streckt sie mir hin. »Egal, was passiert, du und ich, wir müssen zusammenhalten. Wir sind doch noch immer Geschwister, oder? Und jetzt komm, steig rauf!«

Ich setze einen Fuß auf seine Räuberleiter, drücke

mich an seiner Schulter nach oben und lausche. Über mir, in der Küche, ist es ruhig. Mutter und Vater scheinen tatsächlich nicht mehr im Wohnbereich zu sein. Vielleicht haben sie sich schlafen gelegt. Ich strecke meine Arme nach oben, balanciere auf Boys Händen.

Meine Fingerspitzen berühren das kalte Holz. Vorsichtig drücke ich mit beiden Händen gegen die Luke, rüttle sanft an den Brettern. Ich kann das metallische Klappern des Riegels hören.

»Fester!«, zischt Boy von unten.

Ich atme konzentriert durch und presse stärker gegen die verschlossene Holzluke. Das Klappern wird lauter.

»Noch fester!«

»Wir dürfen nicht so einen Krach machen«, zische ich zurück.

»Aber der Teppich muss sich verschieben!«

»Das weiß ich«, antworte ich und schlage genervt gegen das Holz.

Der Metallriegel scheppert, das Geräusch hallt durch unsere Küche.

»Ich kann dich nicht mehr lange halten, beeil dich!«

Erneut drücke ich gegen die Luke. Es knarzt.

»Mehr!«, ruft Boy. »Du musst stärker drücken!«

»Ja, ja!«, antworte ich und hämmere mit aller Kraft gegen die Bretter. Der Lärm muss bis in den Flur zu hören sein. Ich habe keine Ahnung, ob sich der Teppich dadurch bewegt.

»Geht es?«, ruft mein Bruder leise von unten.

»Ich weiß es nicht!«

»Versuchs noch mal!«

Mich überkommen Zweifel, ob unser Plan überhaupt funktioniert. Wie soll das denn möglich sein? Der Teppich wird sich niemals durch mein blödes Rütteln verschieben lassen. Das ist reines Wunschdenken. Ein bescheuerter Kinderplan.

Wütend über so viel Naivität, schlage ich mit der linken Faust gegen die Luke. Und noch einmal. Immer fester. Lasse all meinen angestauten Ärger an dem Holzbrett aus. Die Scharniere klappern.

»Juno! Nicht so laut!«

Boy und ich, wir müssen zusammenhalten. Wir müssen hier raus, schreie ich in Gedanken und trommle wie wild auf das Holz ein. Mir ist es egal, ob Vater und Mutter den Krach bis ins Schlafzimmer hören können. So viel geballte Wut und Angst brodeln in mir, die sich über meine Fäuste entladen. Was hat Mutter mit uns vor? Ich will nicht sterben! Öffne die Backofentür, du alte Hexe!

»Verdammt! Was tust du?«, zischt Boy nach oben.

Mein Blick fällt auf die Eisenscharniere, die bei jedem Fausthieb gegeneinanderschlagen. Sie verursachen einen Höllenlärm, doch ich drücke mit allerletzter Kraft immer fester nach oben. Und da entdecke ich das Stäbchen. Den dünnen Metalldorn. Durch mein Rütteln hat er sich ein Stück weit aus dem verrosteten Scharnier herausgeschoben.

»Ich kann nicht mehr!«, ruft Boy und lässt mich hinabgleiten.

»Das Scharnier«, pruste ich außer Atem, als ich wieder vor ihm stehe. Ein Funken Hoffnung keimt in mir auf. »Der Dorn hat sich leicht herausgeschoben. Das könnte unsere Rettung sein!« Ich deute mit meiner bandagierten Hand auf das rostige Metallstück. »Wenn wir die Stäbchen bei beiden Scharnieren rauskriegen, können wir die Klappe nach oben drücken und die Luke öffnen.«

»Und wie willst du das machen?«

»Wir brauchen nur einen dünnen, festen Gegenstand«, antworte ich, »und einen Hammer.«

Die Glühbirne über uns flackert. Boy sieht sich suchend im Schutzkeller um. Außer Vaters Ohrensessel steht nicht viel in diesem Raum. Das Holzregal mit den Konservendosen, der aufgeklappte Erste-Hilfe-Koffer mit Mutters Trostpillen, fünfzehn Wasserkanister, der Gaskocher, Kartoffelsäcke und ein Stapel Wolldecken.

»Vater hat hier unten keine Werkzeuge gelagert, Juno.« Boy klingt niedergeschlagen. »Die sind alle im Geräteschuppen.«

»Vielleicht finden wir etwas anderes«, antworte ich knapp und stelle mich vor das hohe Regal. Ich greife nach einem Apfel und reiche ihn meinem Bruder, gedankenverloren beißt er hinein. Ich brauche einen Moment für mich allein. Boy soll sich mit dem Apfel beschäftigen, damit ich für ein paar Minuten in Ruhe nachdenken kann.

Mein Blick wandert über die hochprozentigen Alkoholflaschen, die Kiste mit den langstieligen Kerzen und den Streichhölzern, den eingelegten Fisch in Marmeladengläsern. Und dann zu dem grünen Plastikkoffer vor meinen Füßen. Ich knie mich auf den Boden und wühle mich durch den Inhalt: Mullbinden, Tablettenröhrchen, Scheren, Spritzen.

»Hast du was gefunden?«, fragt Boy mit vollem Mund.

»Mhm«, antworte ich und greife zu der kleinen Schere. »Vielleicht.« Könnte es damit funktionieren? Nein, die Blätter sind zu kurz. Ich lege die Schere wieder in den Koffer zurück und wühle weiter. Eine Spritze? Möglich. Ja, die Länge der Kanüle könnte passen. Die dicke Nadel ist aus Metall.

Wir müssen es versuchen.

Hastig entferne ich die Schutzfolie, stecke die Kanüle auf die Plastikspritze und lege sie vor mir auf den Boden.

»Hilfst du mir mal mit dem Sessel?«, rufe ich Boy zu und dann ziehen wir das schwere Möbelstück unter die Luke.

»Wieso haben wir den nicht schon vorher benutzt?«, keucht Boy, als ich die Schritte höre. Und die Stimmen. Nur wenige Meter über uns – in der Küche!

»Pssscht!«, zische ich panisch und deute zur Kellerdecke hinauf. Boy versteht und verstummt. Nervös klammern wir uns an die Sessellehne und starren nach oben. Jeden Moment wird sich die Luke öffnen und dann werden sie uns entdecken. Und den Sessel, unseren Fluchtplan.

»Ich habe doch gesagt, da ist nichts«, höre ich Vater dumpf durch die Luke. Ungelenk geht er auf und ab.

»Und der Lärm?«, fragt Mutter. »Der kam aus der Küche.«

»Es zieht ein schweres Gewitter auf. Das Klappern kann der Wind verursacht haben, am Fenster.«

Unsere Blicke kleben an der Luke. Ich halte die Luft an.

»Vielleicht sollten wir doch einmal nach den Kindern sehen«, sagt Mutter. Ihre Schritte kommen näher, bleiben direkt über uns stehen. »Nicht, dass sie versuchen, irgendwie da rauszukommen.«

»Und wennschon. Das sind doch nur Kinder«, sagt Vater. »Wie sollen die das Ding jemals öffnen? Von da unten?« Er stolpert zurück zur Küchentür. »Komm, lass uns wieder ins Bett gehen. Morgen werden sie ihre angemessene Strafe erhalten. Das heute war nur der Vorgeschmack. Danach werden sie uns schon sagen, wo das Album versteckt ist.«

Wir hören den Schalter des Küchenlichts. Schritte im Flur, auf den Treppenstufen, die Tür des Schlafzimmers.

Kurz darauf ist es wieder still.

Boy und ich schauen uns an. Keiner von uns beiden wagt es zu sprechen. Doch das müssen wir auch nicht. Ich sehe meinem Bruder an, dass er über dasselbe nachdenkt wie ich: Welche Strafe hat sich Vater für uns ausgedacht? Ich möchte es lieber nicht herausfinden.

Mit der Spritze zwischen meinen Zähnen steige ich

vorsichtig auf die Sitzfläche, setze einen Fuß auf die Armlehne und klettere weiter auf die Rückwand des Sessels. Boy umklammert meine Beine, damit ich nicht herunterfalle. Dann drücke ich die Spritze an den Dorn des Scharniers und presse mit aller Kraft dagegen. Doch er bewegt sich nicht. Keinen Millimeter.

»Und?«, flüstert Boy von unten.

»Die Nadel ist zu dünn!«, presse ich hervor, während ich mein ganzes Gewicht gegen die Kanüle stemme, Metall kratzt auf Metall. Schweißperlen rinnen über meine Stirn. »Es muss doch …« Der Dorn verschiebt sich. Ein kleines Stück. Bestimmt zwei Zentimeter tief in das Scharnier.

»Es klappt!«, rufe ich erleichtert. »Boy, der Dorn! Er bewegt sich!«

Dann bricht die Nadel ab.

Quietschend rutscht die spitze Kanüle über das Metallscharnier und bohrt sich in den Zeigefinger meiner bandagierten Hand. Vor Schreck verliere ich die Balance und falle schreiend auf den Sessel. Mein Kopf schlägt auf der Stofflehne auf.

»Juno! Juno!«, ruft Boy, während er panisch mit den Armen rudert und auf die abstehende Spritze in meiner Hand starrt. Ich spüre keinen Schmerz. Das muss der Schock sein, denke ich und staune über Boys verzerrtes Mondgesicht, fühle mich wie in einer Art Traum. Seine Haut ist kalkweiß, die Augen sind weit aufgerissen. Sein Mund stammelt Worte, die ich nicht verstehe.

»Alles gut, Boy«, sage ich schwach, nachdem sich mein Herzschlag wieder beruhigt hat. »Mir geht es gut.«

Mein Bruder schüttelt den Kopf, deutet immer noch mit zitternden Fingern auf die Spritze in meiner Hand. Die Nadel hat sich tief in den Verband gebohrt.

»Es tut nicht weh«, sage ich, um ihn zu beruhigen. »Sieh mal, es blutet gar nicht.«

»Wie ist das möglich?«, fragt er leise.

Nervös umgreife ich die Nadel, will sie aus meinem Finger herausziehen. Ich schließe die Augen, mache mich auf einen heftigen Blutschwall gefasst. Doch es geht nicht. Ich zerre an der Nadel, aber sie bewegt sich nicht.

»Was ist los?«, höre ich Boys Stimme und öffne die Augen.

»Die Nadel steckt fest.«

»Wie? Etwa im Knochen?«, fragt Boy und verzieht angewidert die Mundwinkel.

Ich zucke mit den Schultern und wische mir mit dem Ärmel über die Stirn. Ich will es erneut versuchen. Ich beiße die Zähne zusammen und reiße an der abstehenden Nadel, spüre dabei immer noch keinen Schmerz. Vielleicht steckt sie wirklich in meinem Fingerknochen?

Ein beherzter Ruck, und endlich gelingt es mir. Ich habe die Spritzennadel aus meinem Finger entfernt.

»Du hast ja gar nicht geschrien«, sagt Boy mit einem leichten Anflug von Anerkennung.

»Das wundert mich auch«, sage ich, während ich auf das Blut warte, das jeden Moment meinen Verband durchtränken wird.

»Ist die Wunde tief?«

»Keine Ahnung.«

»Wir müssen den Einstich sofort mit Alkohol desinfizieren«, erklärt Boy, springt auf und rennt zum Vorratsregal. Dort nimmt er eine braune Glasflasche vom Regal, während ich behutsam den Mullverband von meiner Hand wickle.

»Es könnte etwas brennen«, sagt Boy, während er sich neben mir auf den Sessel quetscht. Ich nehme die letzten Stoffbahnen ab und betrachte meine milchweißen Finger, kein einziger Tropfen Blut, der Bleistift rollt mir auf die Oberschenkel.

Boy dreht den Verschluss der Flasche auf. »Also, welcher Finger war es?«

Er sieht mich erwartungsvoll an, schüttelt den Alkohol in seiner Hand. »Juno? Wo ist der Einstich?«

»Hier«, sage ich und deute auf den gelben Bleistift. »Er ist genau da.«

»Die Nadel hat sich in den Stift gebohrt?« Er atmet erleichtert aus. »Wirklich? Da hast du aber verdammt viel Glück gehabt.«

Ich schüttle den Kopf. »Nein, Boy«, sage ich und drehe den Bleistift zwischen meinen Fingern. »*Wir* haben verdammt viel Glück gehabt, verstehst du?«

Boy sieht mich irritiert an. Die Lösung für unser Problem lag so dicht vor uns. Ich halte ihm den Bleistift vor die Nase. »Damit können wir die Dorne aus den Scharnieren schieben! Der Stift ist dünn und fest genug dafür.«

»Was?«

Ich klettere wieder auf die Sessellehne. »Wir müssen uns beeilen. Schnell, bring mir die Gaskartusche!«

»Die Kartusche? Was willst du denn damit?«

»Ich will sie als Hammer benutzen! Jetzt mach schon!«

»Aber das Gas kann explodieren!«

»Es ist der einzige massive Gegenstand hier im Keller. Ich werde aufpassen.« Ich deute auf das Regal. »Los! Worauf wartest du?«

Boy rennt los und wirft mir die Kartusche zu. Ich fange sie mit beiden Händen auf und rolle eilig meine Mullbinde um den Metallkörper.

»Warum wickelst du sie ein?«

»So macht es weniger Lärm«, antworte ich und klettere höher. Endlich habe ich wieder einen Plan. Ich fühle mich ganz in meinem Element. »Halt mich gut fest!«

Konzentriert lege ich den Bleistift wie einen Nagel an den Dorn des Scharniers an und schlage mit aller Wucht zu. Ein dumpfes *Klonk* ertönt und der Dorn schießt mehrere Zentimeter aus dem Scharnier heraus. »Boy, es klappt!« Erneut hämmere ich mit der Kartusche auf den Bleistift ein. Stück für Stück drückt sich der Dorn aus der Verankerung, bis er scheppernd zu Boden fällt.

»Vater hatte recht!«, ruft Boy begeistert. »Du bist tatsächlich eine meisterhafte Planerin!«

Mit einem leichten Gefühl von Stolz lege ich den Bleistift an das nächste Scharnier an und beginne wieder zu hämmern. Schon nach mehreren Schlägen ist auch der zweite Metalldorn entfernt.

Wir haben es geschafft.

»Drück die Falltür nach oben«, flüstert Boy, während ich die Holzklappe mit beiden Händen abstütze. Ich stelle mich auf die Zehenspitzen und drücke die Arme durch. Die Luke bewegt sich, ich wuchte sie noch ein Stückchen weiter nach oben, spüre das Gewicht des Teppichs, und dann, endlich, löst sich die Holzklappe aus den Scharnieren.

»Kannst du mir die Luke abnehmen?«, rufe ich leise nach unten.

Boy lässt meine Beine los und streckt mir die Arme entgegen. Mein Oberkörper beginnt gefährlich zu schwanken, ich muss balancieren, um nicht vom Sessel zu fallen, und reiche ihm die schwere Falltür.

Er nimmt sie mit beiden Händen und stellt sie an der Kellermauer ab, während ich mich an den Rand der Öffnung klammere.

»Gut gemacht!«, flüstert Boy.

Jetzt müssen wir nur irgendwie in die Küche klettern. Mit der linken Hand drücke ich den Teppich nach oben, ein Kinderspiel im Vergleich zu der massiven Holzklappe. Staubkörner rieseln mir ins Gesicht. Meine Nase beginnt zu jucken, jetzt bloß nicht niesen. Ich schiebe den leichten Stoff immer weiter in den Raum hinein, bis ich endlich die Unterseite unseres Esstisches sehen kann.

Kraftvoll drücke ich mich mit beiden Beinen vom Sessel ab und ziehe mich mit den Armen durch die schmale Öffnung.

Ich bin in der Küche angekommen. Erschöpft rolle ich mich auf den Rücken und schließe für einen kurzen Moment die Augen.

Lausche dem Ticken der Wanduhr.

»Juno!«, zischt es dumpf unter mir. »Hilf mir hoch!«

Rasch drehe ich mich auf den Bauch und strecke meine linke Hand in den Kellerraum. Boy ergreift sie und zieht sich daran nach oben. Wir umarmen uns. Kurz und kraftlos.

Dann schieben wir den Teppich zurück über das schwarze Loch im Boden, heben den Tisch an und stellen die Holzbeine auf den gemusterten Stoff, um ihn zu straffen. Ein letzter, prüfender Blick. Ja, so sollte es funktionieren. Bis morgen früh dürften Mutter und Vater niemals bemerken, dass wir nicht mehr im Kellerverlies gefangen sind. Und falls doch, sind wir schon lange auf der anderen Seite des Sees. Ich blicke auf die Katzenuhr über dem Kühlschrank. 23:04 Uhr.

»Wir haben es geschafft, Boy«, flüstere ich und entriegele die Hintertür zum Gemüsegarten. Feuchter Wind weht in die Küche. Es hat zu regnen begonnen. Donnergrollen.

Ich nehme meinen Bruder an die Hand. »Komm!

Es wird Zeit, diese verdammte Insel zu verlassen, bevor sie etwas bemerken!«

Entkräftet nickt Boy mir zu und dann rennen wir hinaus.

Mit Herzklopfen in die Freiheit.

25

Erbarmungslos prasselt der Regen auf uns herab. Ich haste über den schlammigen Rasen, blicke immer wieder zum Himmel hinauf. Wie mit Trauertüchern behängte Geister ziehen die schwerfälligen Gewitterwolken über den Waldsee hinweg. Blaubeergroße Tropfen klatschen auf mein Gesicht, ich wische mir das Wasser aus den Augen. Der Wollpullover klebt auf meiner Haut, genau wie meine Haare.

»Schneller, Juno! Lauf!«

Wir stürmen durch das Gemüsebeet, Hand in Hand, vorbei an den beiden Lautsprechermasten, am Brunnen, unserem Geräteschuppen, immer das Ziel vor Augen: das rettende Ufer.

Ich drehe mich um. Alle Sprossenfenster der Blockhütte sind tiefschwarz, Nebelwolken spiegeln sich in den dunklen Scheiben. Mich überfällt ein gespenstischer Schauer. In der Dämmerung wirkt unser Haus wie der Totenschädel eines Trolls, der uns fluchend hinterherstarrt. So war mir mein Zuhause bisher nie vorgekommen. Ich bin überglücklich, endlich von hier zu verschwinden. Ein letzter Blick nach oben, in den ersten Stock, zu meinem Kinderzimmer.

Es donnert dumpf, als würden herabrollende Felsbrocken gegeneinanderschlagen. Es riecht nach feuchter Erde, Kiefern, süßlichen Blüten und Moos. Ich stolpere über einen Farn, kann mich aber mit den Händen abfangen. Meine Finger sind voller Matsch. Wieder kracht es. Ich zucke zusammen. Alles ist für Sekunden grell erleuchtet. Der Himmel, die Bäume, unser Haus. War das ein Schatten hinter der Scheibe?

Steht da etwa jemand an meinem Fenster?

»Ist er das? Da unten?«, ruft Boy gegen das Gewitter an und reißt mich aus meinen Gedanken. Er deutet auf das schwarze Schlauchboot, das versteckt im meterhohen Schilf liegt.

»Ja!«, rufe ich erleichtert und renne meinem Bruder hinterher, der mehrere Meter vor mir über einen Baumstumpf springt. »Das ist Luca!« Es kommt mir wie ein Traum vor. Noch vor zwanzig Minuten, eingeschlossen im Kellerverlies, hätte ich nicht geglaubt, ihn jemals wiederzusehen.

Niemals aufgeben, Juno! Es gibt immer einen Weg!

Luca gibt uns ein Zeichen mit seiner Taschenlampe. Die Kapuze tief in sein Gesicht gezogen. Nur noch wenige Hundert Meter. Er widmet sich wieder seinem Ruderboot, spannt unter dem strömenden Regen eine Kunstoffplane über die Bordwand, befestigt sie mit Seilen. Die auftreffenden Regentropfen springen wie eine aufgeschreckte Schar Heuschrecken nach allen Seiten weg, begleitet von einer Art Trommelwirbel.

Boy erreicht als Erster das Boot, Luca reicht ihm die Hand. Zaghaft nimmt sie mein Bruder entgegen, schüttelt sie. Ich laufe schneller auf die beiden zu und falle Luca um den Hals. Drücke ihn, so fest ich kann, an mich. Ich spüre seinen bebenden Brustkorb. Er löst sich aus meiner Umarmung und sieht mich mit seinen dunkelbraunen Augen an. Mir wird heiß. Auf diesen Moment habe ich so lange gewartet.

»Ich habe dich so sehr vermisst«, flüstere ich sanft.

Angespannt lächelt Luca zurück, streicht sich eine nasse Haarlocke aus der Stirn.

»Wieso sind Sie allein?«, fragt Boy und sieht sich irritiert um. »Wo sind die anderen? Die anderen Wächter?«

»Es gab eine Änderung«, sagt Luca leise. Etwas scheint ihn zu bedrücken. »Der geplante Zugriff wurde verschoben.«

»Was bedeutet das?«

»Abbruch. Wegen des Gewitters. Keine Sicht. Für die Taucher und den Helikopter. Mein *Capo* hat den Zugriff … auf morgen verschoben.« Luca wirkt sichtlich nervös. »Ich bin auf eigene Faust hier, weil ich wusste, dass ihr um elf Uhr am Ufer auf Rettung wartet. Ich konnte euch über das Telefon nicht erreichen. Und das Risiko war zu groß, dass eure Entführer …«

»Das bedeutet, die anderen Wächter wissen nicht, dass Sie bei uns auf der Insel sind?«, stottert Boy. Doch Luca schweigt.

»Werden sie dich dafür bestrafen?«, frage ich besorgt. Luca und ich sind uns ähnlicher, als ich dachte. Wenn wir ein Ziel vor Augen haben, müssen wir es unbedingt erreichen. Egal, wie hoch die Bestrafung ist. So sind wir eben. Und Luca hat es für mich getan. Wie ein mutiger, geflügelter Prinz.

»Ich arbeite nicht mehr bei der ...«, sagt Luca stattdessen und bricht mitten im Satz ab, deutet mit dem Schein seiner Taschenlampe auf das Boot im Schilf. »Steigt erst mal ein!«

Ich nicke und klettere über die Bordwand. Luca ergreift meinen Arm und hebt mich das letzte Stück über den luftgefüllten Schlauch, dann hilft er Boy beim Einsteigen.

»Du bist also Ellys kleiner Bruder?«

»Ja, Boy.«

»In Wirklichkeit heißt er Mikkel«, füge ich hinzu und setze mich auf das schmale Holzbrett. »Er wurde hier in Schweden entführt.«

»Skandinavien, verstehe. Das werden die Kollegen später überprüfen.« Luca scheint einen Moment darüber nachzudenken und reckt das Gesicht in den Himmel. Regen fließt über seine schmale Nase, er öffnet den Mund. »Boy, *naturalmente*. Das erklärt auch deinen ungewöhnlichen Namen.« Dann dreht er sich wieder zu uns um. »Wir sollten uns beeilen, also los!«

»Wieso ungewöhnlich?«, fragt Boy, während er sich neben mich auf die Bank fallen lässt. »Wie meinen Sie das?«

»Junge heißt auf Schwedisch *pojke*. Das klingt so ähnlich wie Boy«, antwortet Luca. »Vielleicht wussten eure Entführer nicht, wie sie dich auf Schwedisch ansprechen sollten. Also haben sie dich einfach *Junge* gerufen.« Luca steht noch immer vor uns im Schilf und blickt sich suchend um. »Legt euch besser flach auf den Boden, damit ihr nicht gesehen werdet.«

»Vater hat ihn aus einer Kindertagesstätte entführt«, erkläre ich, knie mich auf den Boden und rutsche bäuchlings zu meinem Bruder unter die schwarze Plane. »Da war Boy erst zwei Jahre alt.«

»Woher wisst ihr das alles?«, fragt Luca, während er das Seil entknotet, das er zur Sicherung des Bootes um einen Felsen gebunden hatte.

»Ich habe meine Vermisstenmeldung in der Zeitung gelesen!«, ruft Boy unter der Plane hervor. »In einer deutschen Zeitung. Sie war in Mutters Fotoalbum eingeklebt.«

»*Bene*, sehr gut«, sagt Luca und springt zu uns ins Boot. »Wenn wir im Hotel angekommen sind, könnt ihr der Polizei alles erklären.« Luca greift zu den Paddeln, die an der Bootswand befestigt sind. »Jetzt bringe ich euch erst mal in Sicherheit!«

Ein unbeschreibliches Gefühl der Erleichterung steigt in mir auf. In *Sicherheit*. Mir schießen Tränen in die Augen.

»Also gut. Und immer unten bleiben! Habt ihr das verstanden? Wir dürfen kein Risiko eingehen. Nicht, dass uns jemand auf dem See entdeckt«, flüstert Luca und lässt sich vor uns auf der Sitzbank nieder. Das Boot schaukelt leicht hin und her. Die Pfützen zu seinen Füßen werden zu kleinen Flutwellen.

Mein Wollpullover saugt sich mit Wasser voll.

Boy und ich fassen uns an den Händen und nicken

uns ermutigend zu, in angespannter Erwartung, endlich unser siebtes und wichtigstes Gebot zu brechen: *Wir verlassen die Insel.*

Doch Luca zögert. Bewegungslos verharrt er vor uns auf der Sitzbank. Wir starren auf seinen durchnässten Rücken. Und warten. Es donnert erneut, blitzt. Für eine Sekunde ist Lucas vornübergebeugter Oberkörper taghell erleuchtet, seine Silhouette hat Ähnlichkeit mit unserem großen Felsen. Kurz danach ist es wieder dunkel.

Luca scheint über irgendetwas nachzudenken, schiebt sich die Kapuze vor und zurück. Dichter Nebel zieht auf. Ich beginne zu frieren.

»Los, los! Auf was warten Sie?«, faucht Boy ungeduldig neben mir. »Wir müssen hier weg!«

»Boy, reiß dich zusammen!«, zische ich ihn an. Wie kann mein kleiner Bruder nur so peinlich sein? Luca hilft uns. Er wird seine Gründe haben zu warten. Vielleicht hat er in der Ferne etwas Ungewöhnliches gesehen oder gehört? Es wird ganz sicher gleich losgehen. Auch wenn ich mir natürlich selbst wünsche, dass wir bald vom Ufer ablegen. Bevor meine Angst noch stärker wird.

»*Un momento*«, sagt Luca leise und lässt die beiden Paddel wieder los. Dann dreht er sich zu uns um, beugt sich tief herunter, unter unsere Plane. »Wo ist es? Das Album?« Luca sieht mich an. »Ich hoffe, ihr habt es mitgenommen? Wir brauchen es dringend als Beweismittel.«

»Das Fotoalbum?«, fragt Boy irritiert. »Wofür?«

»*Sì*, das Buch. Die gesammelten Beweise. Habt ihr es?«

»Leider nein«, erwidere ich und wische mir die Regentropfen aus den Augen. Ich ärgere mich über mich selbst. Ich hatte es Luca versprochen. »Es tut mir leid. Dafür hatten wir keine Zeit mehr. Sie haben uns in den Schutzkeller gesperrt. Aber ... aber Boy hat es gut versteckt.«

»*Fottuto!*« Luca erstarrt, sein Gesichtsausdruck verändert sich. »Elly, ich hatte dir doch gesagt, dass du ...«

»Keine Sorge«, unterbricht ihn Boy. »Das Buch ist an einem sicheren Ort. Mutter wird es niemals finden, verstehen Sie? Ich habe es unter eine Steinplatte gelegt«, erklärt er sichtbar stolz. »Am Grab unserer großen Schwester.«

»Ja«, füge ich leise hinzu. »Bei Ruth.«

Lucas Augen weiten sich. Ich erkenne die Wut darin. »Hier draußen auf der Insel?«

»Ja, wieso?«, fragt Boy. »Sie können es doch später holen.«

»*Maledetto!*« Luca wirkt entsetzt. »Es regnet! Verdammt, seht euch das an!« Er reckt den Kopf in den Gewitterhimmel, schüttelt ihn. »Das Wasser wird die Papierseiten zerstören. Jede Minute gehen Beweismittel verloren! Warum konntet ihr kein besseres Versteck finden? Doch jetzt ist es zu spät – wir müssen los!«

»Aber da sind doch nur Bilder drin!«, sagt Boy irritiert.

Luca ist wütend, das spüre ich. Hektisch dreht er

sich nach allen Seiten um, fährt sich durch die nassen Haare. »Vielleicht haben sie außer euch noch andere Kinder entführt? Dieses Album hätte uns Gewissheit gegeben. Und es hätte uns geholfen, falls diese Verbrecher alle anderen Entführungen abstreiten. Ihr habt in dem Buch doch sicher noch weitere Fotos von vermissten Kindern gesehen?«

Daran hatte ich nicht gedacht. Weiter als Ruth hatte ich nicht geblättert. »Ich ... ich weiß es nicht, nein.« Auch Boy schüttelt den Kopf.

»Und was machen wir jetzt?«, frage ich zögernd.

»Zuerst bringe ich euch auf die andere Uferseite!«

»Ich könnte es schnell holen gehen«, sagt Boy und deutet den dunklen Weg hinauf zu den Bäumen. »Das Grab ist gleich da vorne.«

»*No!*«, zischt Luca. »Das ist zu gefährlich. Jetzt ist es wichtiger, dass ich euch in Sicherheit bringe. Für das Buch bleibt uns keine Zeit mehr.«

»Aber es sind doch nur ein paar Meter!«, sagt Boy und beginnt unter der Plane hervorzukriechen. »Wirklich. Es ist gleich da hinter dem Wäldchen!«

»Bleib hier, Junge!«, zischt Luca und versucht Boy am Ärmel zu fassen, der schon mit beiden Beinen auf dem Rand des Schlauchboots sitzt.

»Nein, es war meine Schuld«, sagt Boy und schüttelt Lucas Hand von sich ab. »Und ich werde es wiedergutmachen. Ich bin gleich zurück!«

»Verdammt noch mal«, flucht Luca und reißt meinen Bruder mit aller Gewalt ins Boot. »Was ist in dich gefahren?«

Boy fällt auf den Rücken, schreit auf. Dann verstummt er und starrt Luca mit großen Augen an, während er sich seinen Unterarm reibt.

»*Allora va bene.*« Luca zögert einen Moment. »Na gut. Nur ein paar Meter, sagst du?« Boy nickt. Luca springt auf. »Ihr beide bleibt hier und wartet im Boot.« Er klettert über die Bordwand ins dichte Schilf. »Ich werde die Beweise sichern und dann verschwinden wir endlich, *avete capito*?«

Luca greift unter seinen Kapuzenpullover und zieht etwas Schwarzes aus einem Lederholster hervor. Eine Pistole. »Bleibt im Boot! Unter der Plane. Und keinen Ton, kein Flüstern, *capite*? Ich bin sofort wieder zurück!«

Wir nicken.

»Bitte, sei vorsichtig«, flüstere ich, als Luca im Schilf verschwindet. Ich sehe ihm noch einige Sekunden lang nach, dann kriechen Boy und ich wieder unter die Plane.

Wir liegen flach auf dem nassen Boden und warten.

Der Regen prasselt unaufhörlich auf die Plastikfolie über uns. Es knistert. Wie unser Plattenspieler, wenn die Schallplatte zu Ende gelaufen ist. Kalter Wind schneidet mir durchs Gesicht.

»Bist du etwa in diesen Typen verknallt?«, sagt Boy neben mir.

»Was?«

»Ob du verliebt bist.«

»Ach, Quatsch«, zische ich zurück. Ich bin dankbar, dass meine Wangen in der Dunkelheit nicht zu sehen sind. Sicherlich glühen sie wie ein Sonnenuntergang. »Luca ist nur ein Wächter.«

»Und steinalt.«

»Ist er nicht.«

»Hauptsache, er findet das Fotoalbum«, flüstert Boy. »Es wäre besser gewesen, wenn ich gegangen wäre.«

Dann schweigen wir wieder. Und warten. Irgendwo in den Wäldern schlägt ein Blitz ein. Donnergrollen. Die Minuten wollen nicht vergehen. Wie lange ist Luca jetzt schon weg? Ich stütze mich auf den Ellenbogen ab. Mein Wollpullover hat sich wie ein Schwamm mit Wasser vollgesogen. Ich zittere.

»Hoffentlich findet er das Grab unserer Schwester.«

»Das Kreuz ist doch nicht zu übersehen«, antworte ich leise.

»Es ist dunkel, Juno. Und neblig«, flüstert Boy. »Außerdem ist er schon viel zu lange weg. Bestimmt zehn Minuten.«

Mein Magen zieht sich zusammen. Er hat recht. Wir wissen beide, wo Ruths Grab liegt. Versteckt hinter den Birken. Aber wird Luca es finden? Diesen Teil der Insel kennt er nicht. Hoffentlich ist er nicht an der falschen Stelle abgebogen. Sonst rennt Luca direkt an Ruths Grab vorbei. Geradewegs auf unsere Blockhütte zu. Ich muss wieder an den unheimlichen Schatten denken. Hinter der Fensterscheibe meines Zimmers. Was, wenn ich mir die Bewegung nicht eingebildet habe?

Boy rutscht näher zu mir heran und flüstert: »Alles ist gut. Mach dir keine Sorgen, Juno. Er ist doch ein Wächter.«

Ich zittere am ganzen Körper. Aber nicht vor Kälte. Boy muss es bemerkt haben und legt eine Hand auf meinen Rücken. »Luca wird das Album schon finden. Er hat doch eine Taschenlampe. Und eine Waffe.«

Ich rutsche näher zu meinem Bruder und kuschele mich in seine Arme. So bleiben wir einige Minuten bewegungslos liegen, schließen die Augen und träumen uns auf die andere Seite des Sees, während der Regenschauer weiterhin über uns auf die Kunststoffplane trommelt. Es wirkt beruhigend.

Dann ertönt ein dumpfer, weit entfernter Knall.

26

Ich zucke zusammen. Ein Schwarm Vögel flattert kreischend über unsere Köpfe hinweg. Boy krallt sich an meinen Arm, drückt sich fester gegen meinen Rücken. Jetzt beginnt auch er zu zittern, als würden Armeen von Ameisen über seinen Körper wandern.

Ich winde mich aus seiner Umklammerung, schreie aus den Tiefen meiner Lunge, schreie Lucas Namen.

»Bleib hier!«, ruft Boy neben mir.

»Aber wir müssen ihm helfen!«

»Nein! Wir sollen hier warten, Juno!«

Boy zerrt an meinem Pullover, versucht mich zurückzuhalten. Ich bemühe mich nach Kräften, meine aufkommende Panik unter Kontrolle zu bringen. Doch es gelingt mir nicht.

»Das war bestimmt nur ein Blitz«, flüstert Boy und reibt mir mit der Handfläche über den Oberarm, so mechanisch, als würde er ein Fensterglas reinigen. Es schmerzt. »Der ist auf der Insel eingeschlagen. Ganz in unserer Nähe, irgendwo in einen großen Baum. Alles wird gut, Juno. Aber sei endlich leise!«

»Nein, das war ein Schuss!«, schreie ich ihn an und versuche unter der Plane hervorzukriechen. Regentropfen schlagen mir auf die Stirn. »Das weißt du genau, Boy. Jemand hat geschossen!«

»Luca kommt bestimmt gleich wieder!« Er umgreift meinen Knöchel. »Gib ihm Zeit!«

Angespannt lasse ich mich wieder auf den Bauch fallen, atme flach durch den Mund. Ein Blitz, vielleicht. Ja, das wäre möglich, versuche ich mich zu beruhigen. Obwohl ich es besser weiß.

Ich lasse mich auf die Seite rollen, ein Ruderblatt bohrt sich in meine Seite. Ich schiebe es gegen die Bootswand und beobachte den Gewitterhimmel über mir. Schwarze Wolkenstrudel, wie Malfarbe in einem Wasserglas. Also gut, warten wir.

Luca ist sicher gleich zurück. Unter dem Arm das Fotoalbum. Wir werden gemeinsam auf die andere Uferseite rudern. Die Polizei wird uns in Empfang nehmen und zu unseren Eltern bringen, zu unseren richtigen Eltern. Ich stelle mir vor, wie mein Zuhause in England aussehen könnte. Ein kleines Haus mit Garten. Die Sonne scheint. Davor zwei Obstbäume, es riecht nach Frühling und frisch gemähtem Gras. Ein schmaler Sandweg, der zu einer rot gestrichenen Haustür führt. Vielleicht haben sie einen kleinen Hund. Oder ein Kätzchen. Ich stelle mir vor, wie ich es auf den Treppenstufen streichle. Samtweiches Fell. Das Katzenbaby schnurrt. Dann ertönt wieder ein scharfer, lauter Knall.

Der Schuss reißt mich aus meinen Gedanken. Es folgt ein zweiter, kurz danach. Sekundenlang hallen sie über den See.

»Luca!«, rufe ich, löse mich aus meiner Schockstarre. Ich springe auf und klettere über die Bordwand. Boy versucht mich erneut am Fuß festzuhalten, doch ich schüttle ihn ab. »Das waren Schüsse! Aus einer Waffe!«

»Geh nicht!«, ruft mir Boy zu. »Es ist viel zu gefährlich.«

»Vielleicht braucht er unsere Hilfe!«, schreie ich.

»Nein, *wir* brauchen Hilfe, Juno! Lass uns auf die andere Seite rudern, das ist unsere einzige Chance!«

»Aber wir können ihn doch nicht alleine lassen! Er hat alles für uns riskiert.« Tränen strömen über meine Wangen. »Vielleicht ist er verletzt?«

»Oder schon tot!«, schreit Boy zurück. »Juno, wir müssen hier weg! Jetzt!«

Wie kann er so etwas nur sagen? Nach allem, was Luca für uns getan hat. Angewidert schüttle ich den Kopf, springe in den schwarzen Morast und renne los, renne einfach los. Schlage mich durch das schulterhohe Schilf, ohne mich noch einmal umzudrehen. Meine Schuhe versinken im Schlamm. Jeder Schritt wird anstrengender. Meine Lunge brennt. Das Kleid klebt an meinem Körper. Ich klettere über den morschen Baumstumpf, springe über einen Holunderstrauch. Haste weiter durch die sumpfige Wiese, bis ich endlich die Birken erreiche. Boys wütende Rufe sind nicht mehr zu hören.

Das Grab meiner Schwester. Da vorn liegt es, nur wenige Meter von mir entfernt. Ich drehe mich nach allen Seiten um. Atme langsam durch den halbgeöffneten Mund. Das Gartenstück ist dunkel und verlassen. Niemand ist zu sehen. Vater nicht, Mutter nicht. Und auch nicht Luca. Ich starre auf die flache Steinplatte zwischen den Wildblumen. Sie liegt unberührt an Ort und Stelle. Regentropfen zerspringen auf der schwarzgrauen Oberfläche. Luca scheint sie in der Dämmerung übersehen zu haben. Wo steckt er bloß? Erneut sehe ich mich nach allen Seiten um. Nirgends Fußspuren. Der Regen hat sie fortgewischt. Luca muss hier doch vorbeigekommen sein? In weiter Ferne ruft ein Käuzchen. Ich bin allein. Mit vorsichtigen Schritten schleiche ich durch den Garten zu Ruths Grab, drücke meine Finger in den Schlamm und wuchte die schwere Steinplatte nach oben.

Mutters Fotoalbum, es ist noch da. Gott sei Dank. Ich ziehe es heraus und stopfe es unter meinen Kratzpullover. Es ist kaum nass geworden, nur an den Ecken hat sich das Papier etwas gewellt. Luca wird stolz auf mich sein. Wenn ich bloß wüsste, wo er sich versteckt. Ich gehe hinter einem Mehlbeerenstrauch in Deckung und blicke mich suchend um. Überall nur Finsternis und Donnergrollen. Wieder muss ich an die Schüsse denken. Wurden sie aus einer Pistole oder aus einem Gewehr abgefeuert? Ich kann es nicht beurteilen. Noch nie habe ich so einen lauten Knall gehört, auch nicht bei einem Gewitter. Ein Schauer läuft mir über den Rücken. Hoffentlich wurde Luca nicht getroffen. Bitte, lieber Gott, lass ihn am Leben. Er ist der einzige Mensch, dem ich noch vertraue. Der einzige, den ich liebe.

Ich knie mich auf den lehmigen Erdboden und falte die Hände. Schließe die Augen. Bitte, lass alles gut werden, bete ich wieder und wieder. *Und ob ich schon wanderte im finstern Tal, fürchte ich kein Unglück; denn du bist bei mir, dein Stecken und dein Stab trösten mich.*

Ein Blitz schlägt ein. Ich reiße die Augen auf. In einer alten Fichte, ganz in meiner Nähe. Krachend fällt ein Ast zu Boden. Das muss ein Zeichen Gottes sein. Luca lebt!

Hastig schlucke ich meinen Kummer hinunter und stehe auf, streiche mir den Matsch von den Beinen. Ich muss sofort zurück zum Boot. Vielleicht ist Luca schon am Ufer und erwartet mich.

Ich blicke ein letztes Mal auf das Holzkreuz meiner Schwester.

Machs gut.

Irritiert bemerke ich die Grube, die nur wenige Meter von ihrem Grab entfernt ausgehoben wurde. Ich gehe ein paar Schritte auf das merkwürdige Erdloch zu, das mindestens zwei Meter tief ist. Wann wurde es gegraben? Und wofür?

Unwillkürlich muss ich an die morgige Bestrafung denken, von der Vater gesprochen hat, als plötzlich die Sirene ertönt. Ich zucke zusammen und starre erschrocken zum Haus hinauf. Das Heulen der Lautsprechermasten dröhnt wie ein Schwarm Stechmücken in meinen Ohren, eine innere Stimme zieht mich hinunter in den Schutzraum. Fremdlinge sind auf der Insel! Fremdlinge wie ich.

Ich reiße mich aus meiner Schockstarre, meine Beine beginnen zu laufen. Ich renne, schneller und schneller, das Fotoalbum unter meinem Pullover fest umklammert. Den Regen spüre ich kaum noch. Ich schlage mich durch das Schilf, über umgefallene Baumstämme, Sträucher und Äste. Meine Haare hängen mir nass ins Gesicht. Ich drücke einen Birkenast zur Seite, springe über einen Felsen ans Seeufer und bleibe wie versteinert stehen. Das Schlauchboot.

Es ist weg!

Hektisch drehe ich mich nach allen Seiten um. Es lag hier, genau an dieser Stelle. Da bin ich mir ganz sicher. Man kann den Abdruck von Lucas Schlauchboot noch deutlich erkennen. Obwohl der Regen unsere Fußspuren weggewaschen hat, als hätte es uns nie gegeben, die breite Schleifspur des Boots führt sichtbar zum Wasser. Sind Luca und Boy etwa ohne mich von der Insel geflüchtet? Ich hebe den Kopf, mein Blick wandert über den See.

Der Mond hinter den Gewitterwolken, hoch über den Baumkronen der Wälder, taucht alles in ein dunkelblaues märchenhaftes Licht. Millionen von Regentropfen schlagen wie Meteoritenschauer auf der Wasseroberfläche ein, ziehen Millionen von Kreisen auf dem See. Aber da vorn! Da bewegt sich doch etwas? Ein schwarzer Punkt, wie ein paddelnder Käfer, wenige Hundert Meter entfernt auf dem Wasser. Es ist das Boot, Lucas Schlauchboot! Boy rudert von der Insel. Ohne mich. Mit fließenden, ruhigen Bewegungen zieht er die Ruderblätter durch das Wasser. Ich winke ihm mit beiden Armen zu. Doch er scheint mich nicht zu sehen. Stur paddelt er weiter.

»Boooy!«, rufe ich über den See. »Ich bin hier! Hier!«

Aber es nützt nichts, er ist schon zu weit draußen, der Sirenenalarm zu laut. Doch ich darf nicht aufgeben und schreie erneut, lege beide Hände an den Mund, brülle mit aller Kraft seinen Namen.

Boy hält inne und hebt den Kopf.

Ich ziehe das Fotoalbum unter dem Pullover hervor und schwenke es wie eine Fahne in der Luft. »Ich habe das Buch! Komm zurück!«

Nun winkt mir auch Boy zu, reißt einen Arm in die Höhe. Er ruft etwas, aber ich kann ihn nicht verstehen.

»Was? Ich kann dich nicht hören, Boy!«, brülle ich zurück.

Seine Armbewegungen werden panischer, sein Schreien wird lauter. Er deutet in meine Richtung, immer und immer wieder. Jetzt sogar mit beiden Armen, als wolle er einen Schwarm Vögel verscheuchen.

»Komm zurück! Ich habe Mutters Album!«, rufe ich und winke ihn zu mir. Warum konnte er nicht auf mich warten?

Boy kreuzt die Arme über seinen Kopf, brüllt über den See. Doch es kommen nur Wortfetzen bei mir an. »*Lau.. .eg, ...ell!*«

Ich zucke mit den Achseln, schüttle verständnislos den Kopf. Auf diese Entfernung hat es keinen Sinn.

Ich versuche es ein letztes Mal, rufe: »Was hast du gesagt? Boy, bitte komm zurück ans Ufer!«

Dann höre ich ein Knacken. Wenige Meter hinter meinem Rücken. Wie das Brechen eines morschen Astes. Nein, kein Holz, irgendwie metallischer. Das Bild unseres Schutzkellers taucht vor mir auf. Ein vertrautes Geräusch. Ein hohler Klang, wie das Nachladen eines Gewehrs. Panisch drehe ich mich um.

Mein schlimmster Albtraum wird wahr. Ein Schlag in die Magengegend, mir wird übel. Es ist Vater. Breitbeinig steht er vor mir, in der Hand sein Gewehr. Mit einem Mal verstehe ich Boys hektische Signale. Er wollte mich warnen.

»Wo will dein Bruder denn hin?«, nuschelt Vater, legt den Kopf schief und starrt hinter mir auf den See. Die nassen Haare fallen ihm strähnig über die Brille.

»Boy?«, hauche ich. »Das ist nicht …« Meine Stimme versagt.

»Wir haben euch all die Jahre beschützt«, sagt Vater und wischt sich mit dem Ärmel den Regen von der Brille.

»Vater, bitte, lass uns gehen!«

»Niemand wird diese Insel verlassen und uns verraten«, sagt Vater, hebt das Gewehr vor sein Gesicht und zielt auf das kleine Schlauchboot. »Auch nicht dein Bruder.«

27

Dann geht alles ganz schnell. Impulsiv, ohne jeglichen Gedanken. Ich hebe den Arm und schleudere das Fotoalbum in Vaters Richtung. Es trifft ihn mitten im Gesicht. Das Gewehr verzieht nach rechts, ein Schuss löst sich, hallt über den See. Nur wenige Meter vor Boys Boot spritzt eine Wasserfontäne in die Luft.

»Was hast du getan?«, zischt Vater, während er sich mit der flachen Hand über die blutige Wange streicht. Das scharfkantige Album hat ihm die Haut aufgeschnitten. Verwundert fährt er sich über die Augen, verschmiert das Blut über seine Stirn.

»Meine Brille«, stottert er. »Verdammt, wo ist sie?«

Das Trostbuch hat ihm das Gestell von der Nase geschlagen. Ohne seine Gläser ist er fast blind. Das ist meine Chance. Hastig suche ich den nassen Erdboden ab. Vater streckt die Arme nach vorn, taumelt durch das Schilf, ruft wie von Sinnen: »Juno! Wo bist du? Hilf mir!«

Fieberhaft durchkämme ich das Gelände. Die Brille muss hier doch irgendwo liegen! Ich gehe ein paar Schritte auf das schlammige Seeufer zu. Steine, Felsen, Gräser, Wurzeln. Wenn es mir gelingt, sie vor

Vater zu finden, bleibt mir vielleicht noch eine Überlebenschance. Ich bücke mich zu einem glänzenden Gegenstand hinunter. Ist das …? Nein, nur ein abgebrochenes Schilfrohr, das feucht im Mondlicht glitzert. Ich muss weitersuchen. Hektisch streiche ich ein paar dichte Farnbüschel zur Seite. Nichts, keine Brille. Beeil dich, Juno! Aus dem Augenwinkel bemerke ich, wie Vater erneut sein Gewehr anlegt und es ziellos um sich schwenkt. »Ich weiß, dass du noch hier bist.«

Ich werfe mich zu Boden und bleibe bewegungslos auf dem Bauch liegen, mein Herz rast. Ich versuche, mich so still wie möglich zu verhalten. Atme flach durch den Mund. Vorsichtig drehe ich den Kopf zu Vater um. Er stapft durch das dichte Schilf, das Gewehr im Anschlag.

»Wir können doch über alles reden, mein Kind«, ruft er in alle Himmelsrichtungen. »Ich wollte deinen Bruder nur ermahnen. Das war lediglich ein Warnschuss. Damit er nicht zu den Fremdlingen hinüberrudert. Verstehst du? Komm endlich raus, Juno!«

Ich halte den Atem an. Dann bückt er sich und legt das Gewehr auf einen Felsen. Was hat er vor?

»Siehst du das?« Vater streckt beide Arme in die Luft. »Ich möchte dir überhaupt nichts tun. Du bist doch unsere Tochter. Komm und hilf mir suchen!«

Ich glaube ihm kein Wort.

Hastig drehe ich mich wieder zum Wasser und suche das Seeufer ab. Überall nur Steine. Grashalme. Der Regen prasselt unaufhörlich auf den schlammigen Erdboden. Mir ist kalt, mein Pullover ist steif und lehmverkrustet. Ich robbe tiefer in das feuchte Schilf. Irgendwo hier muss die Brille gelandet sein. Vater brüllt, er bricht nur wenige Meter hinter mir durch das Unterholz. Seine Schritte kommen näher. Ich weiß nicht, ob er das Gewehr wieder aufgehoben hat. Mir bleibt keine Zeit, darüber nachzudenken. Such weiter, Juno!

Und dann endlich entdecke ich die Brille. Zwischen den ovalen Blättern einer Pfeilkrautpflanze. Sie steckt nur eine Armlänge vor mir im Morast!

Ich haste vorwärts und ergreife sie mit beiden Händen. Seewasser spritzt nach allen Seiten, ich schlucke Schlamm.

»Hast du sie gefunden?«, fragt die tiefe Stimme. Erschrocken rolle ich mich auf den Rücken. Er steht über mir, schwankend wie eine Birke im Sturm, und blinzelt zu mir herab.

»Gib sie her!«, faucht er.

Panisch sehe ich mich um. Es gibt kein Entkommen. Vater versperrt mir den Weg. Ich blicke an ihm vorbei. Sein Gewehr liegt immer noch auf dem Stein.

Fluchtartig springe ich nach vorn, tauche in den eiskalten See ein und schwimme, strample mit Armen und Beinen wie ein Frosch. Doch schon nach wenigen Zügen geht mir die Luft aus, meine Kleidung zieht mich immer tiefer nach unten, prustend komme ich wieder an die Wasseroberfläche zurück. Ich höre Vaters aufgeregte Rufe hinter mir und drehe mich um.

Mit schnellen Schritten watet er in meine Richtung, durch den knietiefen Sumpf, bis er der Länge nach ins Wasser fällt. Er muss das Ende der Uferböschung erreicht haben. Paddelnd schwimmt er auf mich zu, rudert wild mit den Armen, als würde er mich retten wollen. Doch das Gegenteil ist der Fall. Ich beschleunige meine Bewegungen, stoße mich kräftig mit den Beinen ab, komme jedoch nur langsam voran, da ich meine linke Hand nicht öffnen kann. Ich umklammere Vaters Brille und ziehe meine Faust mit aller Kraft durch das Wasser.

»Wo willst du hin, Juno? Du kannst nicht schwimmen, du wirst ertrinken!«, höre ich Vater hinter mir schnaufen. Er scheint nicht mehr weit von mir entfernt. Er kämpft sich durch das Wasser. Sein Alkoholpegel und der getrübte Blick bereiten ihm offenbar Probleme. Er paddelt unkoordiniert in alle Richtungen. Ich reiße den Kopf herum. Wo soll ich hinschwimmen? Zum anderen Seeufer werde ich es niemals schaffen. Erst recht nicht in meinem Wollpullover und meinem Sommerkleid, die bleischwer an meinem Körper ziehen. Boys Schlauchboot ist nirgends zu sehen. Dichte Nebelschwaden ziehen über die aufgewühlte Wasseroberfläche. Es war ein Fehler, so weit auf den See hinauszuschwimmen.

»Gib mir meine verdammte Brille!«, prustet Vater. »Wo steckst du?« Er dreht sich nach allen Seiten um. Schlägt mit Armen und Beinen wie ein Frosch um sich. Seine Bewegungen werden immer schwerfälliger. Er schluckt Wasser, hustet. Doch ich werde ihm die Brille niemals zurückgeben. Sie gibt mir das Gefühl von Macht, Macht über Vater.

Urplötzlich muss ich an das Märchen von *Däumelinchen* denken. An ihre Flucht vor der bösen Kröte. Da kommt mir eine Idee. Mein Überlebenswille ist geweckt. Ich könnte Vater in die Irre führen, in die Mitte des Sees, und heimlich an ihm vorbeitauchen. Doch zurück bis zu unserem Ufer sind es mehr als zehn Meter, und ich kann nicht gut schwimmen, geschweige denn tauchen. Aber mir bleibt keine Wahl, ich muss es versuchen.

»Ich gebe sie dir, wenn du mir sagst, warum ihr uns entführt habt!«, schreie ich mit letzter Kraft zu ihm hinüber, um ihn in meine Richtung zu locken.

Vater dreht sich ruckartig zu mir, sucht den See ab, brüllt zurück: »Wart ihr denn nicht immer glücklich bei uns?« Dann schwimmt er hastig auf mich zu und schnauft angestrengt: »Juno, komm her! Ich erkläre dir alles, wenn wir an Land sind.«

Wieder zieht eine Nebelschwade über die Wasseroberfläche. Jetzt ist der richtige Moment! Ich hole tief Luft und tauche mit dem Kopf unter Wasser, mache kräftige Schwimmzüge. Ich muss mich anstrengen. Es fühlt sich an, als würden sich Dutzende von Schlingpflanzen um meine Füße winden. Dabei sind es meine Kleider, die mich in die Tiefe ziehen. Ich trete schneller. Meine Lunge beginnt zu brennen. Eine Schwimmbewegung schaffe ich noch. Und noch eine. Ich öffne die Augen, um mich herum ist alles schwarz. Feuer schießt durch meine Adern. Und noch eine, eine letzte. Dann geht mir die Luft aus und ich muss zurück an die Wasseroberfläche tauchen.

Ich schnappe nach Luft. Muss husten, doch ich unterdrücke den Reiz. Vorsichtig gehe ich bis zur Nasenspitze unter Wasser und drehe mich nach allen Seiten. Von Vater ist nichts zu sehen. Regentropfen schlagen vor mir auf die Wasseroberfläche, ziehen ihre Kreise. Es donnert.

Dann höre ich Vaters Rufe. Weit entfernt, bestimmt zwanzig Meter. Von der Mitte des Sees. Er klingt schwach, einsilbig. Ich schwimme vorsichtig auf unser Ufer zu. Es blitzt über den Wäldern. Vor mir ragt der steile Felsen empor, grell erleuchtet durch den taghellen Himmel. Gleich darauf ist es wieder dunkel. Ich schwimme weiter, immer auf den Felsen zu, auf dem mich Onkel Ole noch vor wenigen Tagen fast entdeckt hätte. Bin ich wirklich so weit von meiner Einstiegsstelle abgetrieben? Ich strample mit Armen und Beinen zurück, schlucke eiskaltes Wasser, bis ich endlich Morastboden unter meinen Fingern ertaste, glitschige Steine und Schlamm. Ich habe unsere Uferböschung erreicht.

Erschöpft steige ich aus dem Wasser und lasse mich gegen den großen Felsen fallen. Mein Pullover klebt nass auf meiner Haut. Geschafft, ich habe Vater abgehängt. Mein Plan hat funktioniert. Ich schlinge die Arme um die Beine, friere am ganzen Körper. Vorsichtig drehe ich den Kopf. Das Mondlicht scheint nur schwach durch die tiefschwarzen Gewitterwolken, färbt die stürmische Wasseroberfläche dunkelblau.

Ich lausche in die Nacht. Der Regen knistert wie Kaminfeuer. Vereinzelt schnattert eine Ente. Vaters Rufe sind nicht mehr zu hören. Wahrscheinlich ist er noch weiter auf den See hinausgeschwommen. Oder er hat die Kraft zum Rufen verloren. Ist er ertrunken? Fieberhaft überlege ich, was ich jetzt tun soll. Dabei lasse ich den See keine Sekunde aus den Augen.

Das Schlauchboot ist weg. Und mit ihm Boy. Hoffentlich ist er gut auf der anderen Seite angekommen, in Sicherheit.

Ich komme nicht von der Insel. Schwimmen ist zu weit. Und irgendwo da draußen sucht Vater nach mir.

Regen rinnt mir in den Nacken. Ich schüttle mich. Mein Blick fällt durch die geisterhaften Silhouetten der Birken auf unsere Blockhütte.

In der Küche brennt Licht. Das war doch vorhin noch nicht an, oder? Vielleicht hat es Mutter eingeschaltet? Und auch die Alarmsirene betätigt, die immer noch laut durch die Dunkelheit heult. Und nun wartet sie im Haus auf Vaters Rückkehr? Ich blicke auf das Brillengestell, das ich immer noch in meiner Hand halte.

Ich muss Luca finden. Bevor Vater zurückkommt, um mich zu töten. Wieder drehe ich mich zum See, suche hektisch die Wasseroberfläche ab. Eine weißgraue Nebelwand versperrt mir die Sicht. Was soll ich bloß tun? Ich brauche eine Waffe, um mich zu verteidigen. Ich suche den Erdboden nach einem großen Stein ab. Dabei fällt mir Vaters Gewehr ein. Er hatte es auf einen Felsen gelegt. Ich könnte es holen gehen.

Dann müsste ich allerdings den ganzen Weg zum Schilf zurücklaufen. Doch das Risiko ist hoch, dass Vater mittlerweile aus dem Wasser gestiegen ist. Ich würde direkt in die Falle laufen. Nein, ich brauche etwas anderes. Und zwar schnell. Nachdenklich blicke ich wieder zum erleuchteten Küchenfenster. Wie das weit geöffnete Auge eines Trolls. Ein Messer, denke ich und richte mich auf. Ich könnte hinter das Haus schleichen und mich unter dem Sprossenfenster verstecken. Warten, bis Mutter in den Garten geht, um nach Vater Ausschau zu halten. Dann könnte ich flink hineinschlüpfen, die Besteckschublade öffnen und ein Messer herausnehmen.

Der Plan ist halsbrecherisch, aber es wäre weitaus gefährlicher, ohne irgendeine Waffe zur Verteidigung nach Luca zu suchen.

Geduckt renne ich durch unseren Garten, vorbei an den Blumenbeeten, an den meterhohen Lautsprechermasten, das Heulen der Sirenen brennt sich in meine Ohren, weiter, über den gemähten Rasen, geradewegs auf die Treppen des Haupteingangs zu. Regen schlägt mir ins Gesicht. Hinter einer Fichte springe ich in Deckung. Während ich nach Luft schnappe, beobachte ich das dunkle Haus. Friedlich liegt es vor mir. Bedrohlich still.

Ich muss an Onkel Ole denken. Noch vor wenigen Tagen hatte der alte Postbote auf diesen Treppenstufen gestanden und sich von Vater und Mutter verabschiedet. Mit einem unsicheren Lächeln auf den Lippen. Wenige Stunden später war er tot.

Durch meine Schuld.

Im Wohnzimmer geht das Licht an. Ich zucke zusammen, hechte wieder in Deckung. Mein Herz hämmert. Vorsichtig schiele ich hinter dem Baum hervor. Eine mir vertraute Silhouette erscheint am Fenster.

Mutter!

Sie tritt an die Scheibe. Ich verstecke mich hinter dem Baum, presse die Arme eng an den Körper. Mutter lehnt sich mit der Stirn gegen das Fensterglas, starrt hinaus in den Garten. Ihr Körper beginnt zu taumeln. Was ist mit ihr los? Mutter wirkt betrunken. Doch das ist eigentlich unmöglich. Mutter trinkt keinen Alkohol. Schon seit sechs Jahren nicht mehr. Aus Angst, die Kontrolle zu verlieren. Das hat sie zumindest Vater an ihrem fünfzigsten Geburtstag eröffnet, als er ihr zur Feier des Tages ein Glas *Elternbrause* einschenken wollte. Damals war ich zehn Jahre alt und verstand Vaters überraschte Reaktion nicht. Eine Ohrfeige.

Angespannt beuge ich mich wieder vor und kneife die Augen zusammen. Auf ihrer Schürze ist ein tellergroßer, dunkler Fleck zu erkennen. Er hat die Umrisse von Ost-Australien, dem lilafarbenen Land auf unserem *Risiko*-Spielbrett.

Ist das etwa Blut?

Ist Mutter verletzt?

Auf jeden Fall ist es meine Chance. Ich darf keine Sekunde länger zögern, solange sich Mutter noch im Wohnzimmer aufhält. Ich stoße mich mit beiden Armen vom Baum ab und haste über den schmalen

Sandweg hinter das Haus. Irgendwo in der Nähe schlägt wieder ein Blitz ein, ein ohrenbetäubendes Krachen, für Sekunden ist es taghell, dann so finster, dass ich kaum die Hand vor Augen sehe.

Auf allen vieren schleiche ich unter den Zimmerfenstern entlang, quer durch Holundersträucher, Brennnesseln und über stacheliges Geäst, bis ich endlich die Küchentür erreiche.

Ich lausche. Kein Geräusch. Nur der Wind, der heulend an unserer Hauswand vorbeistreicht. Über mir klappert ein loses Holzbrett auf dem Dach. Ich drehe mich nach allen Seiten um, niemand zu sehen. Überall nur Finsternis. Und Regen, der mir kalt ins Gesicht peitscht. Das orangegelbe Licht des Fensters fällt auf einen funkelnden Nadelbaum. Mit klopfendem Herzen ziehe ich mich zum beleuchteten Küchenfenster hinauf und wage einen Blick in den Raum hinein.

Ich bin wie vom Schlag getroffen.

O mein Gott.

28

Überall Blut, überall! Aufgeregt springt mein Blick von der rostroten Schleifspur im Flur zur geöffneten Küchentür, an dem blutverschmierten Rahmen entlang, über die verwischten Fingerabdrücke am Fußboden, zu einem umgestoßenen Stuhl, bis zu unserem eisernen Holzofen und zurück. Mein Gehirn will das grausame Bild nicht verstehen.

Was zum Himmel ist hier passiert?

Dann sehe ich die Schuhe. Erkenne sie sofort wieder, obwohl sie schlammverschmiert sind. Luca! Es sind seine Schnürschuhe! Aufgewühlt stelle ich mich auf die Zehenspitzen und blicke weiter nach unten. Dort liegt er, zusammengekauert vor dem Spülschrank, in einer Blutlache.

Ich reiße die Küchentür auf und stürme zu ihm, werfe mich neben ihm auf den Dielenboden. Meine Hände streichen zitternd über sein Gesicht. Lucas Augenlider flackern, als er mich erkennt.

Er lebt!

»Luca! Um Himmels willen. Kannst du mich hören?«, flüstere ich, meine Stimme versagt. Er blickt wortlos zur Küchentür, stöhnt vor Schmerzen.

»Sie ist im Wohnzimmer«, sage ich und starre auf

seinen blutgetränkten Pullover. Luca hält sich mit beiden Händen den Bauch. Er röchelt.

»Wir müssen von hier verschwinden«, flüstere ich. Der Anblick bricht mir das Herz. »Kannst du laufen?«

Luca antwortet nicht, schüttelt schwach den Kopf.

»Boy ist auf dem Boot«, erkläre ich unter Tränen. »Er ist bestimmt schon auf der anderen Seite des Sees und informiert die Wächter.« Sanft berühre ich seine Wange, schluchze aus den Tiefen meiner Seele. »Sie werden kommen und uns retten, Luca. Und einen Doktor rufen. Bitte, bitte halte durch!«

Seine Augen wandern ziellos durch den Raum, dann blickt er mich wieder an, nickt mit schmerzverzerrtem Gesicht.

»Wir kommen von hier weg, bestimmt«, flüstere ich.

Luca schüttelt den Kopf.

»Doch«, antworte ich leise. »Ich werde dich hier rausholen, du darfst nicht aufgeben.«

Wieder bewegt er seinen Kopf, schüttelt ihn energischer. Rollt mit den Augen. Dann nickt er in meine Richtung und öffnet den Mund. Er will etwas sagen, doch ich verstehe ihn nicht.

»Was?«

Ein Gurgeln steigt aus seinem Rachen. Luca beißt die Zähne zusammen, hebt das Kinn, senkt es. Immer wieder.

Ich zucke verzweifelt mit den Schultern.

»Daaa-arhhh«, stöhnt er kaum hörbar. Ich beuge

mich hastig vor und halte mein Ohr ganz nah an seine Lippen. Ein sanfter Windhauch streift meine Ohrläppchen. »*Aaaa-rma.*«

»Arma?«, frage ich. »Was meinst du damit?«

Luca schluckt. Kneift die Augen zusammen. Die Schmerzen müssen unerträglich sein. Er ringt nach Luft. Seine Lunge gibt seltsame Pfeiftöne von sich. Luca versucht zu sprechen, ich beuge mich zu ihm hinunter.

Mein linkes Ohr berührt seine Lippen.

»*Pistola.*«

Ich drehe mich schlagartig um. Folge seinem angestrengten Blick. Und verstehe. Verstehe endlich, was er mir sagen wollte.

Vor dem gläsernen Geschirrschrank liegt sie, auf dem Boden, neben dem Blecheimer mit den Reinigungstüchern. Lucas Pistole. Sie muss während des Kampfes dort gelandet sein.

»*Pistolarrhh*«, wiederholt Luca und nickt schwach. Das Sprechen bereitet ihm Schmerzen.

»Ich kann damit nicht umgehen«, flüstere ich nervös.

»Nimm … sie … *imme…immediatamente!*«

Eine Schusswaffe. Uns Kindern war es strengstens verboten, Vaters Gewehr zu berühren. Sein Heiligtum zur Verteidigung gegen die Fremdlinge auf der anderen Uferseite. Uns waren nur Messer erlaubt. Um den Fischfang zu töten, kurz und schmerzlos. So sieht es das sechste Gebot vor. Doch eine Schusswaffe bereitet Schmerzen. Und Luca hat große Schmerzen. Ich sehe, wie er leidet. Mutter muss ihn lebensgefährlich verletzt haben. Meine Handinnenflächen sind schweißnass. Gedankenverloren wische ich sie an meinem triefenden Pullover ab.

»Elly ... *ti prego*«, höre ich Lucas kraftloses Flehen hinter mir.

»Ich ... ich kann nicht.«

»*Tua madre ... non voglio ... morire.*«

Ich verstehe seine fremdartigen Worte nicht. Aber die Dringlichkeit, die in seiner Stimme liegt. Die Gefahr, die im Haus auf uns lauert. Ich überwinde meine Angst und gebe mir einen Ruck, beuge mich nach vorn und rutsche geräuschlos auf allen vieren auf unseren Geschirrschrank zu. Die Pistole ist zum Greifen nah. Luca hustet. Es klingt wässrig. Ich verharre und drehe mich zu ihm um. Er zwinkert mir zu, aufmunternd, kraftlos. Hellrotes Blut rinnt über seine Lippen.

Für einen kurzen Moment sehen wir uns an. Wie durch einen seidenen Faden miteinander verbunden. Das Ticken der Katzenuhr über dem Kühlschrank wird sanfter, entfernt sich mit jedem Sekundenschlag. Wir brauchen keine Worte, um uns zu verstehen. Meine Gefühle für ihn. Seine Gefühle für ...

Plötzlich weiten sich seine Augen. Ich blicke in ein starrendes Weiß. Luca gurgelt Blut. Er versucht zu schreien. Dann höre ich grelle Schritte hinter mir, stampfend wie Schuberts *Militärmarsch*. Panisch drehe ich mich um.

Ein schwarzes Paar Stiefeletten. So dicht vor meinem Gesicht, dass ich die getrockneten Blutspritzer auf dem Leder zählen kann.

29

Mutter bückt sich, ergreift die Pistole. Dann richtet sie sich langsam auf und zielt mit dem Lauf auf mein linkes Auge. Ich mache einen Satz nach hinten, stoße mit dem Kopf gegen den Küchenschrank.

»Sieh einer an«, sagt Mutter. »Unsere Juno ist wieder zurück, das unartige Kind.«

»Bitte nicht«, flehe ich und halte schützend die Hände vor mein Gesicht. Hinter meinem Rücken beginnt Luca aufgeregt zu röcheln. Seine Beine straucheln über den Boden. Auch mein Körper bebt. Ich bekomme kaum noch Luft, fühle die lähmende Todesangst, die in mir emporkriecht.

»Was hast du da in der Hand?« Mutter geht einen Schritt auf mich zu, deutet mit der Waffe auf meine geschlossene Faust.

Ich starre auf meine zitternden Finger. Mir war nicht bewusst, dass ich etwas umklammere. Die ganze Zeit über hatte ich meine linke Hand geschlossen, so krampfhaft, dass der spitze Gegenstand darin zu einem Teil von mir wurde. Die Haut meiner Fingerknöchel ist zerkratzt und blutig.

Mutter legt den Kopf schief und brüllt: »Los! Mach schon!«

Ich öffne meine Faust und Vaters Brille fällt zu Boden.

»Wo hast du die her?«, fragt Mutter erstaunt.

»Gefunden«, antworte ich schwach.

»Wo?«

»Unten am Seeufer.«

»Ohne sie ist er blind«, sagt Mutter, schnellt vorwärts und ergreift Vaters Brillengläser. Sie hält das Gestell dicht vor ihre Augen, untersucht die Brille wie einen fremdartigen Gegenstand. Dann lässt sie sie in die Vordertasche ihrer Küchenschürze gleiten und sieht mich nachdenklich an. »Du hast sie also gefunden?«

Ich nicke. Luca stöhnt.

Mutter führt die Waffe wieder vor mein Gesicht. »Was ist passiert, Juno?«

»Ich weiß es nicht, Mutter.«

»Lüg mich nicht an!«, spuckt sie aus und fuchtelt mit der Pistole in der Luft herum. »Wo steckt Vater?«

Ich drehe mich zu Luca. Er blinzelt. Mir bleibt keine andere Wahl, als Mutter die Wahrheit zu sagen. »Vater … er ist ins Wasser gegangen.«

»Warum?«

»Boy …«, stottere ich. »Er ist … mit einem Schlauchboot … auf die andere Seite …«

»Zu den Fremdlingen?«, brüllt Mutter und richtet die Waffe auf Luca. »Wie viele von euch sind noch auf der anderen Seite?«

Erschrocken zuckt er zusammen. Luca will antworten, doch statt Wörtern fließt Blut über seine Lippen. Gurgelnde Geräusche. Besorgt haste ich zu ihm hinüber, schließe ihn fest in meine Arme. Er fühlt sich kalt an. Ich schreie Mutter an: »Siehst du nicht, dass er einen Doktor braucht?«

»Was der Fremdling braucht, ist Medizin«, sagt Mutter und deutet mit der Pistole auf die Granitschale mit den Trostpillen.

»Verschwinde … Elly«, haucht Luca. »Lauf!«

»Du bleibst hier!«, brüllt Mutter. »Wenn du nicht für seinen Tod verantwortlich sein willst!«

»Hör auf, Mutter!«, schreie ich. »Er hat dir nichts getan!«

Luca hält sich den Bauch, krümmt sich.

»Dieser Fremdling … er will mir meine Babys nehmen«, keift Mutter. »Doch ihr seid ein Geschenk Gottes! Niemand darf euch holen. Der Allmächtige hat euch in meine Obhut übergeben, als Wiedergutmachung, weil ich keine gesunden Kinder haben kann.«

»Ihr habt uns entführt!«

»Wir haben euch geliebt. All die Jahre. Gott hat uns geholfen, euch großzuziehen.« Ihre Stimme bricht. »Und nur *Er* darf euch wieder nehmen.«

»Du bist krank, Mutter!«

Luca beginnt wieder zu röcheln.

»Die Trostpillen, Juno«, sagt Mutter und deutet unbeirrt auf die Schale. »Ich will es nicht noch einmal sagen.« Dann zielt sie erneut auf meine Stirn. »Befreie deinen neuen Freund von seinen Schmerzen. Oder soll ich ihn vor deinen Augen erschießen? Ein schneller Gnadenschuss, warum eigentlich nicht?«

Schweiß rinnt mir über den Rücken, mir wird eiskalt. Was soll ich bloß tun? Mein Körper bebt. Wenn ich Mutter nicht gehorche, wird sie Luca töten. Und wenn ich ihm die Trostpille gebe, sterben wir beide.

»Worauf wartest du?« Zorn steigt in Mutter auf. »Wir wollen doch sehen, wie gut meine Medizin wirkt. Ich habe sie nicht umsonst mit so viel Liebe hergestellt.«

Ich zögere, blicke zu Luca. Sein Oberkörper ist voller Blut. Mit beiden Händen umklammert er seinen Brustkorb, stöhnt schwach. Ich stehe langsam auf, lasse erschöpft die Arme vor meinem Körper baumeln. Mutter kneift die Augen zusammen, wartet auf meine Reaktion. Doch ich rühre mich nicht, suche hilflos nach einem Ausweg. Wie soll ich mich entscheiden?

Meine Finger streifen meinen Pullover. Und dann fallen sie mir wieder ein. Die Trostpillen aus dem Schutzraum, die *Placebos*. Ich habe zwei Stück eingesteckt. Sie sind unsere Rettung.

Ich muss sie nur unbemerkt aus der Vordertasche meines Kleids holen. Eilig ziehe ich mir den klatschnassen Pullover über den Kopf. Ich beginne zu frieren, die kalte Nachtluft weht durch die offene Küchentür zu uns herein.

»Was tust du da?«, fragt Mutter irritiert.

»Ich will mich nicht erkälten«, antworte ich nervös

und lasse den Pullover auf den Boden fallen. »Die Wolle ist nass. Du möchtest doch nicht, dass ich krank werde.« Das einzige Argument, das mir auf die Schnelle einfällt. Ich bete, dass ich damit ihre letzten gestörten Muttergefühle erreichen kann. Es scheint zu funktionieren.

Mutter fixiert mich misstrauisch. »Gut, aber jetzt beeil dich. Uns bleibt nicht ewig Zeit, bevor noch mehr Fremdlinge auf unserer Insel auftauchen.«

»Bin … alleine«, stöhnt Luca.

»Still!«, zischt Mutter.

Ich drehe ihr den Rücken zu und stelle mich an die Küchenarbeitsplatte. Vor mir steht die randvoll gefüllte Granitschale. Betont auffällig greife ich mit der rechten Hand nach den orange leuchtenden Trostpillen, während meine linke unbemerkt in die Vordertasche meines Kleides wandert. Fieberhaft taste ich mit den Fingerspitzen nach den versteckten Tabletten. Der kalte, feuchte Stoff wickelt sich wie Efeu um meine Handfläche. Ich grabe tiefer. Suche panisch in allen Ecken der Tasche. Doch ich kann die beiden Pillen nirgends finden.

Mutter dreht sich lauernd zu mir um.

Klebrige Geleereste und grobkörniges Pulver schieben sich unter meine Fingernägel.

O nein.

Die Tabletten müssen sich in meiner Tasche aufgelöst haben. Während ich im See war. Wir sind verloren.

»Jetzt mach schon!«, zischt Mutter.

Zögernd nehme ich eine Trostpille aus der Schale heraus.

»Und jetzt steck sie dir in den Mund, Juno«, höre ich Mutter ganz nah an meinem Ohr. »Du willst doch nicht krank werden, dich erkälten. Zeig dem Fremdling, wie gut sie helfen.«

Luca versucht sich aufzubäumen. Er scheint zu ahnen, dass die Geleekugeln mit Gift gefüllt sind. Ich höre sein Keuchen, das Zappeln seiner Beine. Er schreit schmerzverzerrt auf.

»Ich kann nicht«, schluchze ich. Mein ganzer Körper brennt. »Wieso? Wieso willst du mich töten?«

Mutter lacht. »Du bist doch die Märchenliebhaberin in unserer Familie. Kommst du da nicht von alleine drauf?« Sie schnaubt. »Warum wohl hat Hänsels und Gretels fürsorgliche Stiefmutter die Kinder allein im Wald ausgesetzt?«

»Weil sie abgrundtief böse war!«, brülle ich.

»Nein, mein Kind. Sie hatte ihre Gründe. Genau wie ich. Also ab in deinen verlogenen Mund!«, befiehlt sie und drückt mir den Pistolenlauf in die Seite. »Du bist nicht mehr meine Tochter! Eine Tochter bestiehlt ihre Mutter nicht. Ich hatte genug Enttäuschungen in meinem Leben! Los jetzt!«

Meine Finger zittern, als ich mir die Tablette auf die Zunge lege. Ich schließe meinen Mund, meine Augen. Schmecke die fruchtige Säure der Ummantelung, die sich auf meinem trockenen Gaumen ausbreitet. Vor mir erscheinen die Bilder unseres Schutzkellers, die nackte Glühbirne, das Vorratsregal, die Konserven, Vaters Ohrensessel, das Gewehr, Staubkörner, die durch das kalte Verlies schweben.

»Runterschlucken!«, höre ich Mutters strenge Stimme, ich spüre immer noch ihre Pistole auf meinen Rippenknochen.

Ich kann nicht. Ich darf nicht. Ich will noch nicht sterben.

»Du hast es jahrelang geübt, jetzt stell dich nicht so an«, flucht Mutter. »Oder soll ich nachhelfen?«

Geschwind bugsiere ich die Tablette unter meine Zunge und beginne demonstrativ zu schlucken. Einmal, zweimal. Vielleicht kann ich sie damit täuschen. Ich mache ein letztes, lautes Schluckgeräusch und öffne die Augen.

»Gut.« Mutter legt den Kopf schief. »Ist sie unten?«

Ich nicke stumm. Sie starrt mich skeptisch an, streicht mir eine Strähne aus der Stirn. Ein süßlich bitterer Geschmack verbreitet sich unter meiner Zunge.

»Mach den Mund auf!«

Ich öffne die Lippen einen Spaltbreit.

»Weiter!«, brüllt sie und presst mich gegen die Küchenzeile, das Holz bohrt sich in meinen Rücken. Ich rudere mit den Armen und versuche verzweifelt Halt zu finden. Die Tablette wandert ziellos in meinem Mund herum.

»Los, öffne dein vorlautes Mäulchen!«, zischt sie, umfasst mit Daumen und Mittelfinger meinen Kiefer.

»So haben sie es auch mit mir gemacht. Damals in der Klinik.« Ihre scharfen Fingernägel bohren sich in meine Wangen, zwingen meinen Mund, sich zu öffnen. »Glaub mir, es funktioniert.« Der Schmerz ist kaum auszuhalten, doch ich halte meinen Kiefer mit aller Kraft verschlossen, beiße die Zähne zusammen.

»Schlucken!«, schreit sie wie von Sinnen. »Schluck sie endlich runter, du elende Lügnerin!«

Hinter meinem Rücken schlagen meine Handflächen auf der Arbeitsplatte auf, ich suche verzweifelt Halt, Gläser fallen ins Spülbecken, Suppenteller zersplittern auf dem Fußboden, meine Fingerspitzen berühren Geschirrtücher, Holzlöffel, Kernseife. Der Schmerz in meinen Wangen wird stärker. Und dann bekomme ich endlich einen massiven Gegenstand zu fassen. Die Granitschale, die Schale mit den Pillen!

»Verräterin!«, brüllt Mutter, Speichel tropft in mein Gesicht.

Ich umfasse die Schale und schleudere sie mit aller Kraft nach vorn. Knirschend schlägt der Granitstein auf Mutters Stirn auf, wie eine zerrissene Bernsteinkette fliegen die Trostpillen durch den Raum. Um mich herum klickt und klackt es, als sie nacheinander auf dem Boden auftreffen.

Mutter taumelt zurück. Hält sich verwundert den Kopf. Die Augen weit aufgerissen. Blut rinnt ihr über die Stirn.

»Das ... das hast du nicht umsonst gemacht.« Sie

richtet sich wieder zu voller Körpergröße vor mir auf. »Meine eigene Tochter wendet sich gegen mich?«

Ich halte den Atem an. Wie kann das sein? Der Schlag scheint ihr nichts ausgemacht zu haben. Torkelnd steht sie vor mir und wischt sich das Blut aus den Augen.

»Und das alles nur wegen ihm?«, fragt sie und hebt stöhnend den Arm. Ich sehe in den Lauf ihrer Pistole. Mutter wankt. Ich schlucke, fühle mich ohnmächtig, die Angst lähmt mich.

»Wegen eines wertlosen Fremdlings?«

»Luca ist kein Fremdling!«

»So, so«, murmelt sie. »Kein Fremder mehr … für dich?« Ein wahnsinniges Grinsen auf den Lippen. »Ich schätze, du hast dich verliebt. Wie tragisch.« Dann wandert der Lauf ihrer Waffe hinunter zu Luca. »Also, mein Kind, dann wollen wir doch mal sehen, ob du aufgepasst hast. Wie lautet unser sechstes Gebot?«

»Bitte, Mutter! Nicht!«, flehe ich. »Es tut mir leid!«

»Doch manchmal geht es nicht kurz und schmerzlos«, flüstert sie und drückt den Abzug.

Ein qualvoller Schrei, Luca bäumt sich auf, Blut spritzt aus seinem Oberschenkel.

»Neeein!« Ich stoße Mutter mit ausgestreckten Armen nach hinten. Überrumpelt stolpert sie über Lucas Beine, wankt einen Schritt zurück, fällt gegen den Esstisch, versucht sich aufzurichten, setzt einen Fuß auf den Teppich.

Für einen kurzen Moment sehen mich ihre weit

aufgerissenen Augen überrascht an. Dann umschließt sie der Teppich wie buntes Geschenkpapier und zieht sie in die dunkle Tiefe hinein.

Ein Schrei, ein dumpfer Aufschlag. Knacken wie Holz.

Wenig später ist es ruhig.

Stille.

Erschöpft krieche ich zu dem Loch in unserem Fußboden und blicke in die Schwärze des Schutzraumes hinab. Nur wenige Meter unter mir liegt sie. Leblos auf dem Sandboden, ihr Körper seltsam verrenkt. Eine merkwürdige Trauer überfällt mich. Gleich darauf steigt Wut in mir auf, Mutter hat es nicht verdient, dass ich Mitleid mit ihr empfinde.

Ich rutsche zu Luca zurück und schließe ihn in meine Arme. Er stöhnt, atmet schwer, drückt sich die Hand auf den blutenden Oberschenkel. Ich weiß nicht, was ich tun kann, lehne sanft meinen Kopf auf seine Schulter.

Und dann beginne ich zu weinen. Vor Trauer, vor Freude, aus Verzweiflung. Meine Tränen strömen wie aus einem offenen Wasserhahn aus mir heraus. Es tut gut.

Das Gefühlsgewitter, das in mir tobt, schwächt sich mit jedem Atemzug ab. Die Krämpfe in meinem Magen entspannen sich.

»Waa… arrh … du?«, stöhnt Luca unter Schmerzen.

»Wir haben es geschafft«, flüstere ich und streiche ihm über das bleiche Gesicht. »Sie ist tot. Hörst du,

Luca? Wir sind in Sicherheit.« Ich spreche uns beiden Mut zu. Hoffnung, wenigstens für einen kurzen Moment. Obwohl ich selbst nicht daran glauben kann. Was, wenn Vater zurückkommt? Lucas Wangen fühlen sich kalt an. »Du musst nur durchhalten, bitte!«, flehe ich. »Nur durchhalten, bis Boy den Wächtern Bescheid gibt. Dann kommen sie zu uns auf die Insel!«

»Waarh … was … hasstu …?«, keucht Luca. Es bereitet ihm große Anstrengung, zu sprechen. »Was … has… hast du …?«

Ich beuge mich zu ihm vor, führe mein Ohr näher an seinen Mund. »Was willst du mir sagen, Luca? Was habe ich?«

»Was has… du mit der … Ta…blette gem…aacht?«, stöhnt er.

Ich erstarre. Die Trostpille!

Hektisch fahre ich mir mit der Zunge durch den Mund. Über meinen Gaumen, in die Seitentaschen meiner Wange. Sie ist weg! Die Tablette ist nicht mehr in meinem Mund!

Panik erfasst mich. Oder habe ich sie in der Aufregung vielleicht ausgespuckt? Ich sehe mich nach allen Seiten um, suche den gesamten Küchenboden nach der Pille ab. Fahre mit den Fingern über die Dielen, lege mich flach auf den Boden, wirble um die eigene Achse. Dabei wird mir leicht schwindelig. Ich habe sie doch hoffentlich nicht …?

Und dann entdecke ich sie. Hinter einem Stuhlbein. Da liegt die gesuchte Tablette! Wie ein faulig gelber Zahn. Erleichtert lasse ich mich gegen die Küchentür sinken, strecke die Beine aus. Ich habe die Trostpille nicht geschluckt. Gott sei Dank.

Ich nicke Luca überglücklich zu und deute auf die Pille. Sein Blick folgt meinem gebrochenen Finger und er antwortet mit einem schwachen Lächeln. Erleichtert stehe ich auf und gehe zu ihm hinüber. Plötzlich verspüre ich ein Knirschen unter meinen Schuhen. Irritiert hebe ich meinen Fuß und blicke zu Boden.

Eine zertretene Tablette. Wieso *noch* eine?

Augenblicklich sehe ich wieder Dutzende von Mutters Trostpillen quer durch die Luft fliegen, wie eine gerissene Bernsteinkette. Um mich herum dreht sich alles. Ich höre ein tiefes Brummen, meine Augen werden schwer, ein Schwarm Hornissen schwebt dicht über meinem Kopf, flackernd blaue Lichter vermischen sich mit heulendem Engelsgesang. Mein Blick ist verschwommen, die Finger kribbeln, meine Beine knicken ein. Der Dielenboden kommt auf mich zu. Ich schlage mit dem Kopf auf, keine Schmerzen, kann mich nicht bewegen. Will schlafen, will gehen, muss Nordland für immer verlassen. Zusammen mit Luca, am Strand von Riccione, seine Hand in meiner. Hinter uns ragt ein Wald aus Türmen in den türkisblauen Himmel, an dem ein silbern glänzender Stahlvogel seine Runden dreht, helles Kinderlachen. Wir stoßen uns mit den Füßen ab und beginnen zu schweben. Immer der strahlenden Sonne entgegen, dem warmen, weißgoldenen Licht.

Die Küchentür wird aufgerissen.
Ein Chor aus Stimmen, überall um mich herum.
Laut und störend.
Fremdartig.

30

Fünf Monate später

Es war einmal ein Mädchen, das sich sehr nach seinen Eltern sehnte, denn es wurde von einer bösen Hexe geraubt und auf eine abscheuliche Insel gebracht. Da ging sie eines Tages an das Ufer und sagte: »Ach, was würde ich darum geben, diesen grässlichen Ort für immer zu verlassen.« Und sie weinte bitterlich.

Aber in den alten Zeiten, als das Wünschen noch geholfen hat, da leuchtete es hell zwischen den Bäumen auf und das Mädchen glaubte, es sei der Mond am Nachthimmel, doch es war das Gesicht eines edlen Königssohns aus einem fremden Land, das man Südland nannte, und er versprach ihr, sie zu retten.

Da erschrak sie vor dem schwarzen Käfertier, das der Prinz bei sich trug, und wollte die ...

Ich lege den Bleistift zur Seite und betrachte die Zeilen in meinem Notizheft. Ich muss einfachere Wörter benutzen. Wörter, die ich schon gelernt habe. *Mother*, *father*, *family*. Es fühlt sich fremd an, immer noch. Ich schlage das Englischbuch auf und suche nach *Hexe*. Nach einigem Blättern finde ich die Übersetzung und schreibe *witch* neben meine Aufzeichnungen. Mir graut davor, den ganzen Text ins Englische zu übersetzen.

Mrs Clarke, die alte Kinderpsychologin von der Universität Cambridge, zu der mich meine Eltern einmal pro Woche fahren, empfahl mir, meine traumatischen Erlebnisse in Märchenform aufzuschreiben. Wie bei *Däumelinchen*, deren Geschichte mich mein Leben lang begleitet hat. Sie nennen es *trigger*. So soll ich lernen, die schicksalhaften Geschehnisse zu verarbeiten und meine diagnostizierte angebliche *Anpassungsstörung* zu überwinden. Zumindest hat mir das meine Englischlehrerin erklärt, die in den ersten Wochen auch als Übersetzerin während meiner psychologischen Sitzungen eingesprungen ist.

Seit ungefähr zwei Monaten besuche ich Dr. Clarke allein. Jede Woche fällt es mir leichter, mich in ihrer Sprache zu verständigen. Mich auszudrücken. Aber meine wahren Gefühle kann ich ihr nicht offenbaren. Die behalte ich für mich, tief in meinem geheimen Schutzraum. Da hilft es auch nicht, wenn ich ein albernes Märchen verfasse.

Und wenn sie nicht gestorben sind …

Luca ist gestorben. Und mit ihm ein kleiner Teil von mir. Die Realität wird nicht besser, wenn man sie aufschreibt.

Ich klappe mein Notizheft zu. Morgen ist dafür auch noch Zeit. Auf dem geblümten Umschlag klebt ein hellgrünes Namensschildchen, auf das Mum zwei Wörter gekritzelt hat.

Elly Watson.
Sie hat dabei geweint.

Ich greife zu meinem Bleistift und streiche den Namen mehrmals durch, bis er nicht mehr zu erkennen ist. Angewidert ritze ich mit dicken Buchstaben einen anderen Namen darüber. *JUNO!!!*

Es ist immer noch Junos Geschichte, und nicht Ellys. Ich öffne die untere Schublade meines Schreibtischs und verstaue das Heft zwischen dem Stapel Zeitungsartikeln, die Dad in den ersten Monaten für mich gesammelt hat. Falls ich sie irgendwann lesen möchte, wenn ich dazu bereit bin. Ich habe sie bisher nicht angesehen.

Ich hasse dieses Schubladenfach.

Ermattet trete ich es mit dem Fuß zu und lehne mich in meinem Schreibtischstuhl zurück, streiche mir durch die kurzen Haare. Die Frisur durfte ich mir aussuchen. In einem Bilderbuch, das viele verschiedene Frauen mit Lippenstift zeigte. Alle lachten um die Wette, als wäre es der glücklichste Tag in ihrem Leben. Und das, obwohl auch ihnen die Haare abgeschnitten worden waren. Ich tat es ihnen gleich und lächelte das Mädchen im Spiegel an. Doch es war mir fremd.

Und trotzdem werde ich noch immer überall erkannt. Mein Gesicht wurde sogar in Dads schwarzem Kasten im Wohnzimmer gezeigt, Mum nennt es *television*. Es flimmert den ganzen Tag. Meistens sitzt Olivia davor und sieht sich *cartoons* an. Eine Katze, die eine Maus jagt. Doch die Maus ist die Schlauere und kann immer wieder vor ihr flüchten. Ich mag die Katze lieber.

Olivia ist es egal, wie viel Aufwand das Kätzchen betreibt und dass es dennoch ständig verliert. Bei jedem Missgeschick quiekt sie erfreut und klatscht in die Hände. Olivia ist erst vier und meine kleine Schwester. Äußerlich hat sie mehr Ähnlichkeit mit mir, als Boy es jemals hatte. Wahrscheinlich, weil sie im Krankenhaus geboren und nicht aus dem Supermarkt mitgebracht wurde.

Ich blicke auf den mit Herzchen verzierten Bilderrahmen, der neben meiner Schmetterlingsorchidee auf dem Schreibtisch steht. Ich habe das rosafarbene Papierchen eingerahmt, das mir die Polizei nach Abschluss ihrer Ermittlungen überreicht hat. Wochenlang haben sie das zusammengefaltete Beweisstück, das sie in Mutters blutiger Schürze gefunden haben, mit Lucas DNA verglichen, angeblich weil sie wissen wollten, ob es wirklich von Ruth stammt. Als ich davon erfuhr, musste ich lange betteln, um den Zettel zu bekommen. Mum war sich unsicher, doch die gute Mrs Clarke hat sich dafür ausgesprochen. Ruths Botschaft würde meinen Heilungsprozess sicher beschleunigen. Schließlich haben meine Eltern eingewilligt. Den dunkelroten Fleck in der Ecke haben sie mit einer Schere weggeschnitten.

Ich betrachte die zwei kurzen Sätze.

Meine große Schwester hat sie geschrieben und unter dem Deckel meines Märchenbuchs versteckt.

Dreizehn Wörter. Sie sind der Grund, warum ich seit Wochen keinen Kontakt mehr zu Boy habe.

Mikkel hat mich an einem Sonntagmorgen aus Schweden angerufen und mir von seinem Zwergkaninchen vorgeschwärmt, das er geschenkt bekommen hat. Und wie wohl er sich bei seiner Familie fühlt. Wie nett alle zu ihm sind. Und wie aufregend es in diesem bescheuerten Zoo war.

Er hat so viel geredet.

Doch über unsere Zeit auf der Insel wollte er nicht sprechen. Auch nicht über Vaters Verhaftung, nachdem sie ihn orientierungslos aus dem See gezogen hatten. Seitdem sitzt Vater in einem deutschen Gefängnis und wartet auf seinen Prozess.

Während des gesamten Telefonats fühlte ich mich wie betäubt. Als hätte diese Zeit für meinen Bruder nie existiert, obwohl sie uns beide auf immer verbindet.

Als er dann endlich innehielt und mich nach meinen Erlebnissen in England fragte, erzählte ich ihm stattdessen von Ruths Nachricht, dem gefalteten Zettel in meinem Märchenbuch. Er war überrascht, denn er wusste nichts von dieser geheimen Botschaft. Zögerlich fragte er, was sie mir geschrieben habe. Ich spürte, dass er nicht sicher war, ob er die Wahrheit wirklich hören wollte. Über unsere Insel, Vater und Mutter, die andere Seite, die Fremdlinge.

Also habe ich ihm mit einer Gegenfrage geantwortet: »Was hättest du uns in zwei Sätzen geschrieben, wenn du in Ruths Situation gewesen wärst?«

Daraufhin hat Boy geschwiegen.

Ich höre den Gesang einer Amsel durch das gekippte Fenster und muss an das Gespräch mit Mutter denken. Als sie das erste und einzige Mal über meine große Schwester redete, bevor sie drohte, Boy im See ertränken zu lassen. Woher sollte ich ahnen, dass Mutter mir damals schon Ruths geheime Nachricht verraten hatte?

Ich muss an Ruths schwarzen Glücksstein denken, der irgendwo auf der Insel verloren gegangen ist. Wie ein Bruchstück von mir. Ich stehe auf und stelle mich hinter den bodentiefen Vorhang, schiebe ihn ein Stück zur Seite und blicke auf die Straße hinab.

Es stehen nur noch vereinzelt Reporter vor unserem Haus. Die Polizei sagt, es werde noch Wochen dauern, bis ich ungestört auf die Straße gehen kann. Um uns vor den englischen Fremdlingen zu schützen, haben wir uns kurz nach meiner Ankunft in einem Hotel am Stadtrand versteckt. Mum, Dad, Olivia und ich. Bis unser geheimer Aufenthaltsort durch den anonymen Tipp eines Hotelgasts öffentlich wurde und es keinen Grund mehr gab, länger dort zu bleiben.

Wieder eine Gefangene.

Ich beobachte eine junge Frau mit einem Mikrofon, die mit einem bärtigen Mann vor einem Kleinbus steht. Er trägt eine schwere Kamera auf der Schulter und filmt sie. Die Reporterin deutet auf unser Wohnzimmerfenster und macht ein grimmiges Gesicht. Wahrscheinlich fragt sie sich, wie ich zwölf Jahre lang bei Mutter und Vater auf der Insel überleben konnte. Dabei ist die Antwort ganz unspektakulär. Ich habe es einfach getan. Ich habe einfach funktioniert, wie meine Therapeutin Mrs Clarke gern erklärt, so wie die Kriegskinder in Afghanistan. Doch was weiß sie schon? Afghanistan ist nicht Nordland.

Um die Reporter stehen weitere Personen, die meisten in meinem Alter, aber auch gebrechliche wie Onkel Ole, einige mit kleinen Hunden an der Leine. Auch sie fotografieren unseren Hauseingang. Mit ihren *cellulare*.

Ich muss an Luca denken. An unsere erste Nacht am Ufer.

Als das Böse kam. Und zu einem Freund wurde.

Ich zucke zusammen. Da ist es wieder, das Geräusch! Über meinem Kopf. Der zornige Hornissenschwarm beginnt zu wüten. Das tiefe Brummen auf der Insel, nur wenige Meter über mir, in unserer Küche, es kommt näher und näher. Ich schließe die Augen, flackernd blaue Lichter, ich zähle langsam von eins bis zehn. Stoße die Luft durch die Nase, konzentriere mich auf meinen Atem, wie es Mrs Clarke mir beigebracht hat.

Das ist nur ein Helikopter, versuche ich mich zu beruhigen, nur ein Helikopter. Du wurdest damit gerettet, Juno. In letzter Sekunde, bevor Mutters Trostpille … Atme, es ist ein gutes Geräusch.

Es klopft an der Tür. Ich öffne die Augen.

»Ja?«, antworte ich und drehe mich benommen um. Meine Zimmertür öffnet sich einen Spaltbreit und ich rieche den zarten, pudrigen Duft von Vanille und Rosenblüten.

»Darf ich reinkommen, Elly?«, fragt Mum sanft und betritt mein Zimmer. Ein besorgtes Lächeln liegt auf ihren Lippen. Sie geht ein paar Schritte auf mich zu, breitet die Arme aus. »Ich habe den Hubschrauber gehört. Da bin ich sofort hochge…«

»Danke, Mum«, sage ich und gehe auf die fremde Frau zu. Sie legt ihre weichen Arme um mich und streicht mir liebevoll über den Rücken. Ich beginne zu schluchzen.

»Es tut mir alles so leid«, flüstert sie und drückt mich fester an ihren warmen Körper, so dass ich ihr Herz spüren kann. »Ich kann mir vorstellen, dass die ganze Umstellung sehr schwer für dich ist.«

Ich nicke schwach, schmecke salzige Tränen. So stehen wir einige Minuten da, bis sie sich aus unserer Umarmung löst, der süßliche Geruch ihres Rosenblütenparfums steigt mir wieder in die Nase. Sie wischt mir zärtlich über die feuchte Wange.

»Wir sind eine Familie, Elly. Du kannst uns immer die Wahrheit sagen.« Die Frau beginnt zu weinen. »Wir lieben dich. Meinst du, du kannst dich irgendwann bei uns eingewöhnen?«

»Ja«, antworte ich leise. »Das kann ich … Mutter.«

Mein rechter Zeigefinger bleibt stumm.

ENDE

Danksagung

Um ein Haar hätte es diese Zeilen niemals gegeben. Nicht etwa weil mir nach Abgabe des Manuskripts etwas Schreckliches zugestoßen wäre – ganz im Stile eines Thrillers –, sondern weil ich einfach nicht daran gedacht hatte. Bis mich meine vierzehnjährige Tochter Ava während des Feinlektorats darauf angesprochen hat.

»Wie bitte? Du schreibst keine Danksagung, Papa?«, sagte sie mit hochgezogenen Augenbrauen. »Das ist doch das Beste an einem Buch, wenn man nicht gleich in die Realität zurückwill.«

Ich gebe zu, dass ich eigentlich nie Danksagungen lese und auch nicht bis zum Ende des Abspanns im Kino sitzen bleibe. Aber durch meine Tochter weiß ich nun, dass es Menschen gibt, die Freude daran haben. Und Ava scheint recht zu behalten, denn Sie lesen gerade diese Zeilen. (1:0 für dich, mein Spatz!)

Nun, dann willkommen auf den letzten Seiten des Buchs. Ich hoffe, dass Sie Junos Geschichte ein wenig vom Alltag ablenken und in eine fremde Welt entführen konnte. Falls mir das gelungen sein sollte, freut mich das ganz besonders und ich werde mein Dankeschön an dieser Stelle gern weitergeben. An die folgenden Menschen, ohne die mein Romandebüt niemals entstanden wäre:

Uwe Urbas von X-Filme, der mich im Februar 2020 fragte, ob ich einen Spielfilm für Netflix entwickeln könnte. Doch dann kam die Pandemie, in der natürlich kaum gedreht und Projekte wieder auf Eis gelegt wurden. Eine Zeit, die uns weltweit dazu zwang, zu Hause zu bleiben, Kontakte zu meiden und uns an neue Regeln zu halten. So entstand nicht nur die Idee zu diesem Buch, sondern auch die Überlegung, meinen Thriller in Romanform zu schreiben.

Doch das klang leichter als gedacht. Schuld daran war eine Deutschlehrerin in der Förderstufe, die mir wirklich miese Noten gab, weil sie der Meinung war, meine Schulaufsätze seien zu schlecht und zu schlicht geschrieben, sie hätten keinen roten Faden. Das Ergebnis war ein jahrelanges Schreibtrauma, da ich ihr glaubte. Glücklicherweise durfte ich zwei großartige Mentoren kennenlernen, die mir die Freude am Wort zurückbrachten: Danke an Benno Grauel, meinen fantastischen Deutschlehrer am Darmstädter Gymnasium GBS, sowie Andreas Heinzel, meinen Creative Director aus der Frankfurter Werbeagentur, der mir beibrachte, Geschichten in zwanzig Sekunden zu erzählen.

Mein literarischer Dank geht an meine Vorbilder Gillian Flynn, Shirley Jackson, Melanie Raabe, Stephen King, Friedrich Dürrenmatt und Ernest Hemingway. An den letzten Schriftsteller geht ein besonderer Dank, denn als ich irgendwo las, dass

Hemingway angeblich nur eine Seite pro Tag schrieb, dachte ich, dass ich das zeitlich ebenfalls gut schaffen könnte. (Ich ahnte nicht, dass ich vier bis fünf Stunden dafür brauchen würde.) Mein kühner Plan: Mit diesem Ein-Seiten-System könnte mein erster Roman tatsächlich nach einem Jahr fertig sein – mit 365 Buchseiten.

Ich überzeugte meine Frau Nadine und meinen Freund Thomas Plum dazu, eine kleine Schreibgruppe zu gründen. Danke euch beiden, dass wir eine so spannende, lustige und inspirierende Zeit zusammen hatten! Achterbahnfahrten sind ein Klacks dagegen. Also schrieben wir täglich eine Seite und motivierten uns per Messenger gegenseitig, nicht aufzuhören. Am Ende des Projekts hatten wir eine Menge gelernt: meine Frau, dass sie viel lieber illustriert als schreibt, und Thomas, dem klar wurde, dass er mehr Freude am Entwickeln von Hörspielskripten hatte. Tja, und ich hatte den Roman zwar mit mehr als 200 Seiten fertig, zweifelte aber noch immer an mir und meinem Schreibstil.

Doch schließlich überwand ich meine Sorgen und schickte das Manuskript an die Literaturagentur Liepman AG in Zürich. Überraschenderweise waren Marc Koralnik und Suzanne de Roche sofort begeistert und wollten mich vertreten. An dieser Stelle ein ganz dickes *Merci vielmols* in die Schweiz. Ihr wisst gar nicht, wie viel mir dieser Moment bedeutet hat. Ihr habt einen Seelenknoten in mir gelöst! Ich bin so überglücklich, von euch vertreten zu werden.

Und dann geht natürlich ein weiterer großer Herzensdank an die wunderbare Bianca Dombrowa sowie an Friederike Zeininger von dtv, die ebenfalls von Junos Geschichte so hingerissen waren, dass ich mich auf der Stelle in die beiden verliebte. Rein beruflich natürlich, in den Verlag. Ich freue mich schon sehr auf unsere weitere gemeinsame Zukunft. Danke für euer Vertrauen in mich!

Ganz lieben Dank auch an Ulrike Schuldes für ihr behutsames und präzises Lektorat, das mir wahnsinnig geholfen hat, noch mehr aus meinem Text herauszuholen.

Und dann gibt es natürlich noch meine weltbesten Testleser:innen, bei denen ich mich bedanken möchte: Meine Mama Hanni, Ava, Kerstin Neidhart, Christopher Heinzerling, Daniel Neumann, Tom Rust, Bernd Nieschalk, Daniel Gütlich und ganz besonders Joachim Ziebe. Ohne euch hätte ich diesen Marathon nicht ins Ziel geschafft!

Tausend Dank auch an Melanie Raabe (dein Lob bedeutet mir so viel) und Sebastian Fitzek (für deine wertvollen Geheimtipps), Fridtjof Küchemann (für die Entscheidungshilfe), Rita Bollig (für die Werbetrommel), Jamie Bulloch (für die tolle englische Übersetzung), Derya Flechtner, Peter Flechtner, Tommi Schneefuß, Trevor U. Hurst, Olivia Davis-Eagan und Dan Wachs (für die deutschen und internationalen Buchtrailer), Anette Strohmeyer (für das Wissen über die schwedische Natur), Laura Graziani (für das Italienisch, das Luca spricht), Anders Olof Larsson (für die schwedische Sprachüberprüfung), Kai Schwind (für die freundliche Vermittlung), Florian Harz (für die Freundschaft), Familie Herlo-Lange (für die leckere Schokolade), Philipp Steffens (für die filmische Zukunft) und Ruth Weibel (für den Anfang von allem).

Und mein letzter Dank geht an alle großartigen Buchhändler:innen da draußen, ihr macht einen ausgezeichneten Job, und natürlich auch an Sie, liebe Leserin, lieber Leser. Ich danke Ihnen von Herzen, dass Sie meinen ersten Roman gekauft und vielleicht sogar schon weiterempfohlen haben. Ohne Sie würde es dieses Buch niemals geben. Danke dafür!

Ihr Ivar Leon Menger,
Oktober 2021

Für Ava,
die Bücher verschlingt,
als wären es Kekse

Leseprobe

DIE ANGST BLEIBT

THRILLER

von
Ivar Leon Menger

Das Buch erscheint im Frühjahr 2023

Prolog

Jede Nacht hat ihre Kinder. Geschöpfe wie ihn, die um die beleuchteten Häuser schleichen und nach Beute suchen. Mit dem Teleobjektiv, aus sicherer Entfernung. Einmal im Monat erobert der Schatten ein anderes Revier. Ein fremdes Viertel, eine neue Straße. Er wird regelrecht süchtig danach. Bis er Mia sieht. Und so bleibt er für immer.

Er studiert jede ihrer Bewegungen, beobachtet, wie sie die Vorhänge an ihrem Fenster zuzieht, meist nur halbherzig. Vermutlich, damit er ihr weiterhin zusehen kann, wie sie sich im Schein der Schreibtischlampe entkleidet. Dann wünscht er sich, dass sie sich zwischen die Beine fasst und für ihn masturbiert. Doch das macht sie nie. ...

Ja, er war ihr hartnäckig gefolgt. Bis er endlich in ihrer Nähe gewesen war. So dicht, dass sie seine Anwesenheit gar nicht mehr bemerkte.

Das war eine Kunst, kein Verbrechen.

Und trotzdem saß er nun hier, in diesem schrecklich schmucklosen Verhörraum, und sollte erzählen, was vor zwei Wochen passiert war.

Er dachte, es sei Liebe. Dabei hatte ihm Mia nur etwas vorgespielt. Er schüttelte den Kopf über die eigene Dummheit. Warum war er nicht von alleine darauf gekommen? Sie war Schauspielerin von Beruf. Also so etwas Ähnliches wie er.

Er hatte früh gelernt, sich zu verstellen. In andere Rollen zu schlüpfen, damit sie ihm nicht auf die Spur kamen. Schon damals, als er als Kind die Nachmittage im Wald verbrachte, Blaubeeren sammelte, den Schnecken die Fühler abschnitt oder Katzen anzündete.

Der Kommissar schob ihm einen Becher mit Kaffee über den Tisch.

Er nippte einen Schluck und ärgerte sich über die Handschellen, die ihn dazu zwangen, den Kaffeebecher mit zwei Händen zu umklammern. Er war doch kein Eichhörnchen.

»Mein Name ist Tarik Ünal. Ich bin der leitende Mordermittler in diesem Fall.« Ünals Stimme war so tief wie ein gut gestimmter Kontrabass. »Bevor wir mit unserer Befragung beginnen, haben Sie eine Anwältin oder einen Anwalt, die wir benachrichtigen sollen?« Der Kommissar sah ihn an, doch er blieb weiterhin stumm. »Wünschen Sie rechtlichen Beistand?«

Er schüttelte den Kopf.

Rechtlicher Beistand hatte ihm noch nie geholfen.

»Wie Sie meinen«, sagte Tarik Ünal und räusperte sich. Er drückte auf die Taste eines Aufnahmegeräts und schob ihm ein Mikrofon vor die Nase. »Ich halte fest, dass der Beschuldigte über seine Rechte aufgeklärt wurde und auf einen Rechtsbeistand verzichtet. Es ist der 20. Juli, elf Uhr acht.«

Der Kommissar lehnte die Arme auf den Tisch. »Bevor wir zu den Mordopfern kommen, würde ich gern über die Stalking-Vorwürfe sprechen, die gegen Sie vorliegen.« Er fuhr sich mit der Hand über den gepflegten Dreitagebart. »Ich will das verstehen.«

»Sie ... sie liebt mich«, murmelte er und stellte den Kaffeebecher wieder auf den Metalltisch zurück. »Ich wollte nicht, dass es so endet.«

»Natürlich«, entgegnete Tarik Ünal ruhig. »Niemand wollte das. Aber beginnen wir am Anfang. Für das Protokoll, einverstanden? Als Sie Mia Richter kennenlernten.« Sein Gegenüber richtete sich vor ihm auf. »Bitte erklären Sie mir eins ...« Die Lederjacke des Polizisten knarzte, als er die Arme vor der Brust verschränkte. »Wie zur Hölle haben Sie es geschafft, bis in ihre Wohnung zu kommen?«

Er grinste. »Oh, das war leicht.«

Erster Teil

1

Der Kellner schenkt ungefragt Champagner nach. Aber vielleicht macht man das so, hoch über den Dächern des Regierungsviertels. Ich schiele zu den Nachbartischen hinüber. So viel Liebe um mich herum, ich könnte kotzen.

Die unfassbar teure Glasflasche neben mir klirrt im Eiswürfelbad. Der Kellner deutet eine knappe Verbeugung an, dann verschwindet er im Lichtermeer des Dachgartens. Ach, wie gern würde ich ihm folgen. Einfach nur weg von hier.

Doch die mondäne Stimmung dieses Edelschuppens im Reichstagsgebäude nimmt mich ungewollt gefangen. Das hier ist kein Feierabendbier am Späti, kein Date in einem hippen

Burgerladen oder wo man sich sonst in Berlin so trifft. Das hier hat Klasse. Genauso wie der blonde Dreißigjährige, der mir seit fast zwei Stunden gegenübersitzt.

Viktor.

Seinen Nachnamen kenne ich nicht.

Ich kann es nicht erklären, aber an diesem piekfeinen Ort fühle ich mich irgendwie besonders. Ich lächle mein Gegenüber an, nicke verständnisvoll, auch wenn ich seinem Monolog schon seit Minuten nicht mehr folge. Ich greife zu meinem Champagnerglas und nippe einen Schluck. Die herben Perlen, die meinen Gaumen kitzeln, beginnen, mich immer mehr zu betören.

Viktor. Dunkelblauer Nadelstreifen-Anzug, gebügeltes weißes T-Shirt, braune Lederschuhe, teure Armbanduhr. Er wirkt so ganz anders als heute Nachmittag, als ich ihn kennengelernt habe. Eleganter, reicher. Doch seine traurigen Augen und das verschmitzte Lächeln sind geblieben. Eine Kombination, die mich neugierig gemacht hat. Vor wenigen Stunden auf der Museumsinsel, in der Alten Nationalgalerie.

Ich hatte schon die ganze Zeit das Gefühl, dass er mir mit seiner schwarzen NYC-Baseballcap, den zerrissenen Jeans und dem dunkelblauen Kapuzenpulli durch die verschiedenen Ausstellungen gefolgt war. Bis in die oberste Etage zur *Romantik*, wie passend.

Dann lächelte er nervös und lud mich auf einen Kaffee ein.

Und nun, nur wenige Stunden später, sitzen wir überraschend hier. Wie in einem zerplatzten Traum. Statt in einem linksalternativen Künstleratelier in diesem Promi-Edelschuppen, angeblich seinem Lieblingsrestaurant, nach einem Sieben-Gänge-Menü mit Weinbegleitung, auf einer Dachterrasse über dem Berliner Regierungsviertel.

Das nennt er *Kaffee trinken*?

Er dachte wohl, nach Langoustines Royal mit Vinaigrette von gereifter Soja-Sauce, Sauté vom Kalbsbries mit kleinen gefüllten Champignons, Uckermärker Rinderrücken mit Sauerklee und geschmorter roter Bete, bekommt er mich als Dessert dazu?

Junge, vergiss es. Mit Geld beeindruckt mich niemand.

Ich nippe am Champagnerglas und schiele auf meine Uhr. Viertel vor zehn an einem Donnerstagabend. Die verbleibenden fünfzehn Minuten schenke ich Viktor noch, dann wird es Zeit, nach Hause zu fahren.

»Wir zahlen bitte getrennt.«

»Kommt überhaupt nicht in Frage, Mia«, geht Viktor dazwischen. »Ich habe gesagt, dass ich dich einlade.« Er schlägt mit der Handfläche auf den Tisch. »Und was ich sage, wird gemacht.«

Er lässt es sich auch nicht nehmen, mich mit dem Taxi nach Hause zu fahren. Als ich aussteige, muss ich mich nicht umdrehen, um Viktors Blicke in meinem Rücken zu spüren. Ich bleibe an der Hausmauer stehen und verharre, bis der Wagen in die Graefestraße gebogen ist.

Dann gehe ich zurück, öffne die Handtasche und wühle nach meinem Schlüsselbund. Einzelne Euromünzen klimpern, ich schiebe mein Smartphone an den Seitenrand, fingere das Makeup-Döschen zur Seite, das Notizbuch, mein Portemonnaie, die Packung Taschentücher, den Kugelschreiber, Lippenstift. Ich suche weiter, tiefer. Sogar in den verborgenen Innentaschen. Dann in meiner Jackentasche. In meiner Jeans. Doch es hat keinen Sinn.

Mein Hausschlüssel, er ist nicht da.